Mein Dank geht an erster Stelle an meine Hunde, die mich immer wieder inspiriert und motiviert haben. Mit Hilfe meiner Hobbys, der Malerei und der Kalligraphie und mit der unermüdlichen Unterstützung von Achims und Brunos Frauchen Simone und Silvia ist dieses Werk entstanden. Ich bedanke mich bei den beiden für Ihre Geduld und ihr Engagement.

Brigitte Pawelek

Dunkelheit senkte sich sanft herab. Der Tag neigte sich seinem Ende entgegen und es wurde friedlich und still rundum. Ich konnte mich entspannen und alles abgeben, was sich über den Tag angesammelt hatte und glitt ganz leise in den wohl verdienten Schlaf.

Urplötzlich –
ein tiefes Grollen, ein fürchterlicher, langgezogener Heulton
und dann ein wildes Gebell - - -

und aus war´s mit den süßen Träumen!

Danke, dass Du wachst,
danke, dass Du auf uns aufpasst,
danke, dass Du alles meldest -
auch wenn´s nur Nachbars Katze war!!!

In einer dieser gestörten, meines Schlafes beraubten Nächte entschloss ich mich, die ganz gewöhnliche Alltagsgeschichte unseres gar nicht gewöhnlichen Hundes aufzuschreiben.
Und die geht so:

Vorwort

Gestatten, mein Name ist Vassiliew –
Gospodar Vassilij Vassiliew, meine Freunde nennen mich Willi! Meine Abstammung – alter russischer Adel, kann leider nicht mehr nachgewiesen werden, da die Unterlagen während der politischen Wirren der letzten Jahrhunderte verloren gegangen sind. Ich habe mir meinen Lebensraum nach meinen Vorstellungen ausgesucht und bin dabei auf ein kleines Anwesen mit zwei Bediensteten im Süden Deutschlands an der Donau gestoßen. Mein animalischer Instinkt hat mich zielstrebig hierher geführt und ich genieße mein derzeitiges Dasein in vollen Zügen. Um alle diese Vorzüge und sämtliche Ereignisse festzuhalten, habe ich mein Personal, insbesondere die Hausdame, beauftragt, meine Biographie zu erstellen:

Wie alles begann

Man sollte nie in ein Tierheim hinein gehen, wenn man dermaßen geartet ist, wie wir – denn man kommt nie alleine wieder heraus!

So ging es mir schon öfter in meinem Leben und eigentlich müsste ich ja gewarnt sein. Aber wenn man halt ein Herz hat, dessen Takt vom Blick eines Hundes oder vom Schnurren einer Katze bestimmt wird, kann der Bogen gar nicht groß genug sein, den man um diese Einrichtungen zu machen gedenkt, es wird einen immer wieder dorthin ziehen.

Das war schon vor vielen Jahren so, als wir unseren ersten Hund aus dem Tierheim holen wollten. Wir, das waren damals meine Tochter, mit ungefähr 10 Jahren und ich. Wir wollten unsere Aktion erst einmal vor meinem Mann geheim halten und uns ein wenig umschauen. Meine Tochter hätte sich auch eher die Zunge abgebissen, als etwas zu verraten, aber wie das halt so ist, rutscht einem dann zum ungünstigsten Zeitpunkt doch mal was raus. Und so verkündete sie freudestrahlend und vollkommen unbedarft, dass in der Zeitung eine Hundehütte zum Verkauf angeboten würde.
Was das zu bedeuten hatte, war meinem Mann sofort klar.

Sie war eine Deutsche Schäferhündin, hieß Gina und war der traumhafteste Hund, den man sich vorstellen konnte. *Warum ausgerechnet dieser Hund?* wurde ich gefragt und ich konnte nur sagen, dass es Liebe auf den ersten Blick war. Sie war damals zweieinhalb Jahre alt und saß schon ein halbes Jahr im Tierheim. Wir erkannten sofort, dass sie wohl schon eine

gute Erziehung genossen hatte. Die Grundbegriffe waren ihr alle klar und alles andere las sie mir von den Augen ab. Eine Leine brauchten wir für sie überhaupt nicht und ein hübsches Halsband trug sie nur als Schmuck, wenn wir chic ausgingen. Sie war der Traum eines jeden Hundehalters und begleitete uns überall hin und das über viele Jahre. Gina war ganz und gar mein Hund. Sie wartete brav zuhause, bis ich von der Arbeit kam, um dann mit mir stundenlang durch Feld und Wald zu streifen. Sie wollte und durfte überall dabei sein, denn sie wusste sich zu benehmen und jeder liebte sie. Zeitenweise durfte sie meinen Mann sogar zur Arbeit begleiten und einen Urlaub ohne unseren Hund hätten wir uns nie vorstellen können.
Doch dieser Hund spiegelte mir etwas vor, wofür ich später genug Lehrgeld zahlen musste, nämlich, dass alle Hunde in ihrem Wesen so oder ähnlich geartet sein müssten und wenn nicht, so liegt es an dem Besitzer, dies zu ändern.

Als Gina mit dreizehn Jahren starb, es war an einem 30. April und der darauffolgende Tag war der Maifeiertag, war mir klar, dass ich sofort einen anderen Hund brauchte, um den Schmerz und den Verlust zu verkraften. Trotz Feiertag war unser Tierheimleiter bereit, mit uns einen neuen Hund auszusuchen. Mein Mann hätte gerne noch eine Weile gewartet, aber mir war klar, dass ich sofort eine Ablenkung und eine neue Aufgabe brauchte, um den Verlust zu bewältigen. Und mir war auch klar, dass der nächste Hund nichts mit Gina gemein haben durfte, denn ich würde alle an ihr messen und alle würden ganz schlecht abschneiden. Trotz meiner Vorliebe für Schäferhunde musste der nächste Hund bestimmt ein anderer sein. Wir waren uns einig, dass bei uns ein Hund erst bei einer bestimmten Größe losgeht und so entschieden wir uns für einen riesengroßen, langhaarigen, fast schwarzen Mischling aus ich-weiß-nicht-was. In den Impfpapieren stand Leonberger-Mix.

Mit einem Leonberger hatte er aber nicht viel gemeinsam, höchstens das dichte Fell. Die Beine waren lang und dünn, wie bei einem Wolfshund, der Kopf mit der spitzen Schnauze hätte vom Schäferhund abstammen können, am lustigsten aber - und das hatte auch den Ausschlag gegeben, mich für ihn zu entscheiden - war, dass er ein Steh- und ein Schlappohr hatte und das sah bei der Größe des Hundes besonders witzig aus. Er hieß Theo und stammte aus Italien. Wir überlegten, ob wir nicht etwas passenderes für unseren Neuzugang finden könnten und nachdem er schon ca. sechs Jahre alt war und sicher schon an eine Endung mit o gewöhnt war und in memoriam an Gina nannten wir ihn Gino. Er war ein ganz anderes Kaliber, als seine Vorgängerin, das merkten wir sofort, als wir ihn mit nach hause nahmen. Gino war von der Veranlagung her ein Herdenschutzhund, war vollkommen auf mich fixiert, folgte mir auf Schritt und Tritt und wenn mein Mann sich näherte, fletschte er die Zähne und bedrohte ihn knurrend. Wir mussten feststellen, dass er mit bestimmten Dingen schlechte Erfahrungen gemacht hatte, so zum Beispiel legte er sich flach, sobald einer von uns einen Besen oder längeren Stock zur Hand nahm. Auch hatte er eine Abneigung gegen Männer. Als ich nicht in der Lage war sein verfilztes Fell richtig auszukämmen und wir ihn scheren ließen, stellten wir fest, dass er sicher einmal an der Kette gehalten wurde, denn die Halspartie war besonders betroffen. Ich selbst konnte mich über meinen neuen Hund nicht beschweren, denn ab sofort hatte ich einen Bodyguard. Zum Glück hatte Gino überhaupt keinen Jagdtrieb und wir konnten mit ihm spazieren gehen, wo sich Fuchs und Has´ gute Nacht sagten, das interessierte ihn wenig. Nur mein Mann fühlte sich in seiner Haut nicht besonders wohl. Da wir aber bald merkten, dass Gino ein durchaus charakterfester Hund war und für sein Verhalten nicht verantwortlich gemacht werden konnte, stellte mein Mann sich

und ihm ein Ultimatum. *Wenn wir das bis in einem Jahr hinkriegen, kannst du bleiben, ansonsten musst du zurück!* Und sie haben es hingekriegt und wie! Und mit jedem Tag, der verging wurde Gino mehr zu Herrchens Hund, bis schließlich nach einem Jahr keiner mehr davon sprach, den Hund zurück zu geben. Mit ihm haben wir die größten Erfolgserlebnisse in punkto Erziehung verzeichnen können, obwohl er ziemlich stur und doch schon recht alt war.
Gino blieb uns erhalten, bis er alterbedingt nichts mehr hörte und sah. Sein genaues Alter wussten wir nicht, aber als er, so ruhig, wie er gelebt hatte, von uns ging, war er sicher schon zwölf oder dreizehn Jahre alt, ein respektables Alter für einen so großen Hund. Und diesmal war die Trauer und der Schmerz mehr auf Seiten meines Mannes und ich konnte ihm das so gut nachempfinden.

Wir verloren das Tierheim nicht aus den Augen, denn während der Zeit mit Gino wurden wir belehrt, dass es außer Hunden auch noch andere Haustiere gab, die es zu lieben lohnte. So kamen wir eines Tages unbeabsichtigt und notgedrungen auf die Katz´. Und nachdem Gino so ein ruhiger Vertreter war, gab es auch keine größeren Probleme. Auch wenn mein Mann sich anfangs vehement gegen die Eigenarten einer Katze wehrte, hatte er auf Dauer gar keine andere Möglichkeit, als sich in sein Schicksal zu fügen. Unsere Katzen, es waren dann sogar zwei, hatten ihn einfach vereinnahmt und er hatte diesem Charme und dieser Liebenswürdigkeit nichts mehr entgegen zu setzen. Statt eines absoluten Bett-Verbots wurde nun abends erst abgewartet, bis alle an Bord waren, bevor er sich zusammen mit ihnen schlafen legte.
Bei uns lebten unsere Hunde und Katzen immer friedlich nebeneinander und ich möchte keinen Tag missen. Oft hatten wir uns mit einer Beschäftigung am Feierabend irgendwo

niedergelassen und wurden dann von dem Spiel und dem Treiben der Hausgenossen derart abgelenkt, dass wir alles sein ließen und uns nur an unseren Tieren amüsierten. Sie gaben uns mehr, als wir überall hätten bekommen können und ich könnte mir bis heute kein Leben ohne einen Vierbeiner vorstellen.

Der neue Hund

Die Zeit verging und ab und zu, wenn Not am Mann war, half ich auch mal im Tierheim aus.
Und so war das auch, als ich ihn dort sitzen sah. Ein ganz schön kräftiges Fellknäuel, weiß mit einer Fleckenzeichnung in braun und grau, die einem Tiger alle Ehre gemacht hätte, Riesenpfoten deren Ballen rosa und schwarz gemustert waren, Schlappohren, weich, wie Samt, einem Ringelschwanz als Krönung obendrauf und in der Mitte der Stirn einen Fleck, der aussah, wie das berühmte dritte Auge. Was aber alles in den Schatten stellte, war dieser Blick! Mich sahen zwei wunderschöne, klare, hellbraune Augen an, aus herunterhängenden, geröteten Lidern mit den typischen Tränenspuren, die man bei den Bernhardinern findet und ganz so ähnlich sah er ja auch aus. Als erstes wischte ich ihm seine Augenwinkel aus, kraulte ihn hinter seinen Samtohren und versuchte gegen das Gefühl anzukämpfen, das mich mal wieder in den Griff zu bekommen drohte. *Ich habe doch schon*

einen Hund zuhause, noch dazu einen äußerst schwierigen, was soll ich mit noch einem? Ganz zu schweigen von dem, was mein Mann dazu sagen würde. Ich saß da und schaute zu, wie sich mehrere andere Hunde zofften, um den Kleinen herum tobten und kläfften, das alles schien ihn gar nicht zu interessieren, er thronte mittendrin und beobachtete das Geschehen um sich, als würde es ihn gar nichts angehen. *Mensch ist der cool*, dachte ich mir und nachdem ich eine total uncoole Hündin zuhause hatte, beneidete ich ihn um so mehr um seine Gelassenheit. Natürlich wurde mein Interesse bemerkt und der Leiter des Tierheims bekniete mich geradezu, diesen Hund mitzunehmen, denn er bräuchte dringend ein geeignetes Zuhause und das könnten wir ihm ja bieten. Was macht man nun in einer solchen Situation? Dieser Hund hatte mich ja schließlich schon erobert, aber es gab halt einiges bei uns, was gegen ihn sprach. Auf keinen Fall konnte ich meinen Mann vor vollendete Tatsachen stellen, denn er ist derjenige, der alles, was Hund anstellt, auszubaden hat, wenn ich gerade mal wieder nicht fit bin, und das kommt inzwischen leider immer wieder bei mir mal vor, ich bin nämlich nicht mehr ganz gesund. Also bat ich mir Bedenkzeit aus und schließlich wollte ich ja erst mal wissen, was ich da im Begriff war, mir einzuhandeln. Dass er noch nicht alt war, das konnte ich erkennen, als man mir aber sagte, er sei erst 3 ½ Monate und wiege schon 23 kg war mir klar, das wird mal ein Riese. Was ist das denn überhaupt? Ein Hirtenhund, war die Antwort und als ich dann mit einer bekannten, russisch-stämmigen Angestellten vom Tierheim sprach, sagte sie zu mir, das ist ein Owtscharka. Aha, noch nie gehört!

Ich verblieb so, dass ich mit meinem Mann zusammen noch einmal kommen und mich dann entscheiden würde. Auf dem Nachhauseweg war mir schon klar, dass ein Zusammenleben mit meiner altdeutschen Schäferhündin Jana sicher ein Problem werden würde, wenn nicht sogar von vorne herein unmöglich ist. Ich war sogar ein bisschen erleichtert, dass mir auf diese Weise die Entscheidung abgenommen werden würde, denn es tat sich schon ein gewaltiger Zwiespalt in mir auf. Erst kommt die Emotion, dann erst der Verstand und der sagte mir ganz nebenbei, wie soll das denn mit zwei so großen Hunden gehen, wir haben ja schließlich keinen Bauernhof zur Verfügung. Und dann sahen mich wieder zwei rotgeränderte, tränende Augen an und ich hatte zu kämpfen, dieses Bild aus meinem Kopf zu bekommen. Als ich dann zuhause mein Erlebtes beichtete, sagte mein Mann nur, dass ein zweiter Hund nicht in Frage komme, er erklärte sich aber auf meine Bitte hin bereit, ihn anzuschauen. Ich bekam daraufhin kurzer Hand *„Big-foot“* auf's Auge gedrückt, sollte ihn einfach mitnehmen und sehen, wie Herrchen und Jana reagieren werden.

Wir sind ja nun auch keine Hunde-Anfänger mehr und deshalb trafen wir uns auf neutralem Gelände, um die erste Begegnung der beiden Hunde zu arrangieren. Jana ließ normalerweise niemanden an sich und uns heran, umso erstaunter waren wir, als sie und Big-foot nach kurzer Strecke nebeneinander her trabten, als wären sie die ältesten Freunde und das änderte sich auch nicht, als wir nach Hause kamen. Da hatten sich zwei gefunden, die sich gar nicht gesucht hatten und ich stand ganz schön blöd da mit meiner Behauptung, dass ein Zusammenleben mit Jana nicht klappen wird, zumindest zum damaligen Zeitpunkt. Und wenn ich auch allerlei Bedenken und Befürchtungen vor mir herschob, so fegte Big-foot diese bei seinem neuen Herrchen einfach vom Tisch. Er eroberte sein Herz im Sturm, ähnlich, wie er es bei mir auch getan hatte. Nun hatte ich keine Ausrede mehr, als ich am nächsten Tag im Tierheim anrief. Ich ließ mir die Option offen, Big-foot zurückzugeben, sollte es doch zwischen den beiden auf Dauer nicht klappen.

Das erste, was wir änderten, als er bei uns eingezogen war, war sein Name. Bei Big-foot hatte sich sicher einer was Nettes ausgedacht, aber man brach sich halb die Zunge dabei ab und außerdem sind wir in Bayern. Also, betrachteten wir unseren Neuzugang und entschieden, er sieht aus wie „Willi“!

In unserem Haus gibt es aber auch noch eine Katze. Curley ist inzwischen 10 Jahre alt und das Haustier, das am längsten bei uns lebt. Sie ist der absolute Boss, auch wenn man es ihrer winzigen Statur nicht ansehen würde. Zum Glück wurde Willi von ihr sofort akzeptiert, sie war ja Hunde gewöhnt und er hatte eine so gemütliche Art, dass sie von ihm keine Gefahr befürchten musste. Das Fazit des ersten Tages war eindeutig – alles im grünen Bereich!

Ich fühlte mich zur damaligen Zeit fast ein bisschen überrumpelt von den ganzen Ereignissen, die ich so gar nicht vorausgesehen hatte, aber wenn ich dann diesen Knuddelhund anschaute, waren alle Bedenken ganz weit weg.

Noch am gleichen Abend rief ich die Bekannte aus dem Tierheim an, denn den komischen Namen der Rasse hatte ich schon wieder vergessen. Also, ein Owtscharka soll das sein. Ich setzte mich an den PC und suchte im Internet, um etwas über diese Rasse, die mir so unbekannt war, zu erfahren. Was ich da zu lesen bekam, stimmte mich nicht gerade froh. Aber es wird ja viel geschrieben und am besten erkundigt man sich da bei denen, die es wissen müssen, nämlich Owtscharka-Besitzern. Es gab einige Adressen und ich setzte mich mit ihnen in Verbindung. Was mich heute noch sehr berührt, ist, dass ich auf all meine Mails und Fragen bereitwillig Auskunft und jede Art von Unterstützung gefunden habe. Wie eine große Familie haben alle mir das Für und Wider eines zentralasiatischen Herdenschutzhundes, denn ein solchen war Willi, erklärt. Noch heute habe ich Kontakt zu anderen Owtscharka-Besitzern und kann mich mit allem an sie wenden. Dass wir uns da aber kein gemütliches Schoßhündchen angelacht haben, wurde uns umso heftiger bewusst, je mehr ich mich mit der Rasse beschäftigte. Ich legte mir Fachbücher zu, denn ein Owtscharka war so ganz etwas anderes, als unsere Schäferhunde, die wir bisher hatten. Nur Willi war bis dahin ja noch fast ein Baby und nicht nur wegen seines Aussehens, sondern auch wegen seiner coolen Art „everybodys darling“. Zumindest am Anfang war er einfach nur ein kleiner, junger Hund, den man trotz seiner Unarten, die so langsam zutage traten, einfach lieben musste.

Mir wurde als erstes der Unterschied zwischen einem Hirtenhund und einem Herdenschutzhund erklärt. Im Gegensatz zu unseren Border-Collies o.ä., die die Herden zusammentreiben und -halten, und auch in unseren Breiten sehr sinnvoll eingesetzt werden, ist der Herdenschutzhund ein, seit Jahrhunderten in Asien zu dem ausschließlichen Zweck gezüchteter Hund, die Herde gegen alle möglichen, von außen eindringenden Feinde zu beschützen. Dazu gehören nicht nur die vierbeinigen Eindringlinge, wie Wölfe, Wildkatzen und Bären, sondern eben auch der Mensch. Noch heute liegt diese angezüchtete Eigenschaft in den Genen der Herdenschutzhunde. Dass diese Wesensart aber mit den bei uns in Deutschland herrschenden Bedingungen überhaupt nicht zu vereinbaren ist, kommt erst dann so richtig zutage, wenn man versucht einen Owtscharka wie einen, bei uns üblichen anderen Rassehund oder Mischling zu halten. Sicher gibt es auch hierzulande Möglichkeiten, einen Owtscharka als Wachhund einzusetzen, aber diese Hunde, die irgendwo in einem abgelegenen, eingezäunten Gelände ein alleiniges Dasein fristen, können einem nur leid tun, denn sie sind, mehr als manch andere Rasse, sozial und suchen den unbedingten Familienanschluss. Eine Beziehung, die ein Owtscharka einmal eingegangen ist und die ihm taugt, gibt er nicht mehr auf, davon können wir ein Lied singen!

Ich wurde von allen gewarnt, dass der Owtscharka ein Spätentwickler sei und seine rassetypischen Eigenschaften zum Teil erst mit zwei bis drei Jahren entwickelt. Das kann man sich angesichts der tollpatschigen und liebenswerten Art, die unser Hund an den Tag legte, gar nicht vorstellen und im Geheimen denkt man sich, es könnte ja bei ihm anders werden, warten wir mal ab. Natürlich ist man auch solchen Aussagen gegenüber skeptisch, die sagen, zäumt euer Grundstück mit einem 2 m hohen Zaun ein, denn alles andere ist unsicher. Der Herdenschutzhund braucht ein Territorium, das er bewachen und beschützen kann. Und wenn die Herde, die er zu bewachen hat auch nur aus zwei Dosenöffnern und einer Katze besteht, so erfüllt er seine Aufgabe aus seinem angeborenen Instinkt heraus zuverlässig - oftmals auch sehr lautstark. Zwar hat er die Nachbarn, die er täglich zu Gesicht bekommt, bald in sein Umfeld mit einbezogen, aber jeder unbekannte Laut und jede verdächtige Bewegung erwecken sein Interesse. Schon heute kann ich mir vorstellen, dass, wenn seine Kraft und seine Größe zunehmen, wir ein ernstes Problem bekommen, ihn zu bändigen.

Die erste und auffälligste Unart, die Willi an den Tag legte, war, dass er überhaupt noch nicht stubenrein war, aber wir dachten uns anfangs noch nichts dabei. Wir würden ihn dazu erziehen, das haben wir bei anderen auch schon geschafft, warum nicht bei ihm. Nur lag ein Teil des Problems auf einer ganz anderen Ebene und das merkten wir, sobald wir mit ihm Gassi gingen. Willi pinkelte immer und überall und das ging über das normale Maß des Markierens weit hinaus. Auch bemerkten wir recht bald, dass er unheimlich viel soff. Ich stellte Janas Wasserschüssel weg und ersetzte sie durch einen Eimer, den er drei Mal täglich leerte. Und dass das alles wieder raus musste, war ja klar! Und dass das nicht normal war, war auch klar. Also ab zum Tierarzt!

Der zog uns gleich zu Anfang den Zahn, dass Willi 3 ½ Monate alt sei. Aufgrund des Gebisses schätzte er ihn doch älter ein, bestimmt mal 5 Monate. Ihm musste ich auch von Willis Auffälligkeiten erzählen, die mir bei den Spaziergängen zu denken gaben. Willi kam nicht vorwärts und trotz seines Alters müsste er sich ganz anders bewegen und viel mehr herum toben. Er schlich neben uns her und wenn er nicht gerade pinkelte, trottete er eher traurig, als freudig hinter uns her. Wir ließen ihm Blut abnehmen und der Tierarzt diagnostizierte eine heftige Blasenentzündung, die, wie gewöhnlich mit Antibiotika behandelt wurde. Aber sein

Zustand änderte sich nicht Mit seiner Unsauberkeit steckte er auch Jana an, die dann ebenfalls ihre Hinterlassenschaften im Garten platzierte. Herrchen räumte täglich Riesenhäufen weg und nachdem ja gerade Winter war, sah der Garten aus, wie eine Morastwüste. Der Tierarzt suchte weiter nach einer Erklärung für Willis schlappe Art, wir ließen den Urin im Labor untersuchen, ich mailte mit mehreren Hundebesitzern auf der Suche nach einer Erkenntnis, aber alle Untersuchungsergebnisse waren negativ. Also ist es eine Wachstumsstörung und außerdem befindet er sich ja in der beginnenden Pubertät. Im Laufe der Zeit besserte sich seine Blasenentzündung und ich sah auch ein bisschen Land, was seine Unsauberkeit betraf. Allerdings, wenn wir ihn auch nur für eine kurze Zeit zuhause allein ließen, war wieder eine Pfütze, wenn nicht mehr, in der Wohnung. Also draußen lassen! Aber wenn Willi draußen war, beglückte er alle, die es hören oder auch nicht hören wollten mit seinem markdurchdringenden Gejaule. Er hat einen Sound drauf, da stellt es einem die Haare zu Berge und das finden unsere Nachbarn leider gar nicht so toll. Und außerdem ist er ja nicht der einzige Hund in der Umgebung, aber wenn einer bellt, muss er natürlich mit bellen und das nicht nur bei Tag, sondern manchmal auch nachts. Willi schläft gewöhnlich ganz brav bei uns im Schlafzimmer, aber wehe, wenn er irgend etwas hört, das seinen Beschützerinstinkt weckt, dann fällt man fast aus dem Bett. Wir konnten nur hoffen, dass sich das im Laufe der Zeit ebenso bessern würde wie die Sauferei und alles, was daraus resultierte und dass wir schön langsam alles in den Griff bekommen würden.

Von Jana hat er gelernt, dass alles, was sich außerhalb des Autos bewegt und vier Füße hat, angemacht werden muss. Nachdem wir uns ein „Hundeauto" zugelegt hatten und beide damit transportieren konnten, bemerkten wir bei Willi, dass

Autofahren gar nicht sein Ding ist. Ob er Angst hat oder es schlicht nicht verträgt, kann ich bis heute nicht genau sagen, auf jeden Fall fühlt er sich absolut unwohl darin. Er steht und versucht seine Schnauze aus dem Fensterspalt zu stecken, den wir ihm immer offen lassen müssen, dabei „sabbert“ er, was, trotz der herunterhängenden Lefzen, sonst überhaupt nicht seine Art ist.

Die erste Zeit, die Willi bei uns verbrachte war geprägt von den Eigenheiten des Welpen, bzw. des Junghundes, wie sie alle Hundebesitzer durchleben. Nett anzuschauende Fellbündel, die wachsen und sich entwickeln, mit allen ihren angenehmen und unangenehmen Eigenschaften des Erwachsenwerdens.

Unsere Jana war etwas älter als 4 Jahre, als Willi mit seinen geschätzten 5 Monaten in ihr Leben rumpelte. Ein Leben, das wir uns für diesen Hund nicht so ausgesucht und erwünscht hatten. Nach all den Tierheiminsassen, die wir schon aufgenommen hatten, war es mein sehnlichster Wunsch einmal einen Welpen großzuziehen, der nicht schon vorgeprägt ist, den ich mir nach meinen Vorstellungen aussuchen und erziehen kann. Da ich mit Schäferhunden aufgewachsen bin, hing mein Herz schon immer an dieser Rasse und ganz besonders an den altdeutschen. So war Jana unser Wunschhund und doch alles andere, als wir uns erwünscht hatten und die lange Geschichte ihres recht kurzen Lebens ist ein trauriges Kapitel.

Jana

Jana war ein wunderschöner altdeutscher Schäferhund, wenn auch nicht mit dem typischen langen Haar, sondern eher einem langen Stockhaar. Sie war von der Statur her eher klein, dafür hatte sie aber einen wunderschönen geraden Rücken und war nicht so furchtbar hinten herunter gezüchtet. Auch die Farbe war besonders schön mit einem Grauanteil. Auffällig war von Anfang an, dass sie keine, oder nur sehr spärlich Unterwolle hatte, das ist der Tierärztin, die den Zwinger betreute, aus dem Jana stammt schon negativ aufgefallen. Jana stammt aus einer Polizei- und Gebrauchshundezucht. Wir haben uns die Familie W. als Züchter vorher angesehen und uns mit den Gegebenheiten vertraut gemacht. Herr W. ist Polizeihundeführer und Frau W. betreibt eine Hundeschule. Es schien alles in Ordnung und nachdem wir auf Empfehlung dort gelandet sind, hatten wir auch keinerlei weitere Bedenken. Am 22.10., zwei Tage nach meinem Geburtstag, kam Jana als einzige Hündin in einem Wurf von 6 Welpen zur Welt. Die ersten 8 Wochen besuchten wir unseren Wollknäuel regelmäßig und sahen sie wachsen und gedeihen.

Mit 8 Wochen kam sie zu uns; meinem Mann, mir, unserem inzwischen verstorbenen Hund Gino und den beiden Katzen Curley und Moritz.
Ich bin, da mein Vater aktiv im Schäferhundeverein tätig war, mit diesen Hunden aufgewachsen. Mein erster Eindruck, als Jana eine Weile bei uns war, war nicht sehr positiv. Sie war von Anfang an schwierig, vor allem sehr ängstlich, zerbiss alles, fraß ganz schlecht und wir mussten alle möglichen Futtersorten ausprobieren. Auch Leckerlis waren für sie nicht interessant, was eine spielerische Erziehung recht schwierig machte. Wir sahen in den ersten Monaten zerkratzt und zerbissen aus, als hätten wir eine Horde Katzen. Auch hatte sie keine Bindung zu uns. Sie ist schon als Welpe abgehauen, was zur Folge hatte, dass wir sie bereits ganz früh an die Leine nehmen mussten.
Im März des darauffolgenden Jahres besuchte ich mit ihr die Welpenspielstunde und musste bei der ersten Stunde mit ansehen, wie Jana, die zuerst gar nicht in das Terrain hinein wollte, unter der Bank im hintersten Winkel verschwand und vor Angst zitterte. Nach der Eingewöhnungsphase war sie aber dann so aufmüpfig, dass sie die anderen total unterbutterte. Während des anschließenden Junghundkurses im August war sie zum Schrecken aller geworden und wenn Jana kam, blieben andere zuhause. Sie war in der Zwischenzeit zu einem dürren Hund herangewachsen, der trotz des besten Futters aussah, als ob er nichts zu fressen bekäme. Sie war hyperaktiv, ständig abgelenkt, ängstlich allem beweglichen gegenüber aber trotzdem dann aggressiv. Eine recht schlechte Mischung, die wir aber zu diesem Zeitpunkt noch in den Griff zu bekommen glaubten.
Die erste unangenehme Attacke ereignete sich in einem Baumarkt. Wir versuchten Jana überall hin mitzunehmen, so wie wir es von unseren anderen Hunden auch gewohnt waren.

Mein Mann suchte aus einem Regal etwas aus und ich hatte Jana neben mir sitzend an der Leine. Ein x-beliebiger Passant war dann ihr erstes Opfer. Sie schoss auf ihn zu und verletzte ihn, Gott sei Dank, nur leicht am Ellbogen. Dieser Vorfall blieb ohne Folgen, sie war ja erst ein halbes Jahr alt und sah noch so klein aus! Die zweite Attacke kostete dann schon eine Hose. Eine Radfahrerin näherte sich von hinten und ich hörte sie zu spät. Jana schoss, angeleint zwar, aber doch so rasant auf ihr Opfer zu, dass sie ihr die Hose zerriss. Zum Glück blieb das Bein heil. Da war sie gerade mal 8 Monate. Versuche, sie in ein Lokal mitzunehmen unterließen wir bald, denn sobald sich jemand unserem Tisch näherte, schoss sie darunter hervor. Eine andere sehr unangenehme Eigenschaft stellte sich dann im Laufe der Spaziergänge heraus. Jana hatte einen übermäßig ausgeprägten Jagdtrieb. Ganz im Gegensatz zu unserem Gino, den gar nichts aus der Ruhe bringen konnte, haute Jana bei jeder ihr gebotenen Gelegenheit ab. Wir konnten nur mit Langleine, Würgehalsband, das ich verabscheue, aber später zu schätzen lernte, gehen. Wir suchten für unsere täglichen Spaziergänge einsame überschaubare Gelände und versuchten durch Spiele mit dem Kong o.ä. sie abzulenken. Immer wieder versuchten wir, sie auch mal frei laufen zu lassen, um ihrem Bewegungsdrang Rechnung zu tragen. Wir merkten, dass sie eine richtige Wasserratte war und ließen sie bei jeder Gelegenheit ins Wasser. Mit 11 Monaten kam es dann wieder zu einer Beißattacke. Wir hatten uns ein Gelände ausgesucht, das gut überschaubar war und spielten mit beiden Hunden, als Jana plötzlich quer über das ganze Feld zum nächsten Weg rannte, auf dem zwei Radfahrer kamen. Sie ignorierte alle Befehle und stürzte auf die Radfahrer zu und biss der Frau in die Wade. Ich musste sie zum Nähen in die Klinik fahren.

Dieser Vorfall hatte zunächst eine Anzeige zur Folge und schließlich die Kündigung unserer Haftpflichtversicherung. Zwischenzeitlich wurde ich im Fernsehen auf eine Hundeschule in Nordrhein-Westfalen aufmerksam, die laut Werbung auf kinesiologischer Basis mit Problemhunden, speziell solchen mit Jagdtrieb, umzugehen weiß. Wir beschlossen, Jana dort „erziehen" zu lassen und brachten sie für 4 Wochen in den Norden. Die letzte Woche mussten wir dann auch dort verbringen, damit uns das Gelernte auch beigebracht werden konnte. Dieser Ausbildungsvertrag ersparte uns weitere Auflagen durch die Polizei. Auch erkannte ja der Polizist einen seiner Hunde wieder. Er bot uns an, nach eingehender Prüfung die Jana in den Polizeidienst zu übernehmen, denn sie benötigen Hunde ohne Beißhemmung. Aufgrund ihrer Ängstlichkeit war sie aber nicht geeignet.

Das Resultat der Hundeschule war eine Katastrophe. Bei dem Versuch des Ausbilders uns seinen Übungserfolg zu präsentieren, stürzte Jana auf einen Molosser los und wir mussten feststellen, dass die Ausbildung für die Katz war. Vielleicht doch nicht ganz, denn die Bindung zu uns war von diesem Zeitpunkt an wesentlich besser und wir konnten dadurch auch besser mit ihr arbeiten. Ich belegte mit ihr einen Grundgehorsamskurs im Verein für Hundefreunde und absolvierte ihn mit fast der vollen Punktzahl. Lediglich zum Schluss, als der Prüfer mir die Hand geben wollte, war Jana nicht zu halten.

Unser Tierarzt, der seit jeher alle unsere Tiere betreut und unser vollstes Vertrauen hat, riet uns zur Kastration. Nach der zweiten Läufigkeit, die jedes Mal sehr lang und sehr heftig war, wurde Jana mit eineinhalb Jahren kastriert. Wir hofften, dass sich ihre Unruhe etwas legen und sie sich ändern würde. Wir konnten keine gravierenden Änderungen feststellen, mussten aber zu unserer Überraschung bemerken, dass sie trotz Operation nach einem halben Jahr wieder läufig wurde. Wir wurden aufgeklärt, dass dies bei hyperaktiven Hunden statistisch öfter vorkommt. Jana war danach regelmäßig läufig.

Auf der Suche nach einer passenden Unterrichtsmethode stießen wir auf eine neue Tierschutz-Orgination, die eine „Spielstunde für Hunde“ abhält. Wir versuchten ca. ¾ Jahr Jana mit anderen Hunden zu sozialisieren, aber sie klebte nur an mir, löste sich nicht und zog ängstlich den Schwanz ein. Alle Versuche, auch wenn mein Mann mitging, schlugen fehl. Schließlich sträubte sie sich, den Platz zu betreten und wir gaben den Versuch auf.

Mit zwei Jahren bekam Jana gesundheitliche Probleme. Sie fing an, vor allem nachts zu kratzen und bald lagen überall ihre Haare. Wir suchten nach der Ursache und mussten feststellen, dass der Allergietest einen positiven Befund auf Milben aufwies. Hausstaub- und Futtermilben waren hochgradig erhöht. Eine Desensibilisierung nutzte nichts. Ich versuchte zuhause ihre Umgebung so gut wie möglich milbenarm zu gestalten, sie bekam allergiefreie Kissen in ihren Korb und eine Kunstlederauflage im Auto.

Das Futter war das größere Problem, zumal sie immer noch so dürr war. Nun bekam sie absolut allergiefreies Futter, d.h. in ihrem Fall Pferdefleisch, Gemüse, Kartoffeln. Kein Trockenfutter, keine Flocken, nichts trocken gelagertes. Ich suchte im Internet nach einer Pferdefleisch-Quelle, hier bei uns gibt es so was nicht. Wir fuhren nach München auf den Viktualienmarkt zu einem Pferdemetzger. Zuhause habe ich Fuhren von Gemüse und Kartoffeln gekocht und mit dem Fleisch portionsweise eingefroren. Ich habe ihre Leckerlis selber gebacken aus Thunfisch, Eiern und Kartoffelpüree.

Dann musste ich mich nach neuem Pferdefleisch umschauen, das ich zwischenzeitlich tiefgefroren übers Internet bestellen konnte. Der Aufwand war riesig, aber ich konnte feststellen, dass Jana gut fraß und auch zunahm. Ich suchte nach Alternativmedizin, denn ich wollte versuchen, ihr diesen ständigen Juckreiz zu nehmen. Uns wurde eine Tierärztin in München empfohlen, die mit homöopathischen Mitteln behandelt und damit gute Erfolge haben sollte. Leider konnten wir nach einer Behandlung bei ihr keine Besserung feststellen, wir hatten zusätzlich noch das Gefühl, gescheit abgezockt worden zu sein. Eine weitere Behandlung bei einem Heilpraktiker in Bayreuth verlief ähnlich frustrierend. Ich habe 37 verschiedene homöopathische Mittel im Schrank! Seitdem bekommt Jana Cortison vom Tierarzt und kratzt nicht mehr so viel.

Jana hat sich inzwischen so entwickelt, dass wir zuhause einen sehr lieben und auch folgsamen Hund haben. Wenn wir allerdings zum Gartentor hinausgehen, haben wir einen anderen Hund. Sie hat generell Probleme mit Artgenossen, bellt alle an und würde sie auch angehen, wenn sie könnte. Menschen gegenüber verhält sie sich total unberechenbar. Wir konnten monatelang an der Straße entlang gehen, ohne dass ein Auto sie interessierte und dann plötzlich wäre sie hinein gesprungen, wenn sie nicht an der Leine gewesen wäre. Diese ist unumgänglich und seit einiger Zeit sieht ihr Hals von dem Gezerre ganz kahl aus. Doch auch zuhause war sie nicht ganz berechenbar. So kam eine gute Bekannte zu uns, die Jana von klein auf kannte. Als ich das Zimmer verlassen wollte, um im Flur das Licht zu löschen, schoss Jana auf meine Bekannte los. Sie konnte sich mit einem Schrei und einem Sprung zur Seite retten und ich erwischte Jana gerade noch, bevor ein Unglück geschah. Leider war das nicht der einzige Übergriff auf

Besucher und wir waren uns nie sicher, wie sie sich Gästen gegenüber verhielt. Wir hatten gehofft, dass sich ihr Verhalten nach Ginos Tod ändern würde, aber auch das war nur Wunschdenken.

Irgendwann begann dann ihre Angst in Panikattacken umzuschlagen. Sie lag bei uns im Wohnzimmer oder auf der Terrasse und schlief. Plötzlich schoss sie hoch und verkroch sich hechelnd und japsend unter dem nächsten Tisch oder einer Bank. Diese Attacken waren stellenweise so schlimm, dass sie dabei Analdrüsensekret absetzte. Wir konnten keinen Grund finden, der sie erschreckt hätte. Wir machten uns Sorgen und der Tierarzt wollte keine ruhigstellenden Medikamente geben. Er riet mir, es mit Bachblüten zu versuchen. Ich wandte mich an eine Tierkommunikatorin, die meinen Verdacht auf eine genetische Ursache bestärkte. Ich habe noch selber einen Kurs in Tierkommunikation belegt, um meinen Hund besser verstehen zu können. Außerdem habe ich in Foren im Internet nach ähnlichen Fällen gesucht. Zeitgleich habe ich erfahren, dass insgesamt drei Hunde aus dem selben Zwinger ähnliche Probleme wie Jana haben, einer davon ist starker Epileptiker, ein anderer, (Hund vom Sohn des Züchters) musste eingeschläfert werden, weil er böse wurde.

Mir wurde von kompetenter Stelle auf Anfrage mitgeteilt, dass es sich bei diesen Angstattacken durchaus um die Vorstufe eines epileptischen Anfalls, sogenannten Petit Mal, handeln könnte. Da ich selber gesundheitlich angeschlagen bin und mir die Probleme von Jana immer mehr zu schaffen machten, habe ich das Gespräch bei meiner Therapeutin auch auf den Tisch gebracht.

Sie riet mir, eine zweite Tierarzt-Meinung einzuholen und empfahl mir ihren Tierarzt. Ich machte einen Termin aus und er nahm sich eine geschlagene Stunde Zeit, um Jana zu beobachten und mich auszufragen. Schließlich kam folgendes

Zitat: "Was ich ihnen jetzt sage, wird ihnen nicht gefallen: Es gibt Hunde, für die gibt es keine Medikamente, keine Therapie und die sind nicht erziehbar, und so einen haben sie erwischt. Jeder Cent, den sie in diesen Hund investieren, ist rausgeschmissenes Geld." Und es war nicht die einzige „zweite Meinung"! Medikamente, die diese Hunde ruhigstellen, schlagen nach gewisser Zeit ins Gegenteil um und die Hunde werden noch aggressiver. Alle anderen bestätigten nur die Meinung meines Tierarztes, der mich ständig warnte und mir sagte, ich liefe mit einer tickenden Zeitbombe rum. Wir haben nach Alternativen gesucht und auch in Erwägung gezogen, sie einschläfern zu lassen. Wenn ich nur wüsste, ob ich meinen Hund damit erlösen würde, würde ich es tun, auch wenn ich nicht weiß, wie wir damit fertig werden. Das Tierheim hat sich angeboten, Jana aufzunehmen, aber der Leiter wollte sie weiter vermitteln, und das konnte und wollte ich auf jeden Fall verhindern, denn ich hätte keine ruhige Minute mehr gehabt, in der ich nicht gewusst hätte, was mit ihr passiert.

In der Zwischenzeit habe ich mich mit allen erdenklichen Methoden zur Problembehandlung befasst. Ich hatte ja Zeit genug, denn mit Jana irgend etwas zu unternehmen, konnten wir vergessen, ebenso wie diverse Hundetrainer. Auch merkten wir, vor allem in letzter Zeit, dass sie sich nur noch zuhause richtig wohl fühlt. Da liegt sie entspannt und ruhig. Sie will überhaupt nicht Gassi gehen, geht schon morgens gar nicht mit runter, springt nicht ins Auto und wenn wir weggehen, habe ich das Gefühl, als wenn sie froh ist, dass sie nicht mit muss. Bisher konnten wir unsere Hunde überall hin mitnehmen, wir hatten einen Wohnwagen, den wir nun verkauft haben, denn Jana auf `nem Campingplatz`, das wäre genau der richtige Urlaub!

Janas Stressanfälligkeit und ihre Angst führten soweit, dass sie immer öfter mit Durchfall reagierte. Jede Unregelmäßigkeit in ihrem Tagesablauf führte dazu, dass wir nachts fünf sechs Mal mit ihr in den Garten mussten. Auch bekam ich den Durchfall mit gewöhnlichen Mitteln nicht mehr in den Griff und ich musste in regelmäßigen Abständen, alle drei bis vier Wochen zum Tierarzt, um ihr eine Spritze geben zu lassen. Zum Glück gab es ein neues Trockenfutter mit Tryptophan zur Beruhigung des Magen-Darm-Traktes (das sie ja eigentlich gar nicht fressen durfte, aber darauf konnten wir im Moment keine Rücksicht nehmen) mit dem wir ganz gut zurecht kamen. 4kg zu 39,50€ und das für einen Schäferhund!

Dann wurde ich auf das Tele-Takt-Gerät aufmerksam gemacht. Wir wissen, dass die Benutzung verboten ist und wir uns einer Ordnungswidrigkeit strafbar machen. Ich war mir aber auch sicher, dass wir das Gerät nicht missbrauchen würden und probierten es aus. Für uns war es das letzte Mittel, mit dem wir evtl. noch eine Chance sahen, Jana in den Griff zu bekommen. Abgesehen davon haben wir noch einmal 270 € investiert, von den Kosten, die Jana bis dahin verursachte, mal ganz zu schweigen. Wir legten ihr sechs Wochen lang das Halsband an, ohne das Gerät zu benutzen und ließen sie an der Leine. Unser erster Ausflug ohne Leine und eingeschaltetem Gerät, war für uns eine Überraschung. Wir ließen Jana laufen und mussten feststellen, dass sie sich ohne Leine sehr schön an uns orientierte und in unserer unmittelbaren Umgebung blieb. Bis ihr Jagdtrieb durchschlug und sie abhauen wollte. Wir betätigten das Gerät und stellten an ihrer Reaktion fest, dass sie den Umgang damit bereits gewohnt sein musste. Sie stand schnurstracks bei uns und wir brauchten keinen weiteren Einsatz mehr. Ich vermute, sie wurde bereits in der

Hundeschule in Nordrhein-Westfalen damit trainiert, beweisen kann ich es allerdings nicht. Ab sofort vollzog sich mit unserem Hund eine Wandlung, die wir so nicht vorhergesehen hatten. Jana war wesentlich gelöster, sie folgte, ohne dass wir große Anstrengungen anstellen mussten, sie und wir hatten weniger Stress, was sicherlich auch von uns wieder auf den Hund überging und sie konnte sich doch weitest gehend frei bewegen. Zuhause hechelte sie nicht mehr stundenlang und zu unserer großen Überraschung hörte das Gekratze fast ganz auf! Wir standen momentan vor einem Rätsel, aber schließlich war uns das so was von wurscht, denn Jana ging es sichtlich besser und uns auch!

Ich fütterte sie fortan sogar teilweise mit Trockenfutter, konnte die Cortisongabe bis auf ein Minimum reduzieren, wir konnten sie sogar täglich ins Wasser lassen, was vorher nur zu Fellproblemen geführt hat. Es war wie ein Wunder und wir waren überglücklich, und das alles nur, weil sie so ein Halsband mit Empfänger trug? Wir merkten im Laufe der Zeit, dass sie sehr wohl unterscheiden konnte, wann sie das Halsband trug und wann nicht. Dann gingen sie alle Befehle nichts an.

Fast hatten wir uns an unseren „neuen" Hund gewöhnt. Da kam der nächste Schlag. Wir waren mal wieder mit Jana beim Schwimmen und gerade auf dem Heimweg, als sich von hinten ein Radfahrer näherte. Mein Mann rief Jana heran, sie kam dank ihrer Erziehungshilfe sofort, er nahm sie am Halsband und sie saß neben ihm, als der Radfahrer in kurzer Entfernung stehen blieb und sagte: „lassen sie den Hund ruhig los, ich habe keine Angst vor Hunden." Vielleicht hatte uns die positive Zeit zu leichtsinnig gemacht – mein Mann ließ sie los und sie schoss ohne Vorwarnung, ohne Knurren und Bellen auf ihr Opfer los und biss ihm in den Unterarm. Er musste ärztlich versorgt werden. Wir waren, wie vom Donner gerührt! Es gab keinerlei Grund für diesen Angriff, keine Bedrohung, kein Erschrecken, nichts. Der Geschädigte sah von einer Anzeige ab, denn dann wäre Janas Schicksal besiegelt gewesen. Für mich ist an diesem Tag eine Welt zusammen gebrochen und dementsprechend schlecht erging es mir auch. Aber auch mein Mann, der sonst alles viel leichter wegsteckt, war sichtlich geschockt.

Ich hatte trotz der geänderten Situation mit Jana immer die Befürchtung, es könnte ein weiteres Unglück geschehen, nun muss ich sagen, bin ich froh, dass es so glimpflich abgegangen ist, man kann sich nicht vorstellen, was hätte passieren können.

Zwei Monate später wurde Jana operiert. Die OP wurde kurzfristig nötig, da wir mal wieder den Durchfall nicht in den Griff bekamen und der Tierarzt keine andere Möglichkeit sah, um Klarheit zu bekommen. Sie hatte eine Zyste am Eierstockstumpf, die wahrscheinlich der Grund für die Blutungen war. Die Hälfte ihres Dünndarms war so dick, wie der Dickdarm, was vermutlich mit der Allergie zu tun hat. Sie wird weiter immer Diätfutter und Cortison benötigen! Danach stellten wir allerdings fest, dass Jana tatsächlich ruhiger wurde und die Panikattacken nachließen. Zusätzlich behandelte ich sie nun noch mit Bachblüten, auf die sie zeitweise recht gut ansprach.

Dann kam der Tag, an dem mir Willi über den Weg lief. Wir hielten es nicht für möglich, dass Jana sich mit einem anderen Hund so gut verstand, aber mit Willi war es Liebe auf den ersten Blick und so durfte Willi bleiben. Die Spaziergänge waren recht nervig, denn eigentlich konnten wir keinen von beiden laufen lassen. Jana nur mit Tele-Takt und Willi an der

Langleine war immer ein bisschen stressig. Allmählich gewöhnten sie sich aber daran und durch Janas zwischenzeitlich mal ordentliches Verhalten wurden wir ein wenig unaufmerksam. Eines Tages im Januar holte ich Jana gerade aus dem Auto um Gassi zu gehen. Eine Spaziergängerin, die sich uns näherte erweckte keine besondere Aufmerksamkeit und so ließ ich Jana, zwar mit Tele-Takt ausgestattet, unangeleint. Als Willi aber einen ganz leisen, fast nicht vernehmbaren Knurrlaut von sich gab, schoss Jana auf die Frau zu und biss sie in den Arm. Die Aktion war so schnell und unvorhersehbar, dass ich das Gerät nicht bedienen konnte. Glücklicherweise hatte die Frau einen dicken Wildledermantel an und dadurch keine gravierende Verletzung. Auch kam keine Anzeige etc. nach und so blieb diese Beißattacke ohne Folgen. Trotzdem können wir Jana nun nur noch mit Maulkorb gehen lassen, denn noch ein solcher Vorfall wäre Janas Todesurteil! Sie hat den Maulkorb auch recht schnell akzeptiert, zumal ich ein Modell gefunden hatte, das ihr ermöglicht mit offenem Maul sowohl zu hecheln, als auch mal ein Leckerli zu nehmen. Allerdings hatte ich nicht bedacht, dass Jana eigentlich auch im Garten einen Maulkorb tragen müsste, was ja total bescheuert ist, aber sie hat es geschafft, dass sie, als unsere Nachbarin den Willi streicheln wollte, hinter einem Baum hervor schoss und die gute Frau, die sie zeitlebens kennt, in den Arm biss. Wir führten diese Attacken auf ihren gesteigerten Beschützerinstinkt Willi gegenüber zurück und dieser wurde immer schlimmer. Wir entschlossen uns Jana zuliebe, Willi wieder zurück zu geben. Neben dem Tierheim versuchten auch wir für Willi einen geeigneten Platz zu finden und kamen durch Vermittlung von anderen Owtscharka-Besitzern auf eine Familie in der Nähe von Saarbrücken. Wir brachten Willi dort hin und hofften, dass er sich dort einleben würde. Jana hat ihn in den darauffolgenden

Tagen weder gesucht noch vermisst. Am vierten Tag kam ein Anruf der Familie, dass wir Willi wieder holen müssen, er würde nur heulen und sich mit einem anderen Hund in der Familie nicht verstehen. So machten wir die Tour von 900 km ein zweites Mal, nur dieses Mal hatte ich keinen Hundesitter für Jana und so mussten wir sie mitnehmen. Wir entschlossen uns, nicht mit dem „Hundeauto“ zu fahren, das doch kleiner und unkomfortabler auf einer so lange Strecke war und so funktionierten wir den Audi um. Auf der Hinfahrt war von Jana nichts zu sehen, sie hatte sich im Kofferraum des Kombi so abgeduckt, dass wir sie gar nicht sehen konnten. Erst als ich auf der Rückfahrt Jana zu mir auf die Rücksitzbank setzen wollte, merkte ich, dass sie sich panikartig versuchte im Fußraum zu verstecken. Sie hing mit dem Kopf nach unten hinter den Fordersitzen und war nicht zu bewegen, sich auf den Sitz zu legen. So wechselten wir die Plätze und verstauten Jana wieder im Kofferraum, wo sie sofort wieder in eine Ecke abtauchte. Ich hatte vorher noch nie bemerkt, dass sie Angst vor dem Autofahren hatte. Willi musste nun mit seinen fast 40 kg auf den Rücksitz und ich konnte ihn mehr schlecht, als recht halten. Von Willi wussten wir, dass er kein leidenschaftlicher Autofahrer war, wir hatten ihn gerade erst ein bisschen daran gewöhnt.

Die Fahrt war ein Höllentrip, und ich hoffte nur, dass nichts passierte. Kurz vor Nürnberg gab dann noch der Auspuff den Geist auf, aber schließlich kamen wir alle, wenn auch total gestresst, so doch wieder gut nach Hause. Zur Nationalhymne kürten wir dann „Little Willy, Willy want´s go home“ von den Sweet und das dudelte dann auch täglich . Damit war dann auch der Urzustand wieder hergestellt! Jana und Willi hatten sich wieder, Herrchen hatte seinen Willi wieder, um den er vier Tage getrauert hatte, wir hatten unsere Probleme wieder und ich konnte nur von Tag zu Tag hoffen, dass wir alles unter

Kontrolle behalten können, bis sich eine andere Lösung finden würde. Und das war Stress pur!
Die Spaziergänge mit den beiden Hunden wurden zunehmend zum Horrortrip. Jana war ausgestattet, wie ein Monster, ich konnte sie nur noch mit Stachelhalsband bändigen, sie tat mir so leid, wenn sie mit einem Stock oder ihrem Kong spielen wollte und es mit dem Maulkorb nicht ging, aber ihr Verhalten ließ nichts anderes zu. Nur weit draußen, wo wir alles überblicken konnten, durfte sie „nur mit Teletakt" ausgerüstet, auch mal frei laufen. Zu Hause musste ich feststellen, dass sich öfter wieder Angst- und Panikattacken einstellten. Auch klammerte sie sich noch mehr an mich, als ich es eh schon gewohnt war. So war es auch, als wir mit den beiden Hunden nach Neuburg ins Tierheim fuhren, um sie in eingezäumtem Gelände mit anderen Hunden spielen zu lassen. Jana rannte panikartig nur zwischen mir und meinem Mann hin und her, ähnlich wie wir es von den Spielstunden kannten. Danach war sie vom Stress fix und fertig.
Als wir dann Ende März auf unserer Spazierstrecke, weit ab vom Schuss gingen, Willi an der Langleine, Jana mit Tele-Takt, kam uns von weit vorne eine Reiterin entgegen.
Ich leinte Jana an und hoffte, dass sich das Pferd auf einen der anderen Wege begeben würde. Aber nein, die Dame hielt genau auf uns zu und als sie merkte, dass beide Hunde zu bellen anfingen, sagte sie, ihr Pferd habe keine Angst vor Hunden. Sie blieb auch noch genau vor meinem Mann stehen, der Willi gerade noch bändigen konnte. Ich hatte Jana „Platz gelegt", sie blieb aber nicht, und als das Pferd auch noch auf uns zukam, schoss sie darauf los. Ich stürzte, ließ aber die Leine nicht los, denn ich konnte mir ausmalen, was passieren würde, wenn Jana das Pferd erwischt. So schleifte sie mich hinter dem Pferd her, das einen Satz vorwärts machte und dann - Gott sei Dank - aus ihrem Aktionsradius verschwand. Mir taten nicht

nur mein Arm und meine Hand weh, sondern ganz besonders mein Herz, denn ich wusste im Moment, dass dies das letzte Mal war! Mir war nun unwiderruflich klar, dass ich diesem Hund nicht mehr Herr werde und alles, was jetzt noch kommt, unverantwortlich ist.
Der Abend war ein Trauerspiel, an dem wir beschlossen, uns definitiv von Jana zu trennen. Wir hatten alles versucht, was in unserer Macht steht und im Leben würde ich diesen Hund niemand anderem anvertrauen, auch wenn es egoistisch klingt. Ich bin fest davon überzeugt, dass ich diese arme Kreatur erlösen muss, nur wie ich damit zurecht komme, war mir in dem Moment noch nicht klar.
Ich versuchte noch am selben Abend meinen Tierarzt zu erreichen, aber es war schon zu spät. So schickte ich ihm eine Mail und als wir am darauffolgenden Morgen telefonierten, erklärte er sich sofort bereit, Jana mittags einzuschläfern. Die Nacht war furchtbar für uns und ich verabschiedete mich von meinem Mädchen, einem Hund, der so viele Probleme bereitet, der uns aber auch seine uneingeschränkte Liebe und Treue geschenkt hatte.
Jana war der erste Hund, den wir nicht zu Hause einschläfern ließen, damit Willi nichts davon mitbekam. So fuhr ich allein mit ihr in die Praxis. Ich hatte früher mit meinem Tierarzt schon viele Tiere eingeschläfert und wusste, dass er ein besonderes Feingefühl dafür besitzt. Jana überraschte mich allerdings, als sie in die Praxis hinein marschierte, in die ich sie sonst zerren musste. Sie setzte sich zu mir und lehnte sich an, als sie die Beruhigungsspritze bekam. Dann legte sie sich in meinen Arm und als der Zugang gelegt wurde, schlief sie schon. Ich streichelte sie und als ich meinte, dass sie nun schon fest schlief, sagte mein Tierarzt, „nein, sie ist schon tot". Den Kampf, den wir erwartet und den ich so gefürchtet hatte, hat sie uns erspart. Sie hat nicht einmal gezuckt! Es war, als wäre

sie froh gewesen, nun endlich gehen zu dürfen. In all dem Schmerz und der Trauer war ich froh, meinen Hund erlöst zu haben und sie hat mir dabei in wunderbarer Weise geholfen. In ihrem Weggehen hat sie mir diese Botschaft noch mitgegeben. Sie ist nun immer bei mir und ich weiß, dass ihr und unser Leiden ein Ende hat. Trotzdem wünsche ich die Stunden und Tage danach niemandem.
Nun liegt sie in unserem Garten neben all ihren Vorgängern und Weggefährten, unsere

Jana

22.10.05 - 01.04.10

Du arme kleine Seele finde endlich in Ruhe Deinen Frieden!

Wir haben Dich geliebt, mit Dir gelitten und Dich schließlich erlöst.

Seit Janas Tod verbindet uns beide ein ganz besonderes Band und sie gibt mir all die Kraft und Energie, die ich brauche, um mit Willi fertig zu werden. Sie hat den Platz geräumt für ihn und wir werden alles in unserer Macht stehende tun, um Willi weiterhin ein gutes Zuhause zu geben. Ich stehe täglich vor ihrem Bild und betrachte diese, von ihrer

Krankheit gezeichneten Augen, die zu Lebzeiten ganz selten jemanden direkt angeschaut haben. Zum Glück hatte ich eines Tages die Kamera bereit und zum Glück ist das Foto auch noch gut geworden. Ich hatte es als Desktop-Hintergrund auf meinem PC bis zu dem Tag, als sie nicht mehr da war, dann habe ich mich hingesetzt und sie gemalt.

Leider ist an dieser traurigen Geschichte eine alte Freundschaft zerbrochen. Man konnte nicht verstehen, dass ich einfach nicht weiter in der Lage war, eine solch gefährliche Verantwortung zu übernehmen und gleichzeitig stand die stumme Anklage im Raum, dass wir Jana für Willi geopfert haben. Allein dieser Gedanke und, dass man uns so etwas auch nur im Entferntesten zutrauen könnte, treibt mir die Tränen in die Augen.

Als Jana von uns gegangen ist, war Willi 7 ½ Mt. alt. Die beiden hatten uns zuhause drei Monate lang ein herrliches Hundeleben demonstriert. Sie spielten so innig miteinander, rauften auf so zärtliche Art, dass das Fell nass und die Wolle im ganzen Zimmer verteilt war. Jana hatte Willi angenommen und er durfte all das, was vor ihm keiner durfte. Er durfte sich sogar mit seinem dicken Kopf auf sie drauflegen und so schliefen sie dann gemeinsam. Wir haben uns über viele Situationen köstlich amüsiert und einige Videos gedreht. Leider gab es aber die andere, die sehr gefährliche Seite, die uns unsere letzten Nerven raubte.

Immer, wenn wir das Grundstück verließen wünschte ich mir ein einziges Mal wie ein ganz normaler Hundebesitzer mit seinem Hund Gassi gehen zu können, ihn draußen laufen zu lassen, mit ihm zu spielen und zu toben. Aber wir waren ausgestattet mit allem, was einen Hund an all dem hindert. Bei Jana war uns das zur unumgänglichen Gewohnheit geworden und Willi sollte uns recht bald lehren, was ein Owtscharka ist. Endlich beide im Auto verstaut, zeigte Jana ihrem Lehrjungen wie man sich aufzuführen hat, wenn draußen ein Artgenosse auftaucht. Bis heute konnten wir Willi diese Unart nicht mehr abgewöhnen. Und während der Privatvorführungen für Willi wurde mir immer himmelangst, denn Jana hatte ja noch ganz andere Spielchen auf Lager. Jeder Spaziergang, oder wie immer man das nennen will, war für mich purer Stress. Mein Mann, mit den wesentlich besseren Nerven ausgestattet, trug die Hauptlast, denn auch die physische Belastung musste ich auf ihn abwälzen. Jana konnte ich schon lange nicht mehr halten und nun merkten wir täglich, wie stark sie ihren Willi gegenüber allem und jedem verteidigte. Unsere Bekannten und Freunde machten, bis auf ein paar wenige, einen großen Bogen um uns und unsere gefährlichen Hunde. Ich wusste, dass ich dieser Belastung eines Tages nicht mehr gewachsen bin. So war ich froh und erleichtert, dass Jana uns letzten Endes die Entscheidung abgenommen hat. Sie hat, trotz all der Plagerei, einen besonderen Platz in meinem Herzen. Und als sie nicht mehr da war, mussten wir - so komisch das klingt - erkennen, dass Willi sie nicht besonders vermisste und sein alleiniges Dasein sichtbar genoss.

Die Krankheit

Unser Hund legte in letzter Zeit ganz schön an Gewicht und Kraft zu und sein tapsiger Gang auf seinen Riesenpfoten wirkte irgendwie unrund. Langsam erkannten wir, dass er richtig hinkte. Erst vorne recht, dann links oder vielleicht doch hinten oder haben wir uns vielleicht doch getäuscht? Wir hatten ihn immer ins Auto hinein gehoben, wie wir es mit allen jungen Hunden taten, aber er versuchte erst gar nicht allein reinzukommen und raus schon gleich gar nicht. Sein seltsamer, schlapper Zustand, den wir anfangs als Wachstumsproblem eingeordnet hatten, entpuppte sich schließlich als ernsthafte Krankheit. Ich ließ nicht locker bei meinem Tierarzt, bis er sich schließlich dazu überreden ließ, Röntgenaufnahmen zu machen. Das Ergebnis war niederschmetternd, Willi hatte eine ganz schwere Ellbogendysplasie. Auf die Aufnahmen der Hüftgelenke konnte verzichtet werden, bei dem Befund sahen die genauso aus und die Hüfte wäre noch leichter zu behandeln gewesen, als die Ellbogen. Die Gelenke waren, trotz des jugendlichen Alters, arthrotisch verändert und insgesamt waren sie so gut wie inoperabel. Obwohl ich die ganze Zeit über befürchtet hatte, dass irgend etwas mit ihm nicht stimmt, war ich doch total am Boden. Bitte nicht noch so ein krankes Tier, das halte ich nicht aus! Gerade deswegen bemühten sich mein Tierarzt und wir um eine zweite Meinung, aber wen wir auch hinzuzogen, es kam nichts anderes zutage. Wir entschieden uns, trotz einiger Fachmeinungen, Willi nicht als Versuchskaninchen operieren zu lassen, sondern behandelten ihn medikamentös. Er sollte so lange es ihm möglich war, schmerzarm laufen und sich bewegen können und wenn das Alter und sein zu erwartendes Gewicht seinen Tribut fordern, würden wir ihn erlösen. Ich habe doch den letzten Schlag noch nicht richtig verdaut, das darf doch alles nicht wahr sein und nun der nächste. Als Trost sagte man mir, man bekomme immer soviel, wie man ertragen kann!? Vom Tierheim wurde uns jegliche Unterstützung zugesagt und der Leiter ließ uns wissen, wie froh er war, dass Willi bei uns war und nicht in seinem Zustand in irgend einem Zwinger vereinsamen würde.

Die Medikamente schlugen anfangs recht gut an und Willi begann richtig toll zu laufen. Endlich hatte ich das Gefühl einen jungen Hund zu haben und wir freuten uns, wenn wir ihn im Garten herum rennen sahen, denn das kannten wir ja gar nicht von ihm. Leider vertrug er sehr bald das Medikament nicht mehr und erbrach ständig. Wir mussten es absetzen und ich versuchte ihm zusätzlich zu seinen Muschelkalkpräparaten eine homöopathische Arznei zu geben, die schon vor vielen Jahren unser alter Gino bekam. Zu meinem großen Erstaunen lief Willi, nein er rannte, er sprang ins Auto und raus, rannte die Treppen hoch und wieder runter und wir konnten uns nur einmal wundern. Sicher verpasste ich ihm futtermäßig alles, was er für seine Gelenke brauchte, auch versuchten wir, sein Gewicht nicht allzu schnell wachsen zu lassen, aber wir wussten, dass ein ausgewachsener Owtscharka locker 70 kg wiegen kann. Bei Willi sah das, Gott sei Dank, etwas anders aus. Er würde auch im ausgewachsenen Zustand nicht so ein Riese werden. Manch einer wollte uns trösten, es könne ja vielleicht eine harmlose Panositis oder doch eine mit dem Wachstum einhergehende Befindlichkeitsstörung sein, aber die Fachleute warnten uns, denn die Röntgenaufnahmen lügen nicht.

Die Herkunft

Ich bekam eines Tages eine Mail von einer Owtscharka-Besitzerin, die mir vorschlug, nachzuforschen, woher Willi stammt. Nachdem es in Deutschland nicht so viele Owtscharkas und noch weniger zentralasiatische gibt, müsste man herausbekommen, woher er stammt. Und tatsächlich konnte ich seine Wurzeln erforschen. Wir kennen nun sein genaues Geburtsdatum, wissen, wie die Mutter aussieht und durch einen Zufall fand sich im Internet sogar Ivan, sein Bruder, der ihm wie ein Zwilling gleicht. Beide sind nicht sehr groß, richtig schlank und heute hat Willi im Alter von einem Jahr ca. 47 kg und wird wahrscheinlich nicht sehr viel schwerer. Wir erfuhren auch seine Vorgeschichte. Als „Fleckerl" kam unser Hund in einer bayrischen Familienzucht als einer von neun Welpen zur Welt. Seine Mutter stammt aus der Ukraine und wir haben sie und den letzten noch verbliebenen Bruder von Willi besucht, um uns über seine Herkunft ein Bild zu machen. Als „Charlie" kam er mit neun Wochen zu einer berufstätigen Dame, die doch tatsächlich glaubte, einen Owtscharka als Zweithund in einer Mietwohnung halten zu können. Mit vier Monaten wurde er vom Tierschutz abgeholt und kam als „Big-foot" ins Tierheim, wo wir ihm dann mit gerade mal viereinhalb Monaten als dritte Besitzer den vierten und hoffentlich letzten Namen gaben.

Wir sind zwar die totale Hunde- und Katzenfamilie, aber es gibt halt trotzdem noch ein Leben neben den Viechern. Und dieses Jahr stand bei uns eine größere Hausreparatur an, d.h. wir wollten unserem Haus einen neuen Anstrich und eine neue Heizung verpassen. Nachdem uns die Handwerker das Gerüst aufgestellt und dann keine Zeit hatten, begannen wir selbst Hand anzulegen. Das war Maloche pur. Und das verstand auch jeder - nur Willi nicht, *so ein Blödsinn, dann haben die ja für mich überhaupt keine Zeit mehr! Mensch, was mach ich denn da bloß?* Und was fällt einem Hund in einer solchen Lage ein? – nur Unsinn! Er hatte ja nun auch schon ein richtiges Flegelalter und so langsam merkten wir auch, dass Kommandos ihn zuerst mal ganz kalt ließen. Typisch schaltete er zuerst auf Durchzug, um sich dann nach reiflicher Überlegung doch anders zu entscheiden. Versucht´s doch mal mit Leckerlis, denn dein Hund soll ja freudig deine Kommandos ausführen. Ja, denkste, aber kein Owtscharka und schon gar nicht Willi, denn Leckerlis locken ihn nicht hinter dem Ofen hervor. So froh ich war, dass er wegen seiner Gelenke kein Fresser war, so schlecht war das für seine Erziehung. Das schlaue Buch gab allerlei Tipps, aber über allem thronte der Satz:

ein Owtscharka ist nicht erziehbar!

Willis Schandtaten

Im Garten fand sich ja nun so einiges, was man gebrauchen kann, um sich selbst zu beschäftigen. Und wenn dann wieder ein Blumentopf oder ein Gartengerät dran glauben musste, hatte ich immer ein schlechtes Gewissen, meinen Hund nicht genügend ausgelastet zu haben. Hundespielzeug war ja was für andere Hunde, aber doch nicht für Willi. Er bevorzugte ganz klassisch Schuhe aller Art. Und wenn wir halt unsere alte Gewohnheit nicht schnell genug ablegen konnten und Herrchen z.B. seine Joggingschuhe draußen stehen ließ, war Willi für einige Zeit ganz unauffällig und ruhig. Danach konnte mein Mann getrost in die Stadt fahren, um sich neue zu kaufen. Na ja, war auch mal an der Zeit!

Richtig unangenehm traf uns dann eine ganz schlechte Eigenschaft unseres vierbeinigen Mitbewohners, denn er wollte partout nicht allein zuhause bleiben. In den ersten Monaten ist uns das gar nicht so aufgefallen, aber gerade mit unseren Bauaktivitäten und den gestörten Tagesabläufen kam es öfter mal vor, dass wir ihn hätten zuhause lassen müssen. Jana und alle ihre Vorgänger hatten keinerlei Probleme, mal über einen kürzeren oder auch längeren Zeitraum alleine zu bleiben, aber Willi doch nicht! Anfangs waren es nur Pfützen, mit denen er uns beglückte, wenn wir heimkamen, aber dann begann eine regelrechte Zerstörungsorgie. Die Haustüre und die Terrassentüre sahen aus, als hätte ein Schreiner seinen Hobel daran ausprobiert, das Netz der neuen Insektenschutztüre war in null-komma-nix zerfetzt, die Fußabstreifer hatte er an allen Ecken angenagt in

Ermangelung richtiger Teppiche, die wir vorsorglich schon in den Keller transportiert hatten und an den Fenstern sah ich seine Spuren, die er hinterließ, wenn er versuchte raus zu kommen. Am schmiedeeisernen Gartentor hatte mein Mann vorsorglich ein Drahtgitter angebracht, damit keiner der Hunde seinen Kopf zwischen den Elementen hindurch stecken konnte und ihn dann nicht mehr zurück brachte. Dieses Gitter hat er, keiner weiß wie, zerrissen, ohne sich zu verletzen. Wir standen vor einem Problem, mit dem wir uns noch nie auseinander zu setzen hatten. War es Angst, sogenannte Trennungsangst, hatte er in seiner frühesten Kindheit irgendein Erlebnis oder ist es einfach eine Unart, seinen Kopf durchzusetzen. Wir versuchten, ihn in ganz kurzen Abständen allein zu lassen, aber er begann sofort zu heulen und zu kratzen und nachdem wir im Moment alles andere zu tun hatten, als mit Willi „Alleinsein" zu üben, nahmen wir ihn halt mit. Denn wenn er nicht in der Wohnung bleiben will, dann vielleicht im Auto. Wir parkten Willi im kühlen Auto mit offenen Fenstern für ein paar Minuten und als wir zurück kamen, hing die Innenverkleidung der hinteren Tür in Fetzen weg. Na, prima, das Auto ist noch keine zwei Jahre alt. Was haben wir denn jetzt noch für eine Option? Inzwischen kennt im Baumarkt jeder Willi, wenn wir einmal zum Italiener oder Griechen gehen wollen, müssen wir uns dort einen Platz irgendwo am äußersten Eck suchen, denn Willi muss ja mit. Allerdings, und das zum großen Glück, ist er ein ganz friedlicher Zeitgenosse und jedem Zweibeiner gegenüber wohlgesonnen. Trotzdem ist es für uns und für ein paar Ängstliche ein ganz schöner Stress und schließlich möchte oder muss man einfach mal allein weggehen können. Bei uns ist das im Moment nicht der Fall, entweder gehen mein Mann und ich getrennte Wege oder wir gehen alle drei. Einladungen sind bei uns zur Zeit kein Thema, tut uns leid, wir haben einen Willi! Aber ihr könnt gern zu uns kommen, allerdings bitte im

Räuberzivil, denn ihr werdet gebührend empfangen. Willi freut sich über jeden, der kommt. Vom Postboten angefangen, über den Kaminkehrer bis zu Freunden und den Kindern wird jeder abgeknutscht. Allerdings blickt er einem dabei gerade ins Auge, wenn er sich vor jemandem aufstellt.

Achim

An unseren kleinen oder größeren Problemen, je nach dem, wie man´s sieht, nimmt auch eine nette Internet-Bekanntschaft teil, die wir über ihre Owtscharka-Seite kennen gelernt haben. Sie hat auch einen, nein, sie hat sogar zwei Owtscharkas und nebenbei noch so allerhand anderes Getier. Wie nicht anders zu erwarten war sie auch dem besonderen Charme dieser Rasse erlegen. Zu ihren beiden alten, inzwischen verstorbenen Kaukasen und ihrer Labrador-Hündin Gina holte sie dann Mascha, eine hübsche, weiße Owtscharka-Hündin von einem zwielichtigen Züchter. Eigentlich hatte sie sich in Maschas Bruder verguckt, aber noch ein Rüde wäre sicher keine gute Wahl gewesen. Allerdings ließ sie diesen Hund nicht aus den Augen und musste entsetzt feststellen, dass der Züchter den wunderschönen Rüden misshandelte und ihn schließlich wegen einer angeblichen Hüftgelenksdysplasie mit drei Jahren einschläferte. Zum Glück gab es aber von ihm noch einen Wurf und nach kurzem Zögern und einem Blick in die Augen eines der Welpen, die denen des Vaters so ähnlich waren, war die Entscheidung gefallen –

die Entscheidung für ....

Achim

Und gerade als Willi die Diagnose der Ellbogendysplasie bekam, musste sie ihren Achim, der nun inzwischen vier Jahre alt ist, am Knie operieren lassen. Der Arme hatte anfangs die OP gar nicht so ganz gut überstanden, aber sie konnte aufgrund ihrer Ausbildung als Tierheilpraktikerin und -physiotherapeutin bei der Rehabilitation helfen, unter anderem mit Blutegeln. Und als er das hörte, war Willi doch ganz schön froh, dass er nur bei uns gelandet ist. Sein Artgenosse tat ihm aber schon ein bisschen leid und er wollte ihn ein wenig aufmuntern, zum Glück gibt´s ja das Internet:

Hallo Achim,

sag´ mal, was haben wir bloß angestellt! So ein Sch....wetter, tun Dir Deine Knochen auch so weh?! Mein Frauchen hat mir die Bilder von den Vampiren gezeigt, alle Achtung und du lässt das alles so über dich ergehen!
Mir reichen schon die blöden Zecken, hatte eine unter der Achsel und bis Frauchen die entdeckt hat, hatte ich die schon ganz schön bearbeitet und dann war alles entzündet. Und mein Tierarzt ist gerade im Urlaub, eigentlich bräuchte ich eine Analdrüsen-Sanierung. Jetzt drückt Frauchen auf mir rum, ziemlich unprofessionell! Habe mich gestern aber revanchiert - als der Postbote geklingelt hat und sie draußen war, habe ich die Tür von innen zugehauen und damit hatte ich sie ausgesperrt. Das hat mir die Jana gelernt, aber die konnte die Tür auch wieder aufmachen! In der ganzen Nachbarschaft keiner zu Hause wegen Ersatzschlüssel oder Telefon und - Kuchen im Ofen! Aber Frauchen hat Glück gehabt, dass die obere Balkontüre offen war und wir haben ja zur Zeit ein Gerüst am Haus. Also ist sie rauf geklettert und hat uns (mich und den Kuchen) gerettet. Na ja, man muss sich ja ein bisschen die Zeit vertreiben, wenn draußen schon nichts geht.
Hoffentlich geht`s bei Dir bald aufwärts, ein bisschen Wärme täte uns Geplagten schon gut. Und Eure Pferdchen lernen bei der Nässe sicher bald schwimmen!
Sag` Deinem Frauchen einen lieben Gruß und wir wünschen einen schönen Feiertag.
Halt` die Ohren steif, Alter!

Gruß Willi

Hi Willi,
heut´ war endlich das Wetter mal ein bisschen besser. Aber anstatt mit mir spazieren zu gehen, hat mein Frauchen wieder diese komischen Würmer auf mich angesetzt. Aber ich hatte heute keine Lust und wollte nicht still halten.
Mein Frauchen war alleine und ich habe das ausgenützt. Das End´ vom Lied war, dass nichts geklappt hat, mein Frauchen hat mich zusammengesch... und war total genervt. Ich hab´ gar nicht verstanden, warum. Nachher hat sie sich wieder bei mir entschuldigt, ich glaub´, die spinnt heut´.... Sie hat die Würmer wieder eingepackt und geschimpft, ich glaub´ sie will es morgen nochmal probieren, wenn Herrchen wieder da ist.
Auf Zecken sucht sie mich täglich stundenlang ab und pult mit so einer komischen Zange an mir rum. Sie hat extra ein Glas, in dem sie die Zecken sammelt und vernichtet. Bin aber auch froh, wenn ich sie dann loshabe.
Das war ein guter Gag mit der Türe, mein Frauchen hat neulich den Topf auf dem Herd vergessen und saß am PC. Plötzlich war die ganze Küche voller Dampf und es hat so komisch gestunken, weiß auch nicht, was die so immer macht...

Gehen Dir auch so die Haare aus im Moment. Mein Frauchen hat sich so einen komischen neuen Kamm gekauft und bearbeitet mich damit jeden Tag. Ich sage Dir, Berge voller Haare holt sie mir täglich damit raus. Ich habe ja längere Haare als Du, meine Tante Mascha hat auch kurze, die haart aber trotzdem ziemlich. Auf jeden Fall sind alle voll begeistert von diesem neuen Kamm und ich bin auch froh, wenn ich die lästigen Haare los habe. Ich habe so empfindliche Haut und bekomme schnell ein Ekzem, das dann immer fürchterlich juckt und ich den ganzen Tag dran schlecken muss. Mein Frauchen meckert dann und macht mir immer komische Salben und alles mögliche drauf. Einmal hat sie mir sogar einen Kragen aufgesetzt, das war unverschämt!!!
So, jetzt gibt's bald Essen, bis die Tage!
Grüß´ mir die Katze und Dein Frauchen
Achim

apropos Haare ausgehen! Wir hatten nun schon einige Pelzträger und man sagt, der Schäferhund würde das ganze Jahr über haaren, aber so ein Fell, wie bei Willi haben wir noch nie erlebt. Ich dachte anfangs, wenn der Welpenpelz mal runter ist, ist das schlimmste vorbei. Das war Wunschdenken. Nun ist er ja kein

Langhaarhund und trotzdem fusselt und fluselt es überall. Man könnte glatt einen neuen Owtscharka daraus stricken. Ich bin täglich mit dem Staubsauger unterwegs und im Auto habe ich manchmal das Gefühl, man bekommt keine Luft mehr. Zum Glück gibt´s bei uns keine Allergiker. Aber wie man bei Achim sieht, sind wir nicht allein betroffen.

Hallo Achim,

ich schon wieder, Frauchen hat gesagt, wir sollten vielleicht mal ein Buch schreiben!?
Wie geht´s denn so? Endlich mal ein bisschen Wärme und was mache ich? - ich liege im kühlen Wohnzimmer und bin fetzenhin! Habe Durchfall und die letzten zwei Nächte gebrochen, Frauchen glaubt, dass ich jetzt schon die Tabletten nicht mehr vertrage. Nun haben wir sie abgesetzt und morgen geht´s sowieso zum Onkel Doktor.
Wie Du sicher weißt, bin ich doch aus dem Neuburger Tierheim. Da hat letzte Woche der Leiter angerufen, weil Frauchen ihm von meinem Schicksal berichtet hat und das war ganz klasse. Er war auch gegen eine OP, hat gemeint, ich könnte froh sein, bei meinen Dosenöffnern zu sein, die würden sicher alles für mich tun und hat sogar finanzielle Hilfe angeboten. Das ist, Gott sei Dank, noch nicht nötig, aber wir fanden das prima! Und dann hat er noch gesagt, (das fand ich schon ziemlich komisch?!) Frauchen könnte sich im Tierheim jeden Hund aussuchen, den sie wollte ohne etwas zu bezahlen! Das habe ich jetzt nicht so richtig verstanden, aber sie hat gesagt, das kommt sowieso nicht in Frage und dann mache ich mir auch keinen Kopf!
Du hast neulich was von "haaren" geschrieben, ich sehe aus,

wie ein räudiger Hund! Ich glaube, ich kriege einen ganz neuen Pelz. Kann das sein, wenn man "älter" wird? Ich habe eine kleine Freundin in der Nachbarschaft, die mich sehr liebt und immer zum Streicheln kommt. Frauchen hat ihr neulich die Bürste in die Hand gedrückt und sie hat mich sicher eine Stunde lang bearbeitet. Hat aber lange nicht alles erwischt, draußen bauen die Vögel schon Nester mit meiner Wolle.
So, ich glaube meine Ernährer wollen heute essen gehen und wie es aussieht, darf ich Alleinsein üben. Ich bin auch ein wenig bräver geworden, die lassen mich sonst ganz links liegen und das finde ich auch nicht toll, dann bin ich lieber etwas kooperativ. Sie bringen mir auch was mit und wenn ich brav war, werde ich auch belohnt.
Also, mein Lieber, hoffe Du wirst den Deinen und den Würmern Herr!
Bis bald mal wieder!

Willi

Pubertät und Lernphase

Irgend etwas tut sich bei Willi zur Zeit und ich denke, er kommt heftig in die Pubertät. Leider hat das im Moment eine recht unangenehme Auswirkung, er bekommt ständig Probleme

mit seiner Analdrüse und sobald sie sich wieder füllt, bekommt er am Bauch ein Ekzem. Das heißt, regelmäßig zum Tierarzt, damit er das lästige Sekret ausdrücken kann.
Anscheinend trägt auch das Üben Früchte, denn manchmal können wir Willi sogar ein kleines Weilchen allein lassen. Ruhe habe ich da keine, denn meistens wartet eine Überraschung auf uns, wenn wir nach Hause kommen. Nun haben wir schon darüber nachgedacht, den Garten mit einem Zaun abzutrennen, damit er draußen bleiben kann, aber ich befürchte, er bellt und jault dann die ganze Nachbarschaft zusammen und das machen hier bei uns nicht alle mit. Dabei kommen mir ständig diese Gedanken, dass es doch ein Irrsinn ist, solche Hunde bei uns zu züchten, denn selbst, wenn man die besten Absichten hat, kann man einen solchen Hund nie artgerecht halten. Es ist nicht nur die Belastung für einen selbst, wenn man nicht gerade ein riesiges Revier außerhalb hat, man muss auch bedenken, was man dem Hund damit antut.

Und genau diese Gedanken straft Willi lügen! Nämlich dann, wenn er uns zu verstehen gibt, dass er nur bei seinem heißgeliebten Herrchen und - na ja, Frauchen ist ja auch noch da, sein möchte, egal wie klein das Revier ist, das Alleinbleiben, das Autofahren und all die anderen Unannehmlichkeiten. Dann liegt er, vorzugsweise auf dem Rücken, alle Viere in die Luft gestreckt auf den kühlen Fliesen im Wohnzimmer und bettelt um jede Streicheleinheit. Er ist halt ein Rüde und als solcher ein ausgesprochener Schmuser. Seine Augen, die in den ersten Monaten so rotgerändert und tränend waren, haben sich verwachsen, so wie es uns vorausgesagt wurde und wenn die Delle auf dem Kopf verschwunden ist, sind die Augen „fertig“. Inzwischen ist sein Blick noch klarer und manches Mal möchte ich wissen, was in diesem Dickkopf so vor sich geht, wenn er einen so treuherzig anschaut. Morgens, wenn ich ein Auge aufmache, lauert er schon auf seinem Spezialbett, das wir ihm extra wegen seiner Gelenke beschafft haben. Und dann ist absolutes Kampfschmusen angesagt! Solange, bis sich Herrchen endlich gestört fühlt und aufsteht, um mit Willi seinen Morgenspaziergang zu machen.

Morgenspaziergang heiß aber auch lernen. Denn ab und zu muss auch mit einem Owtscharka geübt werden und was lange währt, wird sogar bei Willi mal gut. So dauert zwar alles recht lange, aber wir können doch schon einige Fortschritte erkennen und sind über jede Kleinigkeit erfreut, mit der Willi uns beglückt. Allerdings ist „hier" ein absolutes Fremdwort, was zur Folge hat, dass er nur angeleint gehen darf und wenn wir auch wissen, dass er alle Kommandos kennt, so praktiziert er nur, was er gerade für gut hält und das ist nicht viel!

Also ab in die Hundeschule! Eigentlich waren wir sicher, dass die klassische Hundeschule für Willi nicht das Richtige ist, eher eine Junghund-Spielstunde, aber schließlich ließen wir uns überzeugen, dass es auch einem Owtscharka nicht schaden kann, am Hundetraining teilzunehmen. Überraschenderweise ging das am Anfang auch recht gut und er erntete gelegentlich sogar die Lorbeeren der Trainerin. Aber, und das müssen wir einfach eingestehen, es sind auch dem besten Trainer bei diesen Hunden Grenzen gesetzt.
Manchmal muss Willi dann eben seine Erlebnisse loswerden und da ist Achim ihm immer ein treuer Brieffreund:

Hallo Achim,

mein Frauchen ist k.o., deshalb muss ich mich ganz schnell mal rühren. War gestern mit Herrchen beim Tierarzt, mein Doc war hellauf begeistert, wie super ich lauf´. Bin selber auch ganz happy, jetzt kann ich endlich auch mal rum rennen. Zur Zeit ist nur Herrchen mit mir unterwegs, weil Frauchen, wenn sie vom Streichen reinkommt, keinen Geist mehr hat. Verstehe einfach nicht, was das soll, überall Durcheinander, der ganze Tagesablauf stimmt nicht mehr, langsam wird´s Zeit, dass die fertig werden. Ich spiel´ nur noch die zweite Geige und das kann´s ja nicht sein! Aber so wie´s aussieht sind das jetzt die letzten Aktionen.

Endlich ist ja jetzt Sommer und da hat doch tatsächlich mein Herrchen mir letzthin einen Stock in so eine große Pfütze rein geschmissen und ich Blödel bin doch tatsächlich hinterher. Mein lieber Freund, war das nass! Kannst Dir vorstellen, wie schnell ich da wieder draußen war! Und danach hat das ewig gedauert, bis ich wieder trocken war, aber die restliche lose Wolle war dann endlich auch weg. So, jetzt muss ich mal peilen, wie draußen die Aktien stehen, habe gehört, dass Frauchen heute noch einen Termin hat und dann wollen die noch weg gehen, da ist für mich wieder Zwangspause, hab´ mich zwar schon dran gewöhnt, aber toll finde ich das Alleinsein trotzdem nicht.

Ach, was ich noch sagen wollte: hab´ da eine süße, kleine Freundin in meiner Nachbarschaft, eine ganz flotte Biene, ist ein Golden Retriever, heißt Bella und steht voll auf mich. Jetzt will sie mit mir Gassi gehen, aber ihr Frauchen hatte noch keine Zeit. Die sieht zum Anbeißen aus, muss mich ganz schön zusammenreißen. Wenn wir abends Gassi gehen, wartet sie schon meistens am Gartentor, mein lieber Freund, die ist genau die Richtige für mich!

So, jetzt aber genug für heute, meine Pfoten tun mir weh, da ist Schreiben auch nicht gerade das Gelbe vom Ei. Also, mein Bester, wünsche Dir eine schöne Zeit und

hoffentlich macht Dein Bein bald wieder mit!
Grüß´ Dein Frauchen und alle Deine Mitbewohner
Willi

Hallo Ihr Geplagten,
Zum Glück haben wir bei dieser Hitze keinen solchen Stress wie Ihr.
Bei uns ist es ganz gemütlich, wir leiden aber trotzdem alle unter der Hitze. Zum Glück habe ich schon den ganzen Winterpelz verloren, aber mein Ekzem ist noch ziemlich heftig. Mein Frauchen plagt mich jeden Tag mit Creme und das tut dann immer heftig weh. Sie setzt mir dazu sogar einen Maulkorb auf, obwohl ich sie nicht beißen würde. Aber manchmal, wenn es so weh tut, würd´ ich schon mal gerne schnappen und ihr sagen, dass sie aufhören soll. Außerdem bekomme ich alle paar Tage eine Spritze, aber das pikst nur ein bisschen. Heute hat sie endlich gemeint, dass es besser aussehen würde. Und zu allem hin hat sie mir auch wieder diesen komischen Kragen aufgezogen, den ich so hasse. Sie sagt zwar jeden Tag, dass ich ein armer Tropf sei, aber sie plagt mich trotzdem und meint noch dazu, das müsse sein. Diese Menschen sind doch wirklich unglaubwürdig!!!
Meine Mitbewohnerin Gina (Labrador) haart zur Zeit so

schrecklich, alles ist voll mit diesen schwarzen Haaren. Habe mitbekommen, dass sie nächste Woche mit Frauchen weg ist. Da bin ich grad froh, mit Herrchen kann ich den Depp machen. Die gehen jetzt öfter weg, juhuhhhhh, irgendwas von Schule hat sie erzählt. Bin ich froh, dass ich da nicht mit muss, es war schon schlimm genug mit diesen Ausstellungen. Aber das lässt sie ja jetzt zum Glück, ob sie es wohl vergessen hat??? Ich sag´ mal lieber nichts dazu...
Mein Frauchen sitzt jetzt auch öfter am Tisch mit einem dicken Ordner vor der Nase und stöhnt. Ich weiß nicht genau, was das bedeutet, aber auch nicht schlecht, da ist sie öfter daheim und mir ist nicht so langweilig. Sonst hockt sie so oft bei den Pferden oder Hühnern draußen oder auch am PC.

Mit meinem Bein geht es ganz gut, wir machen jetzt auch schon wieder größere Spaziergänge, sogar mit meiner Tante Mascha.
Freut mich, dass es Dir auch besser geht. Sag´ mal viele Grüße an alle

Achim

Zur WM bekam Willi einen dementsprechenden Fußball und mit ihm machte er Schweinsteiger und Co. alle Ehre, wenn auch nur im Garten. Ganz allmählich fand er Spaß am Spielen, das er anfangs gar nicht gewohnt war und wenn er dann mit seinem inzwischen kaputt gebissenen Ball dastand und sein Spiel einfordern wollte, musste ich nur schnell sehen, wo der Fotoapparat versteckt war, um diese drolligen Situationen einzufangen.

Einer unserer Nachbarn, dessen Grundstück an unseren Garten angrenzt und der selber eine Schäferhündin hat, hat Willi absolut in sein Herz geschlossen, noch mehr aber seine Frau. Und nachdem Hund ja nicht blöd ist, weiß er solche Situationen voll auszunützen.
Wenn ich mich in meiner unnachahmlichen Pose vor dem Küchenfenster postiere, kommt so ab und zu was angeflogen und das ist immer vom Allerfeinsten!

Das dauerte gar nicht lange, bis Willi das begriffen hatte, ganz im Gegensatz zu sonstigen erlernbaren Aufgaben, ging das ratz-fatz. Und das Ende vom Lied ist nun, dass man sich ja bemerkbar machen muss, wenn man etwas bekommen möchte, denn sonst wissen die ja gar nicht, dass man da ist! Mit Dina, der Schäferhündin kommt Willi, Gott sei Dank und ganz im Gegensatz zu Jana, bestens aus. Allerdings hat Dina die wesentlich besseren Aussichten auf die Straße und somit auch immer was zu bellen und da lässt es sich Willi nicht zwei Mal sagen, dass er ja schließlich auch mit aufpassen muss. Wir hoffen nur inständig, dass er auch in dieser Sache einmal älter und etwas ruhiger wird.

Einen schönen Hund entstellt nichts

Bei einem der unzähligen Besuche bei unserem Tierarzt machte dieser mich auf die Möglichkeit aufmerksam, Willi kastrieren zu lassen, um evtl. seine Unart des Nicht-Alleinsein-Könnens zu bekämpfen. Wir hatten bereits vom Tierheim die Auflage bekommen, Willi kastrieren zu lassen, aber ich hatte mir die Option erbeten, das später selber entscheiden zu können, wenn es nötig werden würde. Nachdem ich mich auch in der Fachliteratur darüber schlau gemacht hatte, konnten wir uns dennoch nicht entschließen. Da kam die Möglichkeit gerade recht, die uns unser Tierarzt anbot, Willi anhand einer Hormonbehandlung so einzustellen, als wäre er kastriert, um dann sein Verhalten zu beobachten. Er bekam einen Chip unter die Haut und war für ca. 6 bis 7 Mt. „probekastriert". Nun sollte sich nach etwa 4 Wochen eine Änderung einstellen – oder auch nicht! Wir werden es sehen.

Willi ist inzwischen fast ausgewachsen, noch ein bisschen stämmiger wird er wohl werden, aber an der Höhe ändert sich voraussichtlich nicht mehr viel. Das reicht auch vollkommen, wenn er neben dem Tisch steht und einem den Bissen vom Teller guckt. Er ist eine richtige Schönheit geworden und wir sind vorher nie so oft gefragt worden: was ist denn das für ein Hund? Er geht auch ausgesprochen stolz neben seinem Herrchen her mit seinem imponierenden Ringelschwanz. Nie hätte ich Schäferhund-Fan gedacht, dass ich einmal einen Hund mit Schlappohren und Ringelschwanz mein eigen nennen würde. Und nachdem Willi ja ausgesprochen fotogen ist, haben wir auch Bilder an unsere Owtscharkafreunde versandt, mit dem Ergebnis, dass er auf einer Internet-Seite ausgestellt wurde. *Das muss ich aber sofort meinem Freund Achim mitteilen*:

Hallo mein lieber Freund,

jetzt muss ich mich schon schnell mal melden, Mensch, bin ich stolz!!!
Mann o Mann, ich bin „Hund des Monats" auf der Internetseite Deines Frauchens, das ist ja ganz schön klasse. Vor lauter Stolz bin ich schon 5 cm gewachsen. Wenigstens kommt dann noch was sinnvolles raus, wenn ich schon dieses dämliche Fotoshooting mitmachen muss.
Und meine Katze war ja richtig neidisch auf Deine Luna, denn bei uns gibt´s keine Mäuse mehr und sie muss dieses langweilige Tütchenfutter fressen. Die macht sowieso immer so einen Zores beim Fressen, das Hundertste taugt ihr nicht und wenn ich dann versuche, die Reste zu erwischen, darf ich mich nicht erwischen lassen!! Manchmal geht sie auch zu Nachbars Kater und schaut, was es da zu fressen gibt und mein Frauchen meint dann, die Curley frisst so schlecht... hahaha!
Heute ist bei uns wieder alles total beknackt. Meine Regierung bekommt eine neue Heizung und da sind lauter fremde Typen im Haus und zugehen tut´s, wie am Stachus. Man kann nicht mal seinen gepflegten Vormittagsschlaf halten. Die bohren und sägen und klettern sogar auf dem Dach rum mit so großen glänzenden Dingern. Aber Frauchen hat gesagt, ich sei brav und mit den Typen habe ich mich inzwischen auch schon angefreundet.
Heute gibt´s wieder eine Spritze gegen das lästige Ekzem, sieht alles schon ganz gut aus, ist aber noch nicht ganz weg. Zum Glück juckt das nicht so sehr, sonst würde ich da schon

noch mehr kratzen und lecken und nächste Woche macht mein Tierarzt mit Frauchen an mir einen "Analdrüsenausdrück-Lehrgang", die spinnen doch! Die können ja schließlich woanders üben, als ausgerechnet an mir!
So, und jetzt denke ich, geht mein Herrchen mit mir Gassi bevor wieder die große Hitze kommt. Die wollen doch tatsächlich, dass ich in die nasse Soße da draußen hüpfe. Naja, manchmal tät´s mich schon bizzeln, aber danach muffelt man ja so und irgendwie trau´ ich mich halt nicht, das muss ich leider schon zugeben. Frauchen sagt immer, dass es für meine Haut auch besser wäre, wenn ich draußen bleibe. Vernünftige Einstellung, finde ich!
Also Achim, mein Freund, halt die Ohren steif. Hoffe, bei Dir ist alles o.k. Grüße mal alle Deine Zwei- und Vierbeiner in Deiner Umgebung
von Deinem

Willi

Hallo Willi,

Ja, Du siehst gut aus und ein schönes Bild dazu!

Jetzt soll ja noch Dein

Foto mit Brille auf die Startseite unserer Internetseite, das ist klasse. Muss mal meine Chefin fragen, ob sie auch so eine Brille für mich hat.
Mich juckt immer noch das Fell, ich könnte den ganzen Tag kratzen. Zu allem Elend bekomme ich auch noch einen Trichter auf den Kopf, der mich am Kratzen hindert. Auf was für Idee die Futtergeber kommen, unglaublich...
Unsere Mieze Luna könnt noch Verstärkung brauchen, schick mal Deine Katze vorbei. Sie ist den ganzen Tag unterwegs und alles liegt voll mit Mäuse-Leichenteilen. Die sind so eklig, dass ich sie nicht mal fressen möchte, aber Geschmäcker sind verschieden!
Mir geht es sonst ganz gut, bekomme nur so wenig zu fressen im Moment, Chefin hat was von Abnehmen gefaselt und das wäre besser für mich, dabei will ich doch nur satt werden. Die spinnen, die Menschen!!!!
Meine Tante Mascha ist krank. Sie hat den ganzen Tag schon Durchfall und etwas Fieber. Außerdem hustet sie und ich hoffe, dass sie mich nicht ansteckt. Als ich mal von einer Ausstellung zurückgekommen bin, hatte ich danach auch Husten. Das tat weh und mir ging es ziemlich dreckig. Zum Glück war es irgendwann vorbei.
So, bin froh, dass es nicht mehr so heiß ist, dafür regnet es heute, was ich auch doof finde. So machen wir hier

einen gemütlichen Tag, ist auch mal schön.

Viele Grüße

Achim

Ach, Du armer Tropf,

das ist aber kein Hundeleben!!! Erst nicht genug zu fressen und dann auch noch einen Hut auf!
Also, pass´ mal auf, ich kann ja da nur aus Erfahrung sprechen, aber was das Fressen anbelangt, kann ich Dir einen brandheißen Tipp geben. Ich bin immer satt und wie Du siehst, bin ich schlank und rank, weil meine Regierung auch aufpassen muss, wegen meiner Gelenke. Wir sind ja von Haus aus keine Vielfresser. Ich bekomme morgens mein Trockenfutter und das könnten die ruhig selber fressen, das finde ich überhaupt nicht so prickelnd und fresse auch nur davon, wenn ich mal besonderen Kohldampf habe. Tagsüber gibt´s eigentlich nix, außer mal ein paar Leckerlis, na ja, dafür soll ich mich dann auch noch krumm machen, das können die doch vergessen. Mal ein Joghurt oder ein Schweineohr zum Draufrumnagen fällt nicht besonders ins Gewicht. Aber abends gibt´s dann eine richtige Fuhre. Da pantscht Frauchen dann eine Dose Fleisch (irgend ein gutes) mit Gemüse und Obst zusammen, tut einen Löffel Trockenkarotten rein und dann kommt eine richtige Portion Kohlenhydrate dazu, je nachdem was bei denen auf dem Tisch stand. Meistens Reis, ich mag aber auch Nudeln oder Kartoffeln. Und das gibt dann eine richtig dicke Schüssel voll, da bist Du anständig satt und kannst herrlich schlafen und was das allerbeste ist, Du hast eine Verdauung, die schreibt sich "Sie". Da wundern sich meine Leute sowieso immer, was ich für Mengen von mir gebe! Aber das, was raus

kommt, kann nicht anschlagen! Und die Konsistenz von dem, was da raus kommt, ist einfach nur gigantisch. Frauchen sagt immer, sie hat schon so viel mit Verdauungsproblemen bei meinen Vorgängern zu tun gehabt, aber ich sei da ganz pflegeleicht. Frag´ doch mal an, ob sie das bei Dir nicht auch probieren, damit Du armer Kerl nicht hungern musst!
Ja, und die Story mit dem Hut! Du siehst bestimmt sehr schick aus mit diesem Ding, aber ich könnte mir das nicht vorstellen, ich glaube ich würde es so machen, wie meine Vorgängerin Gina, die hat solange mit dem Kopf rum geschlagen, bis die das Ding gerne abgenommen haben, bevor sie die ganze Wohnungseinrichtung zerdeppert hat. Dann hat Frauchen einen Body genäht, wesentlich angenehmer. Kannst ja mal Deine Maße angeben, ich geb´ sie dann weiter!!!
Aber, sag´ mal, wo kommt denn bei Dir der Ausschlag her? Ich kenn´ das ja mit meiner Analdrüse, hast Du da vielleicht auch ein Problem mit und ihr habt das noch gar nicht gemerkt? Kann ich mir bei Deinem Frauchen gar nicht vorstellen, aber mal nachschauen lassen kostet nicht viel. Bei mir wirkt das immer und nun gibt´s wieder eine Spritze und ich brauche zur Zeit überhaupt nicht kratzen.
Mann, jetzt schreib´ ich wieder, dabei sollte ich meinen Wachposten beziehen. Heute, denke ich, ist Endspurt mit unseren Handwerkern, da muss ich schon noch ein bisschen aufpassen. Gestern habe ich allerdings den ganzen Tag verpennt, war ja auch so heiß, da jagt man ja schließlich keinen Hund vor die Tür!
Also, Du arme Socke, lass´ Dich nicht so stressen. Wünsche Dir und Deinen Mitstreitern ein schönes Wochenende
Gruß Willi!

Ist das noch normal?

Unsere Schufterei rund ums Haus ging langsam seinem Ende entgegen und es kehrte allmählich wieder Normalität ein. Ich hatte mir neue Vorhänge für die Fenster im Wohnzimmer genäht und angebracht und damit ein wenig die Blessuren an der Terrassentür kaschiert. Es gab aber auch die Anweisung, dass Willi nicht mehr unbeaufsichtigt im Wohnzimmer bleiben durfte, um nicht erneut Flurschaden anzurichten. Als ich aber eines Tages nach Hause kam, hatte Herrchen mit Willi „alleinsein“ geübt und nicht mehr daran gedacht, die Wohnzimmertüre zu schließen. Die neuen Vorhänge waren im Eimer und ich stinksauer! Auch machte uns Willi immer deutlicher, dass er sich auf keinen Fall auf einen Deal mit uns einlassen wollte, bzgl. des Alleinbleibens, er machte alles kurz und klein. Wir standen vor einem Rätsel, denn er hätte schon längst kapieren müssen, dass wir immer wieder zurück kommen, aber da war mit ihm nichts zu machen. Nun kam doch wieder der Zaun im Garten ins Gespräch, vielleicht klappt ja das!? Und das Innenleben vom Auto ist ja auch schon kaputt, da kann er nicht viel mehr anstellen, also muss er jetzt ab und zu mal im Auto bleiben und eben heulen. Für zuhause gab es eine Anleitung von kompetenter Stelle, womit wir Willi vielleicht doch noch dazu bringen können, sich anständig aufzuführen, aber das wird ein langer und mühsamer Weg der Gewöhnung mit täglichem Training.

Und genau zu diesem Zeitpunkt mussten wir uns eingestehen, dass wir absolut urlaubsreif sind. Eigentlich hatten wir keinen Urlaub geplant, schon wegen des Hundes, aber ich merkte immer deutlicher, wie sehr alles auch meinem Mann an die Substanz ging. So wurde kurzerhand gebucht und ich rief im Tierheim an und meldete Willi in Tierpension an. Zwar hatte ich den Hörer noch nicht richtig aufgelegt, als mich schon die ersten Gewissensbisse plagten. Was wird er eine Woche lang machen, wenn er es hier nicht ein paar Minuten ohne uns aushält? Die allgemeine Meinung war: da muss er durch! Und so ließ ich mich dann auch beruhigen und wenn er sich mal wieder total daneben benahm, dachte ich, dass die Entscheidung doch gar nicht so verkehrt war.

Unsere erste Hündin Gina war ein absoluter Traumhund und deshalb konnten wir sie überall hin mitnehmen. Da war Urlaubsplanung gar kein Problem. Als es aber einmal nicht möglich war, sie mitzunehmen und wir sie in Pension geben mussten, merkten wir doch, wie sehr so ein Tier darunter leiden kann. Sie begrüßte uns zwar überschwänglich und hüpfte wie ein Gummiball umher, aber danach war sie eine geschlagene Woche total beleidigt und schaute uns nicht mehr an. Wir werden sehen, was Willi macht!?

Langsam merkten wir auch, dass unser Hund eine Riesenkraft entwickelte. Ich konnte ihn, wenn er zog, nicht mehr halten. Er wäre doch zu gerne hinter allem her gewesen, was auf vier Pfoten davonrannte. So musste mein Mann zusätzlich zu seiner Geduld und seiner Nervenstärke auch noch vermehrt seine Körperkraft einsetzen, um Willi zu bändigen. Im Großen und Ganzen ist Willi ja ein friedlicher Zeitgenosse, in der Fachsprache würde man sagen, ein absolut wesensfester Hund. Es gibt ein paar wenige Artgenossen, mit denen er einfach nicht klar kommt, aber so problematisch, wie Jana, ist er auf keinen Fall. Schwarze Hunde liebt er nicht besonders, aber außer einem bisschen Gekläffe war bisher nichts. Wir brauchten auch nicht bei jedem Fahrrad, das sich näherte auf dem Sprung zu sein und Kinder liebt er sowieso.

Bis wir eines Tages mit ihm zur Hundeschule gingen und uns am Eingangstor ein Mischlingsrüde empfing, indem er erst an mir, dann an meinem Mann hochsprang, um uns freudig zu begrüßen. Das war dann doch für einen Herdenschutzhund, wie Willi ein bisschen zu viel und bevor wir uns richtig umsahen, hatten die beiden sich ganz schön in der Wolle. Noch ein Versuch auf Veranlassung der Trainerin ergab dasselbe Ergebnis und wir wurden gebeten, zu gehen.

Zu Hause war Willi mal wieder ganz friedlich.........und mein Mann kam mit einem total zerfetzten Schuh zu mir. Nein, das durfte jetzt nicht wahr sein, das waren meine allerbesten, zwar auch schon älter, aber ich hätte gerne selbst entschieden, wann ich neue Schuhe brauche. Die Wut richtete sich in dem Moment nicht mal so sehr gegen Willi, als letztlich gegen mich, dass man so blöd sein kann, wenn man schon weiß................!

Willi merkte sehr wohl, dass Frauchen ganz schön beleidigt war und da geht er dann gerne mal, seine Sorgen und Nöte bei seinem Artgenossen loswerden:

Hallo Achim,

heute muss ich mich mal wieder melden, bei uns hängt nämlich der Haussegen schief!

Na ja, vielleicht hab ich´s in der letzten Zeit ein bisschen übertrieben, aber ich bin ja auch nur ein Hund. Zuerst habe ich Frauchens beste Schuhe völlig zerfetzt, die war vielleicht sauer, aber ich glaube, die war eher sauer auf sich, dass sie die Schuhe nicht weggeräumt hat. Noch dazu hat sie doch so Probleme mit den Füßen und braucht deshalb immer spezielle Schuhe, die sind aber auch am besten zum Zerbeißen, das geht richtig toll! Nun ist sie schweren Herzens in die Stadt gefahren, um sich neue zu kaufen und als sie da nach Hause kam, war sie so richtig stinkig, die gibt´s nämlich nicht mehr! Da hab ich mich erst mal verdrückt.......
Nun musste ich doch letzte Woche immer mit in die Pilze, das ist auch so ein Spleen von meiner Regierung, aber alleweil besser, als allein zu Hause. Und am Freitag war´s ein bisschen nass und da hat Frauchen in Ermangelung ihrer Schuhe die Bergstiefel angezogen. Ich glaub´ ich brauch´ nicht viel weiter zu erzählen, Du kannst Dir schon denken, was jetzt kommt. Sie hat sie nämlich zum Trocknen draußen stehen gelassen und dann vergessen. Gefundenes Fressen, kann man da nur sagen, Kommentar überflüssig. Und wenn ich mal was mache, mache ich es ganz oder gar nicht. Heißt - die sind auch hin!
Nun war schon ziemlich dicke Luft und da hat Herrchen gestern mal eine Auszeit genommen. Und Frauchen kam auf die glorreiche Idee, allein mit mir in die Hundeschule zu fahren. Sie wollte wissen, ob es das letzte Mal eine einzelne

Aktion war, als ich mich mit dem anderen da so gezofft habe. Wäre vielleicht auch so gewesen, wenn da nicht wieder ein blöder schwarzer Schäferhund aufgetaucht wäre, den ich partout nicht ausstehen konnte. Na ja, ganz doof sind die ja auch nicht, denn sie haben mich nicht los gelassen, die sind zu zweit an der Leine gehangen, um mich zu bändigen und den anderen auch nicht, also ging nix. Trotzdem haben wir natürlich alles andere als Hundetraining gemacht, das kannst Du Dir ja denken und das Ende vom Lied war, dass ich jetzt nicht mehr in die Hundeschule darf - ohne Maulkorb! Kannst Du Dir das vorstellen! Da war mein Frauchen ganz schön angefressen und Herrchen hat am Abend gesagt, das käme gar nicht in Frage, dann soll sie ihre Hundeschule halt ohne uns machen. Auf dem Nachhauseweg bin ich dann noch voll gegen das Auto gesprungen, weil dahinter einer furchtbar gekläfft hat und habe natürlich meine Spuren hinterlassen. Das hat Herrchen noch gar nicht gesehen! Ja, man merkt jetzt ganz deutlich, dass ich ein Owtscharka bin und was für einer! Noch dazu habe ich ja heute Geburtstag, nur komisch, dass ich da noch nichts von gemerkt habe. Eigentlich hätte ich mir ja ein Paar Schuhe gewünscht ....!

So und wenn mein Netz grad mal wieder funktioniert, kann ich die Mail auch abschicken!
Halt die Ohren steif, mein Bester und grüße alle in Deiner Umgebung von Deinem Freund

Willi

Hallo Willi,
Na, Du treibst ja tolle Sachen. Ich glaube, mein Frauchen hätte nicht so viel Geduld und würde toben. Meine Tante Mascha hat in ihrer Jugend auch gerne Schuhe "gefressen", einmal ein paar ganz neue, da war der Ärger groß. Ich hatte mich mehr auf Socken spezialisiert und meine Leute hatten immer Angst, ob die Socken auch gut durch meine Gedärme kommen. Aber es gab nie Probleme und Pferdestricke waren auch ganz bekömmlich.... Kann ich mir heute gar nicht mehr vorstellen, dass mir mal so was geschmeckt hat!!

Also mich haben sie nur mit in die Welpengruppe geschleppt, danach war fertig mit Hundeschule. Aber Mascha war auch noch in der Junghundegruppe und im Training dabei. Sie hat sich jedes Mal so daneben benommen, wollte die meisten Hunde beißen und die Leute im Dorf dazu, dass keiner mehr neben ihr laufen wollte. Frauchen hatte alle Hände voll zu tun und bekam sie trotz Halti kaum gebändigt. Da Mascha jedes Mal vor Wut um sich geschnappt hat, hatte meine Chefin nach jeder Hundestunde blaue Flecken an den Schenkeln. Irgendwann hatte sie die Nase voll und blieb zu Hause und ersparte sich und Tante Mascha den Stress. Nach längerer Zeit wollte sie es noch mal

probieren, weil ein neuer Trainer da war. Der meinte, alles kein Problem, in sechs Wochen klappt alles. Das Ergebnis war, dass Frauchen nach vier Wochen samt Mascha aus der Gruppe geflogen ist und der Trainer gemeint hat, mit so einem Hund hat das keinen Wert, sie sollen doch einfach zu Hause bleiben. Ich war ja damals noch nicht dabei, aber meine Tante hat es mir erzählt und sich dabei fast totgelacht. Mit mir ist ja Frauchen mal auf den Schäferhundeplatz gegangen. Ich habe unleidig und genervt meine Übungen absolviert, mit anderen Hunden hatte ich nicht so viel zu tun, die haben Abstand gehalten (war auch besser so). Die anderen Idioten auf dem Platz haben gedacht, ich sei blöd, weil ich so cool drauf war. Nicht wie die anderen Hunde dort, die sich bei jedem Kommando sofort hingeschmissen haben, angewidert hat mich das, solche Streber und wie die sich angebiedert haben, ekelhaft...
Zum Glück war auch das meiner Chefin bald zu doof und wir haben´s einfach gelassen. Wir sind halt ganz spezielle Hunde, wenn die Menschen das nur mal einsehen würden, mit so einem Quatsch haben wir nix am Hut!!! Wir wollen aufpassen und beschützen und wie wir das tun, das entscheiden wir am besten selbst. Statt dass sie darüber froh sind, die Menschen mit ihren

unterentwickelten Sinnen, sie haben doch gar keine Ahnung, das muss hier einfach mal gesagt werden.... Aber mach´ was, ich weiß auch nicht, wie wir denen das Ganze mal erklären könnten, vielleicht hast Du eine Idee?

Viele Grüße, Achim

Zur Zeit hat es Willi ganz faustdick hinter den Ohren. Manchmal liegen da auch unsere Nerven blank, vor allem, wenn man feststellen muss, dass die Probleme eigentlich nicht weniger, sondern mehr werden, je größer und je arttypischer er wird. Zum Glück hört sich das ja so an, als würden diese Schlawiner mit der Zeit auch ein bisschen vernünftiger und das macht einem dann wieder etwas Mut.

Am 15.08. hatte Willi seinen ersten Geburtstag und Frauchen hat ihm doch tatsächlich einen russischen Zupfkuchen gebacken - was denn sonst für einen Zentralasiaten - nachdem wir gemerkt haben, dass er ein absolut Süßer geworden ist. Allerdings ist es ihm meistens ziemlich egal, was er in der Küche findet, wenn keiner aufpasst, ist es weg! Vor einiger Zeit hatte ich den Schinken für die Schinkennudeln schon schön geschnitten und bis er in die Pfanne sollte, war er nicht mehr da. Und schließlich hat er es sogar geschafft, ein eingefrorenes Brot, das ich zum Auftauen raus gelegt hatte, vollständig aufzufressen, ohne einen Krümel übrig zu lassen und ohne spätere Verdauungsprobleme! Zumindest ist es für uns ein ganz großes Plus, dass er wenigstens auf diesem Gebiet keine echten Probleme hat, denn er verträgt so ziemlich alles, was er frisst und seine Verdauung ist perfekt.

Durch die regelmäßigen Spaziergänge lernte Willi, seine Hinterlassenschaften draußen abzusetzen und der Garten wurde endlich wieder zu dem, was er eigentlich einmal war. Der Rasen erholte sich langsam und wenn er nicht gerade einen Büffelhautknochen hatte, den er gar nicht fressenswert fand und somit verschwinden lassen musste, grub Willi auch keine größeren Löcher mehr. Plötzlich merkten wir, dass an unseren allabendlichen Spaziergängen auch unsere Katze wieder teilnahm. Das hatte sie früher, zusammen mit unserem Kater auch schon gemacht und damit die Aufmerksamkeit der vorübergehenden Leute geweckt, die das absolut lustig fanden. Nur mit Jana wollte sie nie mitgehen. Und Willi kann sehr wohl unterscheiden, ob es sich bei den Vierbeinern außerhalb seines Reviers um seine Katze, oder eine fremde handelt. Curley hat Willi voll im Griff und wenn er mal zu aufdringlich wird gibt´s halt eine Watsch´n. Dabei hatte ich immer Angst, dass sie ihm in die Augen krallen würde, aber als ich mir diese Spielchen mal genauer betrachtete, erkannte ich, dass sie ihn zwar recht forsch anging und regelrecht ohrfeigte, dabei immer aber ihre Krallen eingezogen hatte.

Halbstark

Kürzlich hatte Willis über alles geliebtes Herrchen Geburtstag. Dabei fiel mir auf, dass ich ja jetzt zwei Löwe-Geborene in der Familie habe. Na, da brauche ich mich nicht zu wundern, dass die beiden auf der gleichen Wellenlänge ticken und ich nun mit noch so einem „königlichen Geschöpf" gesegnet bin. Und als solches beginnt Gospodar Vassiliew auch, seine Stellung in der Familie auszuloten. Bisher haben wir ihn nicht als besonders dominant empfunden, er hat sich auch noch leicht untergeordnet. Aber seit kurzem beginnt er auf eine ganz witzige Art auf sich aufmerksam zu machen. Zuerst fand ich das absolut nett, wenn er kam und an mir rum nagte und rum knabberte. Das war ein richtiger Tick, den er meistens abends bekam, wenn ich mich gerade zum Fernsehen in den Sessel nieder gelassen hatte. Diese Liebkosungen arteten dann aber aus und ich fand das gar nicht mehr so lustig, wenn blaue Flecken zurückblieben, weil er seine Zähne doch ziemlich heftig einsetzte. Als ich ihn in seine Schranken weisen wollte, merkte ich aber, dass da bereits ein kleiner Machtkampf im Gange war. Nun glauben ja alle, dass ich sowieso in der Hierarchie nur eine untergeordnete Rolle spiele und so muss ich sehen, dass ich wenigstens Willi gegenüber die Oberhand behalte. Draußen versuchte er mit einem Ball oder ähnlichem sein Spiel einzufordern und wenn wir nicht darauf eingingen, wurde er rabiat. Er sprang einen aus vollem Lauf an und man hatte alle Mühe auf den Beinen zu bleiben. Auch setzte er seine Zähne ein und schnappte nach allem, was er erwischte. Da war er aber bei Herrchen gerade an der richtigen Adresse und, Gott sei Dank, ist mein Mann in der Lage ihm auch körperlich noch Paroli zu bieten. Wenn wir abends mit ihm unterwegs waren, versuchte Willi ständig in die Leine zu beißen, das war wieder ein ganz neuer Spleen von ihm. Sobald man versuchte, das zu unterbinden, musste man ihn schon ganz schön hart ran nehmen, um ihm seine Grenzen aufzuzeigen. Eines Abends kam mein Mann dann vom Spaziergang zurück und war heftig angefressen. Willi hatte versucht seine Vormachtstellung zu behaupten und ihn dabei richtig verletzt.

Bisher hatten seine Gelenke echt gut mitgespielt und wir waren einfach nur glücklich und froh, dass er sich so gut bewegen konnte. Bis uns eines Tages beim Spaziergang auffiel, dass er wieder hinkte. Vielleicht hat er sich ganz einfach vertreten, das kommt doch einmal vor. Aber wir wussten genau, dass alles nur eine Frage der Zeit war, bis die Schmerzphasen länger und die Abstände dazwischen kürzer werden würden. Wenn ich ihn dann so sehe, krampft sich mein Magen zusammen und ich möchte diesen armen Kerl allen zeigen. All denen, die diese Geschöpfe aus Profitgier und ohne Skrupel wild züchten. Man kann noch nicht mal Gedankenlosigkeit als Entschuldigung gelten lassen, denn den meisten ist es ja völlig egal, was mit diesen Tieren später passiert, Hauptsache die Kohle stimmt. Und dass dann auch noch aufgepasst werden sollte, dass nicht eine solch schwere Erkrankung, wie die Dysplasie weitergegeben wird, das wäre viel zu viel verlangt. Leider ist es bis heute noch nicht gelungen, diesem unwürdigen Treiben ein Ende zu setzen, da der Tierschutz immer noch eine viel zu geringe Lobby und nicht die politische Stellung hat, die sich die amtlichen Tierschützer und die vielen ehrenamtlichen Leute, die sich dann um diese armen Kreaturen kümmern müssen, wünschen würden. Der Leiter unseres Tierheimes hat einmal angeregt, man müsste einen Fond einrichten, in den alle Züchter einzahlen müssten und aus dem dann die Kosten getragen werden könnten, die sie verursachen. Leider wird es eine solche Einrichtung so schnell nicht geben!

Ich kann sehr gut verstehen, dass Verantwortliche in Sportvereinen und den vielen Hundetrainingseinrichtungen, die wie Pilze aus dem Boden schießen, der Zucht absolut positiv gegenüberstehen, ist es doch ihr Hobby oder sogar ihr tägliches Brot. Dass aber diese Stellungen von vielen Laien oder Möchtegerne-Profis unverantwortlich ausgenutzt werden, kann ich an einem Beispiel, „am lebenden Objekt – sprich Willi“, belegen:

Hundeausstellung

Bei uns hier sollte eine Hundeausstellung stattfinden, so stand es in der Zeitung. Aus meinen Kindheitstagen kann ich mich noch erinnern, dass meine Mutter früher mit unseren Schäferhunden gern auf Ausstellungen gefahren ist und so mancher Pokal schmückte dann unser Wohnzimmer. Ich selber verabscheue größere Menschenansammlungen, aber ich glaubte, meinem Mann einen Gefallen zu tun und wir fuhren mit Willi los, um unseren doch so schönen Hund auch anderen vorzuführen.

Sofort merkten wir, dass dieses Unterfangen unter keinem guten Stern stehen würde, denn Willi wollte absolut nicht akzeptieren, dass er dort nicht der einzige war und um jede Ecke nicht nur ein Hund sondern zehn, zwanzig und mehr waren. Mein Mann hatte alle Hände voll zu tun, ihn zu bändigen und ich schlich mich davon, denn ich konnte seinem Kampf mit Willi gar nicht zusehen. Bewaffnet mit meinem Impfbuch suchte ich die Anmeldung, um die Formalitäten zu erledigen:

„Sie haben einen Rassehund?"
„Ja."
„Welche Rasse?"
„Zentralasiatischer Owtscharka."
„Aha, Name?"
„Willi"
„Wie?"
„Willi!"
„Ach so, mit y?"
„Nein mit i."
„Die Papiere?"
„Hat er nicht."
„Das ist schlecht."
„Warum, er ist aus dem Tierheim."
„Dann kann er nur in der Gruppe der Mischlinge starten."
„Er ist aber kein Mischling."
„Das ist dumm, geht aber nicht anders. Sind Sie sicher, dass er ein Rassehund ist?"
„Absolut."
„Dann gibt´s vielleicht noch eine Möglichkeit, man müsste eine Stammkarte beantragen."
„Was ist das und wie geht das?"

„Sie bezahlen jetzt 40 € für die Teilnahme an der Ausstellung und noch mal 40 € für das Ausstellen der Karte. Dann kommt jemand und begutachtet Ihren Hund und wenn er ihn für gut befindet, bekommen Sie die Stammkarte, d.h. ihr Hund ist der erste in einer neuen Ahnengalerie."

Na prima, im ersten Moment verschlug es mir fast die Sprache. Ich wollte dankend ablehnen, war aber dann doch so neugierig, was da auf mich zukommen würde, dass ich auf das Angebot einging.
„Warten Sie mit Ihrem Hund draußen, es kommt jemand und schaut ihn an."
„Gerne, danke."

Mein Mann kämpfte immer noch mit Willi und hatte inzwischen schon ganz schön Aufsehen erregt. Ein offiziell Aussehender mit Aufnäher kam auf uns zu:
„Sie wissen schon, dass das Tragen dieser Gesundheitswürger verboten ist, Sie begehen eine Ordnungswidrigkeit!"
„Und wie, bitte, soll man einen solchen Hund dann halten???"
Ein zweiter kommt hinzu und bemerkt, man könne ja einen Gesundheitswürger benutzen, der kleinere Glieder hat, die würden nicht so „drüberrutschen".
„Gibt´s gleich da nebenan an dem Stand!"

Wie bitte? - ein Gesundheitswürger, der verboten ist, wovon uns bislang allerdings noch nichts bekannt war, wird auf dem Gelände einer Hundeausstellung zum Verkauf angeboten? Das ist so grotesk, dass man es fast nicht glauben möchte.

Endlich kam dann der Obergutachter, es waren sogar zwei und ich war gespannt, wie wohl mein HD- und ED-geplagter Hund abschneiden würde:

„Das ist der Hund, aha, was soll das sein?“
„Ein zentralasiatischer Owtscharka.“
„Die haben doch viel längeres Haar.“
„Nein, das sind die kaukasischen und südrussischen, Zentralasiaten sind kurzhaarig.“
„Trotzdem, das Fell ist zu kurz und außerdem ist er recht schmächtig auf der Brust und ziemlich klein.“
„Er ist ja auch erst 11 Monate alt.“
„Aaach soooo! Dann kommt das ja schon hin.“
Der zweite Obergutachter bemerkte dann unterstützend:
„Das ist so einer, wie ihn der XY hat, der sieht genauso aus!“

Nun wartete ich darauf, dass er Willi probe laufen ließ und uns nach eventuellen Gesundheitsproblemen ausfragte, vielleicht noch Befunde und Röntgenbilder einforderte - aber Fehlanzeige!
„Ja, dann ist das schon in Ordnung und Sie können, wenn Sie die 40 € bezahlt haben, mit der Stammkarte hier Ihren Hund zur Ausstellung anmelden.“

„Danke.“

So einfach geht das? Und ich hätte aufgrund dieser „Papiere“ einen Urahn gehabt, mit dem ich munter hätte drauflos züchten könnte? Heiliges Kanonenrohr!

Nachdem wir ein solches Ansinnen ganz und gar nicht hatten und Willi absolut keine Lust hatte sich vor aller Welt hier zum Affen zu machen und nachdem ich die 2 x 40 € schon längst in meinen Tierarzt investiert hatte und weiterhin investieren würde, brachen wir das Unternehmen Hundeausstellung ab und fuhren mit einem total gestressten Hund nach Hause.

Nun würde ich diesen „Hundefreunden“, die es mit uns sicher nicht schlecht gemeint haben, nur einen geringen Vorwurf machen, denn dass auf solche Art und Weise gehandelt werden darf, müsste von ganz anderer Stelle unterbunden werden. Trotzdem war ich so wütend und enttäuscht über so viel Ignoranz und Kurzsichtigkeit, denn wir hatten mit Willi genau das traurige Ergebnis, das aus diesen unüberlegten Handlungen resultiert. Mancher verantwortungsvolle Züchter wird mir jetzt Voreingenommenheit vorwerfen, aber ich kann aus zwei von zwei Fällen leider keinen anderen Schluss ziehen.

Willi wird ein Owtscharka

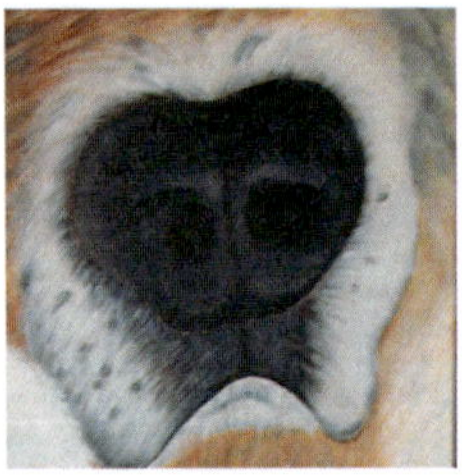

Der Alltag hatte uns wieder und wir warteten darauf, dass sich aufgrund der „Probekastation“ bei Willi etwas tun würde. Im Moment sah das aber gar nicht so aus. Außer, dass sich seine Analdrüse äußerst ruhig verhielt, (nachdem ich ja jetzt wusste, wie das mit dem Ausdrücken funktionierte), konnten wir von „ruhiger werden“ bei unserem Hund nichts bemerken. Im Gegenteil, bei den gewohnten Spaziergängen wurden nun auch zunehmend andere Leute und Jogger interessant, die ihn vorher einfach kalt gelassen hatten und er wäre liebend gerne darauf losgegangen. Mein Mann focht jetzt täglich, und witzigerweise meistens abends, mit Willi regelrechte Ringkämpfe aus, wobei er ihn am Würgehalsband auf Abstand halten musste, um ihn zur Räson zu bringen und sich nicht noch mehr Blessuren einzuhandeln. Wir waren froh, dass Willi eigentlich ein recht kleines Exemplar seiner Rasse war, denn irgendwann ist auch bei einem „gestandenen Mannsbild“ Schluss mit lustig. Ich machte mich schon

vorsichtshalber aus dem Staub, wenn ich merkte, dass unser Halbstarker wieder mal einen seiner Anfälle bekam. Wenn er mich erwischte, musste ich zusehen, dass ich auf den Beinen blieb und eins meiner Lieblings-T-Shirts ist ihm nun auch schon zum Opfer gefallen. Wir waren momentan gar nicht gut auf unseren Mitbewohner zu sprechen, denn er ging jetzt auch nachts seiner Aufgabe nach, zu wachen und auf alle fremden Geräusche zu reagieren. Ein nahendes Gewitter, obwohl er keine Angst vor Gewittern hat, ein zufallender Mülltonnendeckel, eine Katze, egal was es war, alles wurde mit furchtbarem Gebell kommentiert und wir fielen fast aus dem Bett und das dann fünf, sechs Mal, da ist man morgens platt. Aber nicht nur wir, auch Willi liegt dann völlig kaputt und erledigt den ganzen Vormittag da und holt an Schlaf nach, was er des Nachts versäumt hat. Leider ist uns das nicht vergönnt!
So warteten wir weiter und hofften, dass sich entweder aufgrund seines Alters oder des Eingriffs in seinen Hormonhaushalt doch noch etwas tun würde. Willi hingegen fühlte sich anscheinend recht wohl in seiner Haut und hatte mal wieder Lust, seine Neuigkeiten loszuwerden:

Hallo Achim,

ich weiß gar nicht, was zur Zeit mit mir los ist, aber ich habe manchmal so komische Anwandlungen und dann kann ich mich einfach nicht mehr bremsen. Frauchen ist schon richtig beleidigt mit mir, dabei meine ich es ja gar nicht so. Und Herrchen habe ich doch tatsächlich neulich richtig erwischt. Mist war das, das hab´ ich eingesehen, er hat mich auch nicht mehr angeschaut und jetzt packt er mich immer ganz schön am Kragen. Kannst Du mir mal sagen, was das ist? Vielleicht

sind´s die Hormone oder so oder es liegt am Wetter, keine Ahnung! Dabei liebe ich doch meine Leute und will sie ja nicht verletzen. Zumindest ist das im Regelfall so, aber manchmal herrscht halt Ausnahmezustand!
Nun hab´ ich neulich wieder so ein Stückchen geliefert, das kam auch nicht so gut an. Aber wenn Herrchen schon Geburtstag hat, muss man sich doch was besonderes ausdenken. Da bin ich nachts von irgendwas aufgewacht, war so ungefähr 3 h und da hab´ ich mir gedacht, könnte doch gleich mal „happy birthday" singen, Herrchen wird sich bestimmt freuen. Au weia, da sind beide dann im Bett gesessen und haben geflucht. Leider ist mein Gesang nicht besonders gut angekommen. Und Frauchen konnte ewig nicht mehr einschlafen, ganz im Gegensatz zu mir, ich hab´ mich auf mein Spezialbett geschmissen, das liebe ich inzwischen, da kann man richtig toll liegen drauf und habe sofort wieder geratzt. Willi träumt von seinen Wünschen und Frauchen wünscht sich ihre Träume! So ist das eben, wenn´s nix ist!

Letzte Woche haben mir meine Gelenke doch tatsächlich so weh getan, dass ich wieder hinken musste. Jetzt bekomme ich wieder was. Es geht schon ein bisschen besser, hoffe, dass sich das wieder einrenkt. Frauchen schaut schon immer ganz besorgt, aber sie ist dann gleich beim Tierarzt gewesen, um Nachschub zu holen.
Die reden jetzt immer von Urlaub und so......Möchte wetten, dass das wieder so ein Blödsinn ist, was die da auskochen. Ich kann mir nicht vorstellen, dass ich dabei eine Rolle spiele, aber ich lass´ mich mal überraschen, was das wird und werde Dir dann berichten.

Ich denke, bei Euch ist alles im Lot, sonst hättest Du Dich sicher schon gerührt.
Wünsche Euch eine schöne Woche und grüße Euch alle

Euer Willi

Als Antwort erhielt Willi von seinem Freund Achim ein paar schöne Fotos. Sie mussten sich zwangsläufig mit einem solchen Austausch auf mentaler Ebene zufrieden geben, denn zum einen liegt doch eine ganz schöne Entfernung zwischen den beiden und zum anderen möchte ich nicht erleben, was geschehen würde, wenn sich die zwei tatsächlich auf offener Wildbahn begegneten. Das hält Willi aber nicht ab, auch dazu seinen Senf abzugeben:

Hallo Achim,

Deine Bilder sind ja toll. Mensch, bist Du ein Brummer, da fühle ich mich ja direkt mickrig. Was bringt man denn so auf die Waage? Sieht so aus, als wärst Du so ein richtiger Knuddelbär, kann das sein? Na ja, bei so viel Weiblichkeit in Deiner Umgebung......., da kann man ja richtig neidisch werden!
Du hast aber auch Glück gehabt mit Deinen Leuten, mein lieber Freund, sogar eine Einsteigrampe am Auto für Monsignore, nicht schlecht! Denke, Du musst noch ein bisschen üben auf dem "Laufsteg", so wie´s aussieht. Aber Typen wie wir kriegen das schon hin. Ich bin noch am Reinklettern in der hinteren Autotüre, habe dabei auch schon alles zerkratzt, aber solange ich noch locker rein und raus komme, gibt´s so was komfortables natürlich nicht.
Vielleicht sollte ich mal ein bisschen schauspielern, das wäre doch eine Überlegung wert!

So, jetzt muss ich mal sehen, was da unten abgeht, glaube heute gibt's Besuch, da muss ich mich erst mal nützlich machen, wie immer man das sehen will!

Grüße Dich, mein Lieber

Dein Willi

Hallo Willi,

Ich bin nicht wirklich so ein Brummer, das Fell trägt so auf !
Aber ein Knuddelbär - ich liebe es, wenn Frauchen mich massiert und feste streichelt, da könnte ich gerade wegschmelzen und stundenlang genießen.
Die Weiber hier nerven manchmal ganz schön, vor allem die Katze Luna. Sie ist so frech und haut mir öfter eine auf die Nase. Dafür bekomme ich hinterher Schimpfe, obwohl die immer anfängt. Frechheit so was!!!
Die Gina riecht täglich besser und meine Chefin hat schon wieder was von Wegsperren gesagt. Ich befürchte schon, dass sie mich damit meint. Das ist so gemein, sie schmeißt mich einfach raus und da sitz´ ich dann mit meinem Leid und keinen interessiert´s. Und da sagst Du, ich hätte Glück mit meinen Leuten....

Den Laufsteg beherrsche ich übrigens perfekt. Ich musste schon lange vor meiner OP üben, damit ich dann danach mit meinem kranken Bein ohne Probleme ins Auto komme. Ich hatte es ganz schnell raus und heute bin ich Weltmeister auf dem Laufsteg. Meine Tante Mascha ist doof! Sie ist kürzlich fast vom Brett gefallen, weil sie es immer so eilig hat, aus dem Auto zu kommen. Na, *da hing der Haussegen aber schief. Sie musste etliche Male üben und durfte erst aussteigen, als der Befehl kam. Das war ja wie auf dem Hundeplatz – Kommando, Befehl, Ausführung. Ich hab´ mir eins gegrinst und Mascha war sauer. Aber seither klappt es besser und Chefin ist zufrieden! So eine Rampe wäre ja auch mal was für Deine kranken Knochen. Das Teil stand in der Zeitung und war gebraucht günstig abzugeben. Es ist sehr stabil und ich könnte sogar noch ein bisschen zunehmen?!*

So, Spaziergang ist angesagt, ich grüße Dich bis zum nächsten Mal

Achim

Urlaub und Tierpension

Endlich war die Zeit des Urlaubs gekommen, für uns immer ein wenig zwiespältig. Durften wir uns freuen, endlich mal ohne Viechereien ein paar Tage zu verbringen oder kam sofort wieder das Gefühl, was man seinen Tieren antut, wenn sie in Tierpension müssen. Die ganz normale Einstellung siegte, die sagte: *du musst auch mal an dich denken.*

Bisher haben wir immer zuerst die Tiere „entsorgt“, bevor wir anfingen, Koffer und Klamotten heraus zu kramen, denn sobald einer merkte, dass da irgend etwas im Busch war, konnten wir uns vor beleidigten Blicken und Gesten gar nicht mehr retten. Auch diesmal wollte ich es so handhaben, aber Willi schien ein ganz besonderes Gespür zu haben für solche Situationen, vielleicht hat er auch ganz einfach verstanden, was wir da so von uns gaben und so musste er natürlich gleich petzen gehen:

Hallo Achim,

au backe, jetzt wird´s ernst!
Ich hab´ das ja gar nicht für möglich gehalten, aber es sieht tatsächlich so aus, als wenn die ihre Pläne in die Tat umsetzen würden. Und dabei strenge ich mich doch zur Zeit heftig an und bin wirklich sooo brav. Ich hab´ ja gedacht, dass sie es sich dann noch mal überlegen mit dem Urlaub, aber sie gehen nicht auf meinen Kuhhandel ein. Also, momentan nehme ich mich wirklich richtig fest zusammen, damit ich Herrchen nicht gar so massakriere und manchmal folge ich auch ein bisschen, soviel halt, wie unser Ego genehmigt!
Immer geht das natürlich nicht, das ist ja klar, wenn dann der Trieb durchkommt..............Ich kann ja auch nichts dafür, wenn die immer die Gießkanne draußen stehen lassen, die hat halt so eine schöne Form zum Draufrumbeißen, besser gesagt, die hatte so eine schöne Form. Dann liegen da auch noch so Kunststoffreste rum, war ursprünglich mal ein Kugelschreiber,

aber was soll´s, das sind doch alles nur Peanuts, gemessen an dem, was ich schon so alles auf dem Gewissen habe. Eigentlich würde mich ja mal was Richtiges reizen, was richtig Großes, was Krach macht und stinkt. Weiß nicht, wie die Dinger heißen, aber Herrchen ist neulich mit dem Auto hinter so einem Teil her geschlichen und hat es dann überholt, wenn ich da gekonnt hätte, wäre ich zu gerne mal drauf losgegangen. Aber von den Knatterkisten gibt´s noch mehr, hab´ ich gemerkt, irgendwann erwisch´ ich mal eine. Wenn ich die so auf den Feldern rum rattern höre, kann ich mich gar nicht mehr bremsen!

Weil ich da nun zur Zeit so auf braver Hund mache und mich im Wohnzimmer immer in die gleiche Ecke verzogen habe, hat mir Frauchen doch glatt ein „Hundekörbchen" dorthin gestellt. Das ist schon ein ganz fetter Korb, sonst würde ich da ja nicht reinpassen. Aber anfangs fand ich das ziemlich blöd, bis dann die Wienerle immer da hinein geflogen sind, seitdem finde ich das schon viel besser und seit neuestem finde ich das sogar richtig cool, bin jeden Tag da drin und werde ständig gelobt - fragt sich nur, wofür?
Jetzt gehe ich auch wieder dort hinein und werde ein bisschen schmollen, denn die sollen ruhig merken, dass ich nicht mit allem einverstanden bin, was da urlaubsmäßig so läuft. Habe jetzt noch Schonfrist bis Donnerstag, aber dann geht´s ab ins Tierheim. Und dann kann ich nur hoffen, dass in der nächsten Zeit das Wetter grausam schlecht wird, dann kommen die

nämlich bald wieder. Ansonsten bluhen mir doch tatsächlich 10 bis 14 Tage. Allerdings habe ich mir sagen lassen, dass es da auch so ein paar Experten gibt, wie uns. Vielleicht geht ja was und es wird gar nicht so fad, wie ich befürchte. Wenn ich das nur wüsste!?
Also, mein Freund, dann werde ich mich mal für diesen Zeitraum verabschieden. Danach gibt´s bestimmt viel zu erzählen.
Halte die Ohren steif und pass´ gut auf Deine Mannschaft auf!

Gruß Willi

An bewusstem Donnerstag versuchte ich so normal wie möglich, Hund, Katze, Katzenkorb, Decke und Medikamente ins Auto zu verstauen und ab ging´s in´s Tierheim. Curley jaulte wie immer in ihrer Box, denn ich denke mal, sie wusste schon, was ihr blüht. Willi verhielt sich noch relativ ruhig, aber so richtige Urlaubsfreude war bei uns auch noch nicht aufgekommen. Der Abschied im Tierheim ist immer recht kurz, aber trotzdem absolut nicht schmerzlos! Beide brauchten nicht alleine in einer einsamen Box zu verbringen, sondern kamen zu Gleichgesinnten und nachdem ich ja unser Tierheim kannte und wusste, dass man sich dort wirklich um sie kümmern würde, trollten wir uns, bevor vielleicht noch ein Abschiedsgeheul uns umstimmte.

Ehrlicherweise muss ich zugeben, dass man ja die ersten Tage eines wohlverdienten Urlaubs regelrecht genießt und tierische Gedanken gerne wegschiebt. Beide sind ja gut aufgehoben und es dauert ja auch keine Ewigkeit, bis man sie wieder holt. Irgendwie war das aber diesmal ein wenig anders. Nicht nur, weil es mir in den ersten Tagen gesundheitlich nicht besonders gut ging, sondern auch, weil ich ständig von einem seltsam unruhigen Gefühl befallen war. Ich bin auf geistiger Ebene eben sehr mit meinen Tieren verbunden und deshalb war mir auch klar, dass Willi sich ganz und gar nicht wohl fühlte. Als ich dann ganz flach lag, beendeten wir unseren Urlaub früher, als geplant und fuhren heim.

Das ruhige Haus und der unbevölkerte Garten kamen einem recht ungewohnt vor und man merkte sehr schnell, dass einem etwas fehlte, auch wenn man drinnen und draußen die Spuren sieht, die unser Wildbutz hinterlassen hatte. So freuten wir uns riesig, dass wir am nächsten Tag unsere Familie wieder komplettieren konnten. Wie würde Willi reagieren, wie würde er sich aufführen, wie würde er seine Freude zum Ausdruck bringen, all das fragten wir uns immer wieder, denn jeder unserer Weggenossen hat das Wiedersehen anders gefeiert. Gina war z.B. hocherfreut, ist rumgesprungen und hat uns dann zuhause eine Woche lang beleidigt spüren lassen, dass ihr das nicht getaugt hat. Gino hat uns im Tierheim, als wir ich abholten, gepackt und zum Auto gezerrt und wollte nur heim, da war er dann wieder sichtlich zufrieden und Jana hat fast das Tierheim auseinander genommen vor lauter Freude.

Zuerst verstauten wir Curley in ihre Box, sie hatte sich ihren Platz als Chefin erkämpft und ich denke, die anderen waren nicht böse, dass sie verschwand. Bei ihr war ich immer beruhigt, weil ich wusste, dass sie eine ganz starke Katze ist und auch, wenn sie mir dann für Tage nicht von der Pelle ging, wusste ich, dass sie bisher noch keinen Schaden genommen hatte.

Dann holten wir Willi. Wir gingen in ein Gebäude mit einem Auslauf, in dem er sich aufhielt. Er wurde herein gerufen, kam angetrottet, trabte an uns vorbei, als hätte er uns noch nie gesehen und erst als ich ihn ansprach, sprang er mich kurz an. Wir nahmen ihn mit zum Auto und verstauten ihn und er zeigte nicht den geringsten Anflug einer Regung. Wir waren beide völlig irritiert, denn das hatten wir uns doch ein bisschen anders vorgestellt. Zuhause nahmen wir ihn mit hinein, er trottete regelrecht abwesend hinter uns her, schmiss sich dann auf den Boden und blieb regungslos liegen, ohne uns eines Blickes zu würdigen. Das war mittags um 14 Uhr, als er abends immer noch so dalag, rief ich den Leiter des Tierheims, den wir mittags nicht angetroffen hatten, zuhause an. Willi sei recht unauffällig gewesen, hätte mit einer Hündin in einem Gehege zusammen gehaust, aber man hätte nicht bemerkt, dass er krank oder verletzt gewesen sei. Sicher sei allerdings, dass es ihm nicht gefallen hätte und er sei der Meinung, dass Willi nur gestresst und völlig fertig ist. Ich soll doch den nächsten Tag abwarten, das würde sich schon wieder geben.

Etwas mehr beruhigte mich die Tatsache, dass er sein Futter restlos auffraß, das ich ihm besonders liebevoll bereitet hatte. Doch danach lag er wieder da, als hätte man ihm eine Überdosis Beruhigungsmittel verpasst. Ich untersuchte ihn, um festzustellen, ob er nicht doch irgend etwas auffälliges hatte und zog schon in Erwägung mit ihm zum Tierarzt zu fahren. Das einzige, was sichtbar war, war ein Berg von Haaren, der ihm ausging. Ich bürstete ihn und hätte ein Kissen damit füllen können. Solang ich an ihm herum arbeitete würdigte er mich keines Blickes. Auch hatte er ziemlich abgenommen in den paar Tagen. Als es dann Zeit zum abendlichen Spaziergang war, ignorierte er die Aufforderung und wir ließen ihn liegen. Wahrscheinlich würde er nachts raus müssen, denn bisher hatte er noch nichts von sich gegeben, aber Herrchen würde sich dann seiner sicher erbarmen. Erst als wir das Licht im Schlafzimmer gelöscht hatten, kam er angeschlichen und legte sich auf sein Bett, ohne sich bis zum nächsten Morgen zu rühren. Er hatte bisher auch noch keinen Ton von sich gegeben, draußen konnte bellen, wer wollte.

Wir waren regelrecht schockiert über Willis Zustand und es wurde uns immer mehr bewusst, dass es sich dabei um eine rein psychische Auswirkung auf die Trennung handelte. Zum einen ist er ein hypersensibler Hund, zum anderen darf man seine Vorgeschichte nicht vergessen und zum dritten ist er halt ein Owtscharka! Was würde das aber für die Zukunft bedeuten? Darüber durften wir im Moment gar nicht nachdenken. Wichtig war für uns zuerst einmal, dass sich sein Zustand wieder normalisierte.

Und das schien dann am anderen Morgen langsam zu beginnen, nachdem er sich in alter Manier an mein Bett schlich, um sich seine Schmuseeinheiten abzuholen. Hurra, Willi lebt noch! Ich weckte meinen Mann und zum ersten Mal sahen wir seinen Schwanz wieder wedeln. Er ging am Morgen auch mit Gassi, sonst hätte es ihn wahrscheinlich zerrissen. Und das Frühstück schmeckte auch wieder - nicht nur Willi!

Trotzdem gefiel mir sein Gesundheitszustand nicht und als er dann furchtbar zu keuchen und zu röcheln anfing, gingen wir zum Tierarzt. Er hatte sich eine Kehlkopfentzündung eingehandelt und seine Mandeln waren ganz dick, also wieder Antibiotika. Wenn er schlief, schnarchte er gottserbärmlich, und meistens schlief er!

Wir waren so froh um jedes Lebenszeichen, das Willi von sich gab und trotzdem dauerte es ziemlich lang, bis sich alle seine Lebensgeister wieder regten, er lag noch ziemlich lang kaputt am Boden herum. Richtig angekommen war er schließlich wieder, als er uns mit seinen klaren Augen offen anschaute. Was musste er in den vergangenen Tagen gelitten haben, dass sich solch eine Reaktion einstellen kann. Was müssen solche Tiere leiden, die dann nicht zurück geholt werden können. Ich darf mir das gar nicht vorstellen! Wir wollen stellvertretend für all die anderen unserem Willi das Gefühl geben, wieder zuhause angekommen zu sein. Es wird sicher noch eine Weile dauern, bis alles wieder beim Alten ist, aber ganz plötzlich sind alle großen Willi-Probleme ganz klein.

Und wenn man schon solche Ausflüge macht, hat man ja schließlich auch was zu erzählen:

Hallo Achim, mein Freund,

ach, ich hab´s doch gewusst! Und es kam schlimmer, als gedacht !
Wünsch´ Dir nur nie, dass Dein Frauchen mal auf so eine blöde Idee kommt und Dich in Pension schickt! Das ist nur Mist!
Also mal von vorne. Die haben uns zwei, meine Curley-Katze und mich, ohne Kommentar eingepackt und abgeliefert. Das fand ich, war schon ein starkes Stück, schließlich will man ja wissen, was einem bevorsteht. Die Unterkunft war wegen Urlaubszeit total ausgebucht, also nur Zweibettzimmer. Ich kam in so einen Verschlag mit Vorgarten, aber nicht, dass Du glaubst, ich hätte da meine Ruhe gehabt, da war schon eine, und was für eine! Frag´ nicht, wo sie die ausgegraben haben. Na ja, wenigstens konnte ich sie riechen, aber an meine heißgeliebte Bella kam die um Längen nicht ran. Und das hab´ ich ihr auch gesagt, dann war sie beleidigt, dann konnte man

gar nichts mehr mit ihr anfangen. Ich hab´ ja auch nicht gedacht, dass das alles so lang dauert. Dann auch noch der Service, eine Katastrophe! Von wegen 5 Sterne! Das Menü konnten sie selber fressen, da habe ich mir halt eingebildet, was für meine Linie zu tun. Von wegen Animation, die Langeweile hat mich fast umgebracht, habe dann jeden Abend mein Standkonzert gegeben, aber ich glaube, das wollte keiner hören. Der Chef hat dann gebrüllt, ich soll ruhig sein. Das hat mich nicht wirklich interessiert, aber das Ende vom Lied war, dass ich heißer wurde und nun keinen Piep mehr raus bringe. Ach und dann das Bett, eine Zumutung! Wie nennt man das so schön - natürlicher Untergrund - blanker Boden halt! Das bin ich doch gar nicht gewöhnt mit meinem Doggy-Bag zuhause. Mein ganzes Äußeres ist durcheinander, mir gehen die Haare aus, na ja die stinken eh, also nicht schlimm, kommen ja, Gott sei Dank, wieder neue. Fies war auch, dass die mir zwar jeden Tag meine Tabletten rein geschoben haben, aber das war auch schon alles, von wegen Krankenpflege! Da bedauert Dich kein Schwein!
Ach, und dann kam so langsam der Frust auf, da merkt man erst mal, was man so an seinen Leuten daheim hat. Ich hatte nur grausig Heimweh und dann bin ich gaaanz traurig geworden und aus meinen Standkonzerten sind ganz fürchterliche Trauergesänge geworden und ich bin in eine tiefe Depression gesunken. Das ging dann soweit, dass ich keinen mehr angeschaut habe, weil ich geglaubt habe, die haben mich alle vergessen und keiner liebt mich mehr. Weißt Du, wie fürchterlich das ist? Das kann man erst begreifen, wenn man das erlebt hat, das sage ich Dir!

Eigentlich hatte ich mich ja schon damit abgefunden, dass ich hier versauere, da sind doch tatsächlich meine Leute aufgetaucht und haben mich abgeholt. Mann, da war ich vielleicht von der Rolle! Und das hat jetzt ganz schön lange gedauert, bis sich dieser komische Zustand etwas gebessert hat, eigentlich bin ich immer noch nicht ganz da. Muss allerdings sagen, dass sich meine Regierung gescheit anstrengt - alle Achtung! Ich glaube, die haben einen Heidenschreck bekommen, als sie mich gesehen haben. Nun gibt´s das volle Programm mit Extra-Futter und Extra-Spielstunde, Streicheleinheiten ohne Ende, usw. Da könnte man ja sogar schon überlegen, ob man das nicht ab und zu mal inszenieren könnte............... das war jetzt nur ein schlechter Scherz!!!
Also, Du siehst, das ist alles andere als erstrebenswert und hoffentlich für meine Leute auch lehrreich. Bin ja mal gespannt, ob sie so eine dämliche Idee noch einmal haben, ich glaube, das überlebe ich nicht!
Nun, mein Lieber muss ich mich noch ein bisschen schonen, bin noch etwas geschwächt und genieße meine Rekonvaleszenz. Sag´ bitte Deinem Frauchen, sie soll nicht so viel arbeiten, denn sonst hat sie zu wenig Zeit für Dich.

Grüße alle in Deiner Umgebung vom

Happy-dog Willi

Der ganz normale Wahnsinn

Willi veränderte sich zusehends! Ich wusste nur nicht, welchem Umstand ich das zu verdanken hatte. Waren es immer noch die Auswirkungen des Tierheims, war er noch nicht ganz wieder hergestellt oder konnte ich es jetzt auf seine Hormonumstellung zurückführen. Er wurde wesentlich ruhiger, gab immer noch keinen Ton von sich und wenn er so dalag, meistens bei mir in der Küche, wusste ich nicht wirklich, ob er sich wohl fühlte oder litt.

In allen Städten und Kommunen wird die Mülltrennung gesondert gehandhabt. Bei uns gibt es zusätzlich zu Restmüll-, Biomüll- und Papiertonne auch noch einen „gelben Sack", in dem alle metallischen und kunststoffhaltigen Umverpackungen gesammelt werden. Aus Platzgründen haben wir diesen Sack in den Keller befördert und ich werfe Milchtüten, Joghurtbecher, Katzenschälchen und ähnliches einfach über das Treppengeländer nach unten. Die Trefferquote ist nicht immer 100 Prozent, aber das ist egal, denn auch das, was im Sack landet, wird von Willi inspiziert. Er befördert dann, was interessant riecht oder sogar noch schmeckt wieder nach oben, dort wird es gründlich gereinigt, zerkleinert und dann von Herrchen wieder als absolut sauberer Abfall entsorgt. Das nennen wir perfekte Abfallwirtschaft! Und Willi ist für einige Zeit beschäftigt, denn schließlich kann man ihm ja nicht alles verbieten.

Als wir nun zum wiederholten Mal zum Tierarzt mussten, weil Willi seine Tabletten nicht vertrug und sich erbrach, fuhr mein Mann mit ihm mitten in der Stadt, als Hund draußen mal wieder einen Artgenossen erspähte. Wie es der dumme Zufall so will, patschte Willi mit seiner Pfote auf den Türöffner und die Tür ging, in voller Fahrt und mitten im Verkehr, auf. Sicher war Willi genau so erschrocken wie mein Mann, aber, Gott sei Dank, war der Artgenosse schnell vorüber. Zumindest verhielt sich Willi ganz brav und blieb auf seinem Platz. Ab sofort wird bei uns im Auto die Kindersicherung benutzt! Trotzdem sind wir einfach nur froh, dass sich Willi generell ein wenig mit dem Auto arrangiert hat. Wenn wir ihn einmal für die Zeit eines Einkaufs oder eines Restaurantbesuches im Auto lassen, benimmt er sich schon recht anständig und wir hören ihn nicht mehr meilenweit jaulen. Schließlich ist sein Separee richtig gemütlich und man sollte sich da eigentlich wohl fühlen können. Wir haben die Hoffnung noch nicht aufgegeben, dass er auch eines Tages daheim alleine bleibt, es dauert halt alles ein bisschen länger!

So richtig wohl fühlten sich Willi und ich auch drei Wochen nach dem Tierheimaufenthalt noch immer nicht. Da bekamen wir vom Frauchen seines Brieffreundes die Nachricht. dass Achim ausgerechnet sein operiertes Bein ins Gartentor eingeklemmt bekommen hatte. Das war natürlich ein Schock, aber wie sich herausstellte, doch nicht so schlimm, wie es anfänglich aussah. Allerdings konnte Willi das nicht unkommentiert lassen und schließlich muss man ja „gute Besserung“ wünschen:

Hallo Achim,

jetzt wollte ich mich ja ein bisschen bedeckt halten, nachdem es mir immer noch nicht so ganz prima geht, aber wenn Du natürlich solche Geschichten lieferst, muss ich mich schon mal kurz melden.
Ich glaube, Du hast Deinem Herrchen einen ganz schönen Schrecken eingejagt, was hattest Du denn vor? Wolltest Du mit ihm mit? Und dass Dein Frauchen dann die Krise kriegt, wenn Du auch noch ausgerechnet Deinen lädierten Haxen da rein hältst, das kann ich ihr nachempfinden. Gott sei Dank ist das noch mal gut gegangen, das darf man sich gar nicht ausmalen, was da hätte passieren können. Aber sicher war es mehr der Schreck, der Dich zu diesen Lautäußerungen veranlasst hat, als der Schmerz, Du bist doch hart im Nehmen.
Oder ist Dir auch einfach nur langweilig und Du wolltest mal wieder auf Dich aufmerksam machen? Das wäre ja dann voll gelungen und wie ich Dein Frauchen kenne hat sie Dich auch ordentlich bedauert. Schließlich muss man ja ein wenig für Abwechslung sorgen, sonst wird´s fad!

Mich sperren sie zur Zeit immer vor die Haustür, weil mein Herrchen einen Zaun baut und mich nicht gebrauchen kann. Ich bin schon die ganze Zeit am überlegen, was ich so anstellen könnte, damit die merken, dass ich auch noch da bin, aber ich bin halt noch nicht so ganz fit und außerdem habe ich das Gefühl, dass mich irgend etwas bremst. Ich habe doch diesen Chip da und mein Herrchen ist ganz begeistert, dass ich mich nicht mehr so aufführe. Jetzt habe ich sogar mein Auto neu entdeckt, das ist gar nicht so blöd da drinnen.

Platz ist genug und schon weich ist es auch und zu sehen gibt´s auch was. Wenn die nicht eine Ewigkeit weg bleiben benehme ich mich ganz anständig. Aber alleine zuhause bleibe ich noch nicht, das können die sich abschminken, mit irgendwas muss man sich ja schließlich durchsetzen.

Zumindest habe ich meine 3 kg, die mir im Tierheim abhanden gekommen sind wieder drauf gefressen, an meiner Stimme arbeite ich noch, das kann auch noch dauern, meistens nachts kratzt das dann so und dann muss ich mich eben "räuspern". Das klingt halt ein bisschen "owtscharka-like"!

So, mein Bester, jetzt wünsche ich Dir von Hundeherzen alles Liebe und noch gute Besserung und pass´ gut auf Dich auf, damit nicht wieder solche Hiobsbotschaften kommen!

Lass´ mal wieder von Dir hören und grüße alle

Dein Spezi Willi

Hallo Willi,
Ich kann´s Dir auch nicht sagen, was da passiert ist. Wir kamen vom Spaziergang zurück, ich und Gina zuerst durch die Türe und Herrchen hinterher. Plötzlich war mein Bein eingeklemmt und ich habe versucht, es da raus zu reißen. Das tat so tierisch weh, ich hab da ja sowieso Probleme (Frauchen hat gemeint, das wird

immer eine Schwachstelle bleiben, schlimmer wie nach der OP). Ich hab nach meiner Chefin geschrien, die auch gleich angerannt kam. Sie hat schnell mein Bein wieder befreit und mir gleich was von ihren weißen Kügelchen gegeben. Dann hat sie mich noch eine Weile getröstet (auch wir brauchen das mal) und langsam ist es wieder besser geworden. Als wir mittags spazieren gingen, war ich wieder topfit und hab Frauchen von den Füßen geworfen. Sie hat nicht mal geschimpft, so froh war sie, dass ich wieder der Alte bin.

Freut mich, dass es Dir wieder besser geht. Was machst Du denn immer für ein Theater, ich bin froh, wenn mal alle fort sind und ich meine Ruhe habe. Ich lege mich gemütlich auf meinen Teppich und schnarch´ mir eins, herrlich!!!

Hab gestern von einer Frau gehört, die den Bericht über Dich gelesen hat. Der ist übrigens ganz toll geworden mit schönen Bildern dabei. Haben unsere Frauchen gut gemacht! Auf jeden Fall hat die Frau geschrieben, dass ihre junge CAO Hündin sich ganz wie Du verhält und alles kaputt macht, sie hat das mit einer schlechten Jugend erklärt, na, ich weiß nicht, Kumpel. Ich bin mir da nicht so sicher.

So, jetzt gibt´s gleich was zwischen die Zähne,
Spaziergang haben wir schon gemacht.

Sei gegrüßt von Deinem Kumpel
Achim

Endlich ist Willi wieder Willi! Wir haben das Gefühl, dass er sich wieder richtig daheim fühlt und er dankt es uns auch jeden Tag, wenn er sich in den unmöglichsten Posen in seinem „Körbchen“ oder auf seinem Doggy-bag aalt. Wenn Herrchen nun endlich auch noch mit dem lästigen Zaun fertig werden würde, wäre alles bestens. In der Bauphase durfte Willi ja nicht in den Garten, sonst hätten sich die Nachbarn über seinen Besuch freuen können – oder auch nicht! Und das Aussperren vor die Haustüre wurde auf Dauer langweilig, vor allem, wenn man noch nicht richtig bellen kann. Allerdings wäre Willi nicht Willi, wenn er nicht schon längst wieder etwas im Petto hätte.

Eigentlich hatten wir geglaubt, dass sich sein Gewicht wieder eingependelt und sein Appetit normalisiert hätten. Aber vielleicht hat doch noch ein bisschen etwas gefehlt und so hat Willi eines schönen Tages ausgiebig gefrühstückt. Manchmal habe ich das Gefühl, dass diese Banausen es nur darauf abgesehen haben, einem eins auszuwischen. Und solange warten sie dann geduldig, sie haben ja nichts anderes zu tun. Willi weiß genau, dass alles auf dem Tisch und in Katzes Schüsselchen tabu ist. Daran arbeiten wir ja schon, seit wir ihn haben. Allerdings ist seine Größe dabei ein enormes Hindernis, denn wenn er vor dem Tisch steht, blickt er einem genau auf den Teller. Und in der Regel geht es auch ganz gut, vor allem dann, wenn immer einer von uns aufpasst - aber wehe, wenn sich die Gelegenheit ergibt, dann macht sie Diebe. Und an besagtem Morgen, wir hatten gerade unser Frühstück beendet, war mal wieder nichts wie immer. Und da hat dann Willi seine Chance ergriffen, nachdem er alleine in der Küche war und in aller Ruhe den Tisch abgeräumt. Erst als ich es knirschen und rascheln hörte, war mit klar, dass von Schinken, Salami, Butter, Milch und was sonst noch so rumstand nicht mehr viel oder gar nichts mehr übrig war. Wütend haben wir ihn dann rausgeschmissen und ich wünschte ihm die schönsten Bauchschmerzen, aber unsere Frühstücksreste schienen ihm bestens bekommen zu sein und am Nachmittag hätte er es doch gleich mit dem Kuchen noch mal probiert. Zum Glück war mein Mann rechtzeitig zur Stelle und hat ihn gerade noch erwischt und ordentlich geschüttelt. *Vielleicht hat der Ärmste ja noch Hunger???* Ich dachte im ersten Moment, ich höre nicht richtig, aber sofort hatte mich mein Mann mit seinem Gefühl angesteckt und ich hatte Willi schon fast wieder verziehen.

Vom Monster zum Lämmchen?

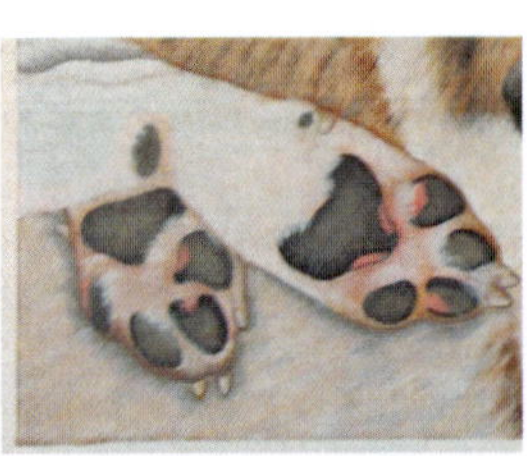

Es folgte eine recht ruhige Zeit und wir waren sogar richtig zufrieden mit unserem Hund. Die Spaziergänge verliefen gleichmäßig eintönig und irgendwie gewöhnt man sich an sämtliche Umstände und versucht alles zu arrangieren. Ich werde mich zwar nie wirklich daran gewöhnen, täglich mit dem Staubsauger durch´s ganze Haus zu sausen, oder wöchentlich das Auto auszusaugen, aber zur Zeit bleibt einem

nichts anderes übrig. Glücklicherweise hat mein Mann ab und zu ein Einsehen und schwingt auch mal den Besen. Beim alltäglichen Spaziergang mit der 15m-Langleine - weil Sir William ja lieber seinen eigenen Kopf durchsetzt, als zu folgen - nahmen wir jetzt öfter mal ein Spielzeug mit. Wir spürten seine Tagesverfassungen ganz deutlich, denn manchmal konnte er gar nicht genug bekommen und an anderen Tagen interessierten ihn Ball, Kong und Co. überhaupt nicht. Als an unserer Spazierstrecke eines Tages aber abgeholzt wurde, fand Willi ein viel besseres Spielzeug in Form eines schönen Stöckchens. Und weil er an diesem Tag mal wieder ganz gut drauf war, musste er Herrchen natürlich zeigen, was er so alles im Stande war, zu leisten.. Danach konnten wir dann wieder ein weiteres Teil auf Willis Schandtaten-Liste hinzufügen!
Nach so vielen Ereignissen im doch so langweiligen Hundeleben musste Willi natürlich mal wieder seine Storys loswerden und seinen Freund kontaktieren:

Hallo Achim,

komme gerade vom Spaziergang heim und wollte Dir nur mitteilen, dass es mir so richtig gut geht! Mensch bin ich zur Zeit flott unterwegs, meine Leute kommen gar nicht mehr hinterher. Frag´ mich aber nicht, warum - es geht einfach! Ich glaube, ich habe halt meinen Seelenfrieden wieder gefunden und das macht sich ja bekanntlich "ganzkörperlich" bemerkbar. Außerdem habe ich jetzt entdeckt, dass es sich in meinem Hundekorb so richtig gut ratzen lässt. Man muss halt erst das gewisse Alter bekommen, um die Annehmlichkeiten zu entdecken. Und dann ist mein Herrchen ganz stolz auf

mich, dass ich schon 10 bis 15 Minuten ganz alleine zuhause bleibe, ohne mich von der Stelle zu rühren. Die lassen ja auch nicht locker, da muss man eben manchmal ein wenig nachgeben.
Trotzdem ist auch immer was geboten, denn wo Willi draufsteht, ist auch Willi drin! Heute hat es Herrchens Lederjacke erwischt. Ich habe da so ein schönes Stöckchen gefunden - war fast ein halber Baum - und den habe ich dann ein Stückchen mitgenommen und beim Versuch Herrchen zu überholen, weil der immer so langsam daher trottet, habe ich halt mit dem Stöckchen genau die Tasche aufgespießt und "ratsch" war sie nicht mehr da, wo sie hingehört hätte. Die Jacke hat er dann gleich in die Tonne treten können.

Und neulich habe ich mal den Frühstückstisch abgeräumt. Das machen die ja immer selber, aber wenn halt mal Not am Mann ist, ist das kein Thema für mich. Das war vielleicht lecker, da hab´ ich dann auch ordentlich zugelangt.Weißt, ich habe zur Zeit gescheit Kohldampf und da muss man schauen, wo man bleibt.

Stell´ Dir vor, endlich ist der Zaun fertig und ich darf wieder in den Garten. Da habe ich ein Fest gefeiert, so sehr hat mich das gefreut und hab´alle und alles über den Haufen gerannt. Die haben mich ganz komisch angeschaut und gar nicht verstanden, dass mich das so belastet hatte. Auf jeden Fall ist jetzt alles wieder in Butter und ich hab´ endlich meine gewohnte Umgebung zurück.
Sag´ mal, hättest Du nicht mal Lust, mich zu besuchen? Frag´ doch mal Deine Chefin, ob sie Dich nicht mal her chauffiert. Ich weiß zwar nicht wie weit das ist, aber so schlimm kann das

doch gar nicht sein. Das wäre doch mal ein Spaß, da würde uns bestimmt was besonders tolles einfallen - vorausgesetzt, wir können uns auch riechen.

Also, mein Bester, jetzt bist Du wieder auf dem neuesten Stand. Ansonsten ist ja bei uns alles beim Alten. Rühr´ Dich mal wieder und grüße auch Dein Frauchen ganz herzlich vom

Willi

Hallo Willi,

Prima, dass es Dir gut geht. Ich hatte Dir ja gleich gesagt, dass es auch schön ist, wenn man mal alleine ist und seine Ruhe hat.
Bei Euch geht es wohl immer lustig zu. Wir haben herzhaft gelacht, bei dem Gedanken, wie Du die Jacke von Deinem Herrchen "geschrottet" hast. Mascha hat meinem Frauchen mal auf diese Art einen Stock auf den Kopf gehauen, dass sie grad Sterne gesehen hat. Es ist ja eigentlich nicht lustig, aber man muss halt trotzdem lachen.
Gestern war meine Freundin Gina beim Tierarzt und als sie heimkam lag sie da wie tot. Ich bin ganz erschrocken und habe gleich geschaut, ob sie noch atmet. Frauchen hat mich weg gescheucht und gesagt, dass Gina beim

Tierarzt war und unter Narkose die Zähne gemacht wurden. Zwei kleine Schneidezähne mussten gezogen werden, ein Backenzahn, der entzündet und voller Zahnstein war, konnte gerettet werden. Frauchen hat auch meine Zähne angeschaut, aber die sind zum Glück in Ordnung. Ich will nämlich nie mehr zum Tierarzt gehen!!!! Heut´ morgen war Gina wieder fit und ist mit uns spazieren gegangen.

So, am Wochenende ist Frauchen mit Gina fort und Mascha und ich sind mit Herrchen alleine. Das ist wieder stressfrei, Herrchen ist nie so streng wie die Chefin.... Ich glaube, sie macht einen Kurs oder so ähnlich. Dann kommt sie wieder hochmotiviert heim und nervt uns alle. Zum Glück hält das normalerweise nicht so lange an.

Das mit dem Besuch ist wahrscheinlich keine so gute Idee. Ich schreibe Dir zwar immer gerne, aber wir sind trotzdem Konkurrenten, mein Lieber.

Es grüßt Euch alle

Achim

Wir fanden, dass sich die Ausflüge allmählich besser gestalteten und wir mit unserem Hund auch ein wenig Abwechslung hatten. Wir merkten ebenfalls, dass sich die Bindung zu uns immer mehr festigte. Willi folgte recht gut - was man bei einem Owtscharka folgen nennen kann – es ging eben alles ein bisschen langsamer, aber es ging. Und wir konnten an einigen Dingen beobachten, dass steter Tropfen den Stein tatsächlich höhlt. So gingen manche Befehle derart in Fleisch und Blut über, dass wir schon gar nichts mehr zu sagen brauchten.

Und so versuchten wir dann auch mal, Willi beim Spaziergang abzuleinen. Zuerst wurde die ganze Umgebung abgesucht und zur jetzigen Jahreszeit, wo die Felder alle abgeerntet sind, kann man das Gebiet weit einsehen. Keine Menschenseele weit und breit - also mal ein Versuch! Und unser Hund demonstrierte uns, wie er gelernt hatte, brav zu sein und zu folgen. Wir waren richtig stolz und zur Belohnung durfte Willi natürlich gleich am nächsten Tag wieder frei laufen. Unser Spazierweg führte uns an einer Bahnstrecke entlang, durch einen Zaun von den Gleisen abgetrennt. Täglich flitzte oder ratterte mal ein Zug vorbei, der Willi aber nicht besonders interessierte und an den er sich schon längst gewöhnt hatte.

Aber wenn man so eine neue Freiheit spürt, muss man sie auch nutzen. Und als der nächste Zug vorbei donnerte, donnerte Willi hinterher. Es dauerte eine ganze Weile bis er merkte, dass er keine Chance hatte, mitzukommen, aber da war er schon ein weites Stück von uns entfernt. Und unterwegs hatte er anscheinend auch seine gute Erziehung verloren, denn wir konnten tun, was wir wollten, unser Hund machte nicht im Geringsten Anstalten zu folgen und zurück zu kommen.

Just in diesem Augenblick, und natürlich zum ungünstigsten Zeitpunkt, als wir gar keine Möglichkeit hatten auf Willi einzuwirken, stöberte er einen Hasen auf. Da war uns schlagartig klar, was jetzt kam. In einem Tempo, das wir ihm gar nicht zugetraut hätten, hechtete er hinter dem Hasen her und irgendwann sahen wir nur noch seinen weißen Schwanz - dann war er weg. Wir standen ganz schön blöd da und konnten nur hoffen, dass ihm möglichst bald die Puste ausgehen würde und ihm unterwegs nichts anderes Interessantes begegnet. Wir hatten uns schon die Lunge aus dem Hals geschrien, als wir ihn endlich wieder auftauchen sahen. Aber nicht, dass er sich jetzt schnurstracks auf den Rückweg begeben hätte, nein, jetzt wurde erst mal jeder Maulwurfhaufen untersucht und die Richtung zwanzig Mal geändert. Als er dann irgendwann endlich bei uns angekommen war, konnte er kaum noch laufen. Den Weg zurück zum Auto schlich er, zum einen außer Atem und mit sicher schmerzenden Gelenken und zum anderen geplagt von seinem schlechten Gewissen. Denn, dass das nicht in Ordnung war, wusste unser Hund sehr genau. Und dass dieser Ausflug der letzte seiner Art sein sollte, bekam er im Folgenden zu spüren, denn Freilauf war nicht mehr!

Wir waren sicher, dass wir nach dieser Exkursion zuhause einen ausgesprochen braven, weil kaputten Hund hatten, und so war es dann auch. Er leckte noch am nächsten Tag seine Wunden in Form von Muskelkater und Gelenkschmerzen, aber ich war mir sicher, wenn er heute wieder die Möglichkeit hätte, wäre er sofort wieder weg. Und daraus haben wir natürlich gelernt. Allerdings, der Mensch denkt und Gott Willi lenkt.

Das herrliche Herbstwetter trieb uns täglich über die Felder und drei Tage nach der Hasenjagd machten wir wieder einen schönen Spaziergang, natürlich mit Willi an der Langleine, wie sich das gehört. Wir sahen zwei Rehe, die unseren Weg kreuzten und die Willi natürlich zu gerne verfolgt hätte, aber das ging ja leider nicht! Probiert hätte er es ja zu gerne, aber da war Herrchen am anderen Ende der Leine und dagegen hatte Herr Hund noch keine Chance gehabt. Wir waren schon auf dem Rückweg, als wir in weiter Ferne ein Auto auf einem Weg fahren sahen. Auch Willi hatte das Auto bemerkt und, weiß der Kuckuck, irgend etwas daran hatte ihm nicht gefallen. Mit einem Mal schoss er los! Darauf war mein Mann natürlich nicht gefasst. Er hatte das Ende der Leine und ein paar Schlaufen um das Handgelenk gewickelt und als Willi in die Leine stürzte, riss sie und er war wieder weg.

Im ersten Moment war nur Willis Situation interessant und was daraus werden würde, bis ich sah, dass sich mein Mann seinen Arm hielt. Zum Glück ist die Leine gerissen, denn sonst wäre ein Bruch nicht zu vermeiden gewesen, so blieb es bei blauen Flecken und Striemen. Und Willi fegte über das weite Feld wo schon lange kein Auto mehr zu sehen war. Jetzt hätte nur noch mal ein Hase gefehlt........, doch das blieb uns heute erspart. So kam unser Schlawiner auch wie gehabt, gemütlich, auf Umwegen und außer Puste, aber etwas betreten zurück und wurde von Herrchen, trotz seiner Schmerzen, nicht geschimpft. Allerdings mussten wir ihm diese Marotten so schnell wie möglich wieder austreiben, denn es sah so aus, als würde ihm diese neue Freiheit enormen Spaß bereiten. So wird es in nächster Zeit mal nur Kurzleine und „Fußgehen“ geben. Und wir waren gewarnt, dass wir wieder ein Exemplar mit enormem Jagdtrieb hatten.

Der Oktober neigte sich mit dem herrlichsten Wetter seinem Ende entgegen und da gab es gewöhnlich im Garten allerhand zu tun. Wir konnten sogar das Beet vor dem neuen Zaun noch anlegen und dabei die letzten Sonnenstrahlen genießen. Willi begutachtete unsere Aktivitäten genau und ich musste ihn das eine oder andere Mal weg scheuchen, denn er hätte zu gerne geholfen. *Na, ja, wenn ich schon nicht eingraben helfen darf, dann kann ich das ja vielleicht wieder ausgraben!* Und als ich am anderen Morgen in den Garten kam, war mein Brombeerstrauch nicht mehr da und das Loch leer. Eigentlich wollte er ja nur mit dem Stöckchen spielen, das als Stütze für die Pflanze angebracht war, aber Willi hat natürlich ganze Arbeit geleistet und so hatten wir jetzt mehrere Brombeersträucher-Teile.

Bei uns gibt es auch einige Igel, die jetzt besonders abends aktiv sind und nachdem Willi liebend gerne auf alles losgeht, was sich bewegt, macht er auch vor einem Igel nicht halt. Bei seiner allabendlichen Runde machte er so seine unangenehme Erfahrung und nachdem er ja immer mit Hurra auf alles losgeht, hatte er auch gleich den Igel gepackt. Als Willi merkte, dass das recht schmerzhaft war, warf er ihn im hohen Bogen auf den Weg, wo der Igel noch ein Stück rollte, weil er sich ja ganz zusammen gekugelt hatte. Ich verfrachtete ihn zurück und Herrchen musste Willi wieder ganz kurz nehmen, denn trotz Stacheln wäre doch „Igelweitwurf" ein zu tolles Spiel gewesen.

Ich glaube, unser Willi wird nie ein Lämmchen, das wäre Wunschdenken, auch wenn er sich an manchen Tagen von seiner besten Seite zeigt. Und wenn ich meiner Bekannten von Willis Gewohnheiten berichte, kann sie nur schmunzelnd entgegnen, dass das bei ihren Owtscharkas zur täglichen Routine gehört. Ich hoffe nur, dass wir das alles auf Dauer durchhalten, denn wir haben uns jetzt schon so sehr an unser Monster gewöhnt, dass uns richtig langweilig werden würde, ohne ihn.

Die Kastration

Nach langem Für und Wider hatten wir uns nun endlich entschlossen, Willi richtig kastrieren zu lassen. Das letzte halbe Jahr war für uns tatsächlich leichter und wir konnten eben doch feststellen, dass unser Hund insgesamt wesentlich ruhiger geworden war. Dass man seine Charaktereigenschaften durch die Kastration nicht verändern konnte, hatten wir bemerkt, aber allein, dass mein Mann bei seinen täglichen Gängen mit ihm weniger Last hatte, war schon Grund genug. Trotzdem plagte mich mein Gewissen, denn danach wäre nichts mehr rückgängig zu machen, so wie jetzt mit dem Chip. Und da kam die Terminabsprache beim Tierarzt uns entgegen, denn wir sollten bereits am nächsten Tag morgens mit nüchternem Willi erscheinen und so hatten wir gar nicht mehr viel Gelegenheit, uns doch noch anders zu entschließen. Zum Glück wusste er nicht, was da auf ihn zukam. Oder ahnte er es doch?

Zumindest benahm sich unser Hund recht gesittet und als wir ihn nach der OP abholten, war er noch so müde, dass wir ihn aus der Praxis ins Auto schleppen mussten und zuhause noch eine Stunde im Auto schlafen ließen, bevor er auf seinen eigenen Beinen stehen konnte. Danach verschlief er den ganzen Tag, aber sobald er sich wieder wach genug fühlte, musste er natürlich seinen Freund benachrichtigen:

Hallo Achim, mein Bester,

gestern war vielleicht ein blöder Tag, sag´ ich Dir!

Mitten in der Nacht, es war so ungefähr 7 Uhr und mitten in meinen schönsten Träumen von einem riesigen Kalbsknochen hat doch tatsächlich der Wecker geklingelt. Ich war noch so hundemüde, aber nachdem meine Herrschaften aufgestanden sind, musste ich auch raus. Dann hat mich Herrchen bei Kälte und Nebel gassi gescheucht! Und zum guten Schluss wurde ich ohne Frühstück ins Auto verladen. So eine Gemeinheit! Ich hatte keine Ahnung, was das werden sollte. Schließlich sind wir bei meinem Tierarzt gelandet und den mag ich ja recht gerne und der hat sicher sofort gesehen, dass ich überhaupt nicht ausgeschlafen war und hat mir dazu verholfen, dass ich noch so ein Stündchen pennen konnte. Das war so richtig angenehm. Als ich dann aber aufgewacht bin, war mir ziemlich komisch zumute. Ich hatte auch ein Pflaster zwischen den Beinen und der Kopf brummte mir. Habe mitbekommen, wie die sich unterhalten haben und etwas von kastrieren gesagt haben, allerdings weiß ich nichts damit anzufangen und dass ich jetzt ganz tolle Zähne hätte und nicht mehr verloren gehen könnte, weil ich irgendwie registriert bin.
Als wir dann zuhause waren, wollte ich gerne das Pflaster loswerden, das pikst doch immer so, aber einer von meiner Regierung war dauernd in der Nähe und hat aufgepasst und Herrchen hat gesagt, wenn ich nicht brav bin, kriege ich so einen Hut auf, wie Du. Das fand Frauchen aber nicht gut und dann ist sie in die obere Etage verschwunden und hat für mich aus Herrchens Schlafanzug einen Overall designed. Damit Du

siehst, wie schick ich darin aussehe, hänge ich Dir ein paar Fotos an.

Das Ding musste ich dann heute Nacht tragen, damit meine Herrschaften auch ein wenig zum Schlafen gekommen sind. Das ging auch ganz gut so bis um ½ 4 Uhr, aber da hatte ich dann endgültig ausgeschlafen. Und nachdem meine Curley -Katze auch immer um diese Zeit wach ist, haben wir zwei dann so richtig Ramba-Zamba gemacht.
Die waren heute früh nicht wirklich ausgeschlafen, mir geht´s dafür umso besser. Fühle mich im Moment richtig gut, habe ja auch von Frauchen so ein Tablettchen bekommen und sie hat mir versprochen, dass ich das Pflaster morgen dann los werde.

Bald ist ja nun Dein Frauchen auch wieder von ihrer

Weiterbildung zurück mit neuen Erkenntnissen. Kannst ihr sagen, dass ich mich schon mal als Versuchskaninchen aufopfern würde, von wegen Massage oder Tellington-touch oder Fußreflexzonenmassage oder ähnliches - würde mir alles taugen!

Dann habe ich von Deinem Frauchen noch gehört, dass Deine Mascha wieder so gut riecht und Du deshalb Liebeskummer hast!? Damit habe ich keine Probleme. Seltsam, dass ich das überhaupt nicht nachempfinden kann..............???

So, jetzt bist Du mal wieder über alles informiert, was bei uns so an der Tagesordnung ist. Lass´ Dich nicht von Deinen Damen so aufwühlen, wir ziehen dabei ja sowieso den Kürzeren, Du so und ich so!

Viele Grüße und halt die Ohren steif!

Dein Willi

Hallo Willi,

Oh je, das sind ja böse Geschichten. Aber der Anzug steht Dir gut, hahahah!!!
Als ich noch ganz klein war, musste ich auch mal ein T-Shirt von Frauchen tragen. Damals hatte mich Onkel Fifo (der mittlerweile nicht mehr da ist) gebissen und die

Wunde hat mich ständig gejuckt. Also musste ich immer dran schlecken und das wurde mir verboten. Haben die eine Ahnung!!! Und das Ergebnis war, dass mir meine Chefin so ein komisches schwarz-weißes Shirt angezogen hat und zum Schluss haben sie mich auch noch ausgelacht, das war fies!!!
Mein Frauchen hat mir versprochen, wenn ich brav bin, bleiben meine Eier dran. Also werde ich mich bemühen und ihr keinen Grund zum Ärgern geben.
Mascha riecht immer noch so gut, aber da ich nicht mehr zu ihr darf und dafür immer in der Wohnung sein kann, ist das auch okay. Ist ja bald wieder vorbei, immer dasselbe Spiel: sie machen einen verrückt und das war´s dann!!!
So, Frauchen muss weiter lernen....
Viele Grüße

Achim und Co

Bis auf eine Pflasterallergie, die zu vermehrtem Jucken beigetragen hatte, war die ganze Operation keine große Sache. Allerdings musste Willi deswegen eine ganze Woche den schicken Anzug tragen und das machte er ganz brav oder sogar ganz stolz, wenn man ihn dafür lobte. Die Wunde war so klein, dass sie nur mit vier Stichen genäht worden war, aber um diese vier Fäden zu entfernen mussten wir ihn schließlich zu viert festhalten und richtig knebeln, denn das gefiel ihm nun gar nicht und tat sicher auch noch gescheit weh. Aber nach einer Woche war alles ausgestanden.

Als uns ein Anruf aus der Verwandtschaft erreichte und wir einen Krankenbesuch machen mussten, blieb uns nichts anderes übrig, als Willi mitzunehmen. Nun würden wir ausprobieren können, inwieweit er sich mit dem Autofahren arrangieren konnte, denn es sollte doch über ca. 250 km gehen. Dasselbe zurück und während des Besuchs brav im Auto bleiben, das würde doch eine große Herausforderung werden. Von zuhause bis zu seiner Gassistrecke schaffte er die knappen 5 km inzwischen locker und vor allem, wenn man nicht viel schneller fuhr, als 30 km/h hatte er gar keine Probleme. Allerdings mussten wir doch ein wenig schneller fahren und bereits die ersten Kilometer auf der Autobahn gefielen Willi dann gar nicht. Er stand hinten drin, hechelte, sabberte und jammerte und das blieb dann so, bis wir angekommen waren. Uns war klar, dass das keine Marotte war, sondern, dass es ihm sichtlich nicht gut bekam. Zum Glück hatte er in der Früh nichts gefressen. Er tat mir entsetzlich leid, aber wir hatten keine andere Wahl. Trotz des furchtbar schlechten Wetters mit Regen, Kälte und später auch Schnee mussten wir ihm immer wieder das Fenster öffnen, dann streckte er seine Schnauze hinaus und das tat ihm sichtlich gut, und ich fror dann gerne mal zwischendurch. Als wir am Abend endlich wieder zuhause waren, schlich Willi erschöpft, aber glücklich in seinen Korb. Ich erfuhr von meinem Tierarzt, dass es zwar Reisetabletten für Hunde gibt, die aber sehr, sehr teuer seinen, aus welchem Grund auch immer. So hatten wir beschlossen, solche Exkursionen Willi weiterhin zu ersparen, nur wie, war uns noch nicht ganz klar. Schweren Herzens mussten wir auch unseren geplanten Skiurlaub absagen, denn wir waren uns beide einig, dass wir keine ruhige Minute verbringen könnten, wenn Willi wieder ins Tierheim in Pension müsste. Die einzige Möglichkeit wäre, eine private Unterkunft zu finden, aber diese netten Leute dürften Willis Story vorher nicht gelesen haben. Trotzdem hoffen wir, doch irgendwann einmal jemanden zu finden, der uns Willi für einen kurzen Zeitraum abnimmt. Wenn wir einmal im Monat zum Kegeln gehen und unsere Tochter sich bereit erklärt, Willi für ein paar Stunden zu betreuen, dann ist er immer ganz brav und ich kann ihn auch ruhigen Gewissens bei ihr abliefern, denn Sonja liebt er sehr. Das letzte Mal, als wir ihn nächtens abholen wollten, rührte sich auf unser Klingeln nichts. Erst nach mehrmaligem Sturmläuten kamen zwei verschlafene Gestalten an die Türe, denn wir hatten die beiden aus dem Tiefschlaf gerissen und da kann man doch sicher sein, dass unser Hund kein Problem hatte.

Alle Jahre wieder......

Hallo Achim,

21+nbwe , Entschuldigung, das war die Curley, die liegt auf der -tastatur, da kommt dann so ein Zeug raus! Aber sie lässt sich nicht vertreiben, denn sie spielt zur Zeit ktankenschwester bei #Frauchen und den Job nimmt sie sehr ernst. Allerdings hat sie heute gemeint, sie hätte keine Schicht und ich sei dran. Das ist nicht so ganz mein Fall, ich kann höchstens ein wenig mitleidig dreinschauen, das war´s dann aber auch schon. Frauchen zieht schon die ganze Woche mit so Bauchkrämpfen und Durchfall rum und hat gestern gemeint, es wäre schon besser und hat dann Weihnachtsdekoration gemacht. Als sie draußen den Baum mit so einer Schnur mit Lampen eingewickelt hat, habe ich ganz genau zugeschaut und das hat sie natürlich gleich gemerkt und bei Herrchen gepetzt und ihm gesagt, er dürfe mich nicht mehr allein in den Vorgarten lassen. Dass der das aber irgendwann vergisst, war mir klar und dann habe ich natürlich gleich zugeschlagen, denn das Gewickele hat mir gar nicht zugesagt. Jetzt sieht das alles nicht mehr so steril aus, allerdings sind auch zwei Lampen und die Halter kaputt. Das Zeug hält ja nichts mehr aus!
Was bloß blöd ist, seit gestern liegt Frauchen wieder flach und ich glaube, da bin ich nicht ganz unschuldig dran. Tut mir ja auch ehrlich leid, nur wegen so einem dämlichen Baum........! Sie hatte mir nämlich versprochen für Herrchen und mich

Weihnachtsplätzchen zu backen, das wird jetzt vorläufig erst mal nix. Sie meinte, das hätte ich mir selber eingebrockt, aber so wie ich mein Frauchen kenne, fängt sie an, sobald es ihr wieder besser geht. Wir mögen die doch soooo gerne, mein Herrchen und ich - die Plätzchen und das Frauchen!
Draußen wird´s ja jetzt schon ganz schön frisch, da lobe ich mir meine warme Stube. Bin halt eben ein „Warmduscher".

Denke mal, bei Euch ist inzwischen alles wieder normal. Dann grüße mal Deine Damen von mir und natürlich auch Deinen zweibeinigen Anhang und ich wünsche einen schönen Adventssonntag

Dein Freund
Willi

Hallo Willi,
Durfte heute Abend mal wieder rein, weil mein Frauchen zu Hause ist. Wenn sie arbeiten geht, lässt sie Mascha und mich immer draußen im Stall. Sie hat gemeint, der Wechsel zwischen warm und kalt sei nicht gut für mich und ich solle besser draußen bleiben. Aber heute konnte sie meinen Blicken nicht standhalten und so konnte ich wieder an den PC.
Weihnachtsplätzchen hört sich gut an, bei uns gibt es so was leider nicht. Ich habe im Moment viel Spaß im

Schnee, vor allem sieht man jetzt so gut, wenn Hasen unterwegs sind. Gestern wollte ich einem nachrennen und vergaß, dass mein Frauchen am anderen Ende der Leine war. Sie lag danach längelang im Schnee und ich habe sie wie einen Pflug ein paar Meter hinterher geschleift. Na, da war sie aber sauer und ich habe erst mal heftigen Ärger bekommen.
Hoffe, Dein Frauchen ist wieder fit und Du hast keine Weihnachtsdeko mehr zerstört....

Viele Grüße,
Achim

Man könnte schon meinen, dass sich die beiden abgesprochen hätten, denn als wir kürzlich den ersten richtig tollen Schnee genossen haben und einen Spaziergang durch eine traumhaft verschneite Landschaft unternommen hatten, durfte ich auch mal wieder herzhaft lachen. Unser Weg führte uns an einem Hang entlang, unten eine große verschneite Wiese und dahinter eine Buschreihe. Bevor ich warnen konnte, dass ich in den Büschen ein Reh erspäht hatte, hatte es Willi auch schon bemerkt und pflügte den Abhang hinunter durch den frischen tiefen Schnee – am Ende der Leine Herrchen, im Skeleton-Stil auf dem Bauch hinterher! Er ließ die Leine nicht los und erst, als die schwere Last für Willi zu viel wurde, blieb der stehen. Ein Schneemann schüttelte sich unter den losen Schneemassen hervor und ich konnte mir das Lachen nicht verbeißen. Im Kragen, der Hose und den Schuhen war es nass, aber zum Glück waren der Autoschlüssel und Willi noch da! Erst am nächsten Tag merkt man dann, wenn einem die Schulter oder die Arme weh tun, mit was für einer Kraftaufwendung man gegen diese Gesellen anhalten muss.

Und natürlich musste ich auch mein Versprechen einlösen und Plätzchen backen. Die Zeit, als Plätzchen backen in ein paar Stunden erledigt war, ist vorbei und so habe ich mir schon einen längeren Zeitraum eingeplant. Schön langsam, jeden Tag ein bisschen was – na, wenn das nicht auf Dauer nervt! Aber am Ende der Woche hatte ich doch unter Willis Aufsicht so ungefähr zehn Sorten zustande gebracht. Zu gerne hätte mein „süßer" Hund doch erst mal alles probiert, aber das ist nun mal absolut nichts für unsere Vierbeiner. Ich weiß nicht, wem die Situation härter angekommen ist. Willi, weil er von mir nichts bekommen durfte, oder mir weil ich Willi nichts geben durfte.

Schließlich war das eine derart ungerechte Angelegenheit, dass ich mir etwas überlegen musste. Aus Janas Zeiten, als ich noch alles selber kochen und backen musste, waren noch genügend Rezepte vorhanden und nachdem ich nun schon einmal dran war, wurde eben auch für Willi was gebacken.

Es entstanden nett anzuschauende Hundeknochen aus Hefeteig und allen möglichen guten Zutaten, die dann mit Thunfisch-Leckerlis gefüllt wurden. Und nachdem ja genügend da war, wurde auch für Achim und seine Freundinnen ein Päckchen gepackt. Nun konnten wir getrost unsere Plätzchen genießen und hatten dem hingebungsvollen Bettelblick etwas entgegen zu setzen.

Achim musste laut den Ausführungen seines Frauchens des öfteren im Pferdestall campieren. Wenn er nass und voller Schmutz vom Spaziergang zurückkam, hatte er Hausverbot. Das konnte Willi gar nicht verstehen, denn einen Pferdestall hatten wir nicht und alles andere war weit unter seiner Würde.

Hallo Achim,

möchte Euch dreien ein lustiges, verfressenes Weihnachtsfest wünschen und hoffe, dass Ihr nicht stilecht wie Ochs´ und Esel im Stall feiern müsst. Vielleicht braucht ja Dein Frauchen auch nicht zu arbeiten, aber Gastronomie und Feiertage, das lässt sich schlecht trennen.
Bei uns ist „Full house" angesagt. Weiß zwar noch nicht, wie das gehen soll, denn Frauchen liegt schon wieder ziemlich flach mit ihrem Bauch.
Aber Weihnachten rückt unaufhaltsam näher. Jetzt haben die doch tatsächlich einen Baum ins Wohnzimmer gestellt, hast Du so was komisches schon mal gesehen? Bin eigentlich immer in den Garten gegangen, wenn ich mal musste! Da hängt auch noch so Kram drauf, habe alles schon mal inspiziert, ist aber definitiv nicht essbar, und somit auch nicht interessant. Danach habe ich beschlossen, dieses Unikum meiner Curley Katze zu überlassen.
Und dann liegen da so einige Geschenkpäckchen rum mit Schleifen drauf, aber ich denke, die sind eher nicht für mich gedacht. Hab´ sie mal beschnüffelt, konnte aber nichts erstrebenswertes feststellen. Vielleicht bekomme ich ja eine neue Langleine. Meine sieht schon ziemlich ramponiert aus und hat einige Knoten drin, aber die könnten sie sich eigentlich sparen, wenn´s nach mir ginge. Ich habe aber für Herrchen

auch ein Geschenk und Frauchen hat das toll eingepackt mit einem selbstgemachten Hundepfoten-Anhänger dran, da steht drauf: vom Willi. Ist eine Creme drin für die kalten Winterspaziergänge, die er immer mit mir macht. Zum Glück ist unser Wetterschutz ja angewachsen und wir brauchen so ein Zeug nicht.

Bei uns ist noch immer ziemlich viel Schnee und ich denke, der schmilzt auch nicht mehr ganz weg, auch wenn es momentan ziemlich warm ist und wir schon bald schwimmen gehen können, vor lauter Matsch.

Nun komm´ mal gut über die Feiertage und pass´ auf, dass Du vom vielen Weihnachtslieder singen nicht heißer wirst. Sag´ allen, vor allem Deinem Frauchen viele Grüße von uns allen und wir wünschen

fröhliche Weihnachten!

Dein Willi

Es weihnachtete sehr und dieses Jahr wurden alle erhört, die sich schon lange weiße Weihnacht gewünscht hatten. Es fing bereits Anfang Dezember zu schneien an und wir unkten, dass der Schnee dann zu den Feiertagen wieder weg ist. Aber dieses Jahr meinte es der Wettergott fast zu gut mit uns. Die Schneemassen türmten sich überall und es kam immer mehr dazu. Zu den Feiertagen wurde es kalt, es war alles dick weiß eingepackt und es machte nicht nur den Hunden Spaß, im Schnee zu toben. Wir genossen jeden

Spaziergang durch eine märchenhafte Winterlandschaft, wie wir sie schon lange nicht mehr erleben durften.

Willi zeigte sich von seiner Schokoladenseite, wie sich das zu den Festtagen gehörte und wir waren auch sehr froh darüber. An Heiligabend unternahm Herrchen einen extralangen Spaziergang mit ihm und zur Bescherung durfte er sein Kau-Päckchen aufpacken und hatte dann für den Rest des Abends was zu tun.

Am zweiten Feiertag machten wir wieder eine unserer herrlichen Winterwanderungen, als meinem Mann die Langleine durch die Finger rutschte. Sie war nass und voll Eis und dadurch ziemlich schlüpfrig. Willi düste los, an mir vorbei

und mein Mann rief mir zu: „Steig´ auf die Leine!" Ich hätte wissen müssen, dass das nicht gut gehen kann, aber im Affekt habe ich dann einfach gehorcht und auf die Leine getreten, um Willi aufzuhalten. Mir zog´s buchstäblich den Boden unter den Füßen weg und ich landetet ziemlich unsanft auf dem Rücken.

Willi blieb wie angewurzelt stehen, wenigstens hatten wir mit ihm kein Problem. Ich war, Gott sei Dank, nur etwas kreuzlahm und hatte mir keine schlimmeren Blessuren eingehandelt. Allerdings sollte ich schon noch eine längere Zeit etwas davon spüren.

Zuhause war Willi fast ein Musterknabe geworden. Er benahm sich wirklich ordentlich und wir waren, bis auf ein paar Kleinigkeiten, sehr zufrieden mit ihm. Dank seiner treuherzigen und verschmusten Art wuchs er uns immer mehr ans Herz und seine kleinen Fehltritte konnten wir ihm locker verzeihen. Er hatte auch an Volumen zugelegt, was nicht heißen sollte, dass er dick wurde. Er ist nur lediglich zu einem erwachsenen Hund geworden. Ein Kilo schöner als das andere! Und es gab viel zu kraulen an ihm und das genoss er in vollen Zügen und manchmal war ich richtig eifersüchtig. In Ermangelung eines Spielgefährten musste immer mehr die Katze herhalten und die tat das auch mit erstaunlicher Geduld, solange, bis es ihr zu viel wurde und sie dieses tollpatschige Monster einfach austrickste.

Und dann nahte Silvester, der absolute Traumfeiertag aller Tierbesitzer. Nachdem wir mit Gino so schlechte Erfahrungen gemacht hatten mit der Knallerei, war Silvester für uns zum Alptraum geworden und ich wünschte ihn zum Teufel. Im vergangenen Jahr war es allerdings recht gut verlaufen, Jana hatte zwar vor allem anderen Angst, aber nicht vor der Silvesterknallerei. Und Willi war noch recht klein und ließ sich von ihr beeinflussen. Nun waren wir gespannt, wie er sich dieses Jahr benehmen würde. Er sollte sich kaum noch an das Vergangene erinnern können. Umso überraschter war er, als es plötzlich überall hell wurde und krachte. Aber Willi war eben cool!

Hallo Achim,

Hast Du Silvester gut überstanden? Dann kann ich Dir ja jetzt ein tolles, neues Hundejahr wünschen und selbstverständlich Deinen Damen auch. Das war ja mal wieder total beknackt. Wie kommen die eigentlich dazu, mitten in der Nacht so einen Krach zu machen? Bin aufgewacht und hab´ gedacht, ich spinne. Da kannst Du Dir vorstellen, dass ich dann da gleich erst mal mitgemischt habe - und wie! Was die können, kann ich schon lange!
Dann haben mich meine Leute mit raus genommen und da kriegst Du doch einen Vogel - da war alles bunt. Aber was da runter kam, war nix zum fressen und spielen konnte man ja auch nicht damit - also uninteressant. Für mein Desinteresse bin ich dann auch noch gelobt worden und hab´ ein Leckerli bekommen. Das soll jetzt einer kapieren???

Von Dir hört man ja schöne Sachen. Dass Du unter die Jäger gegangen bist, verwundert mich ja nicht, liegt uns schon im Blut. Aber gleich mit fetter Beute - alle Achtung und dann auch noch einen Marder zu erlegen. Dass Deine Mascha dann noch eine drauf kriegt, finde ich ja fies, wenigstens haben die Hühner den Erfolg anerkannt, wenn schon die Dosenöffner das nicht tun. So ein Marder kann ganz schön viel Schaden anrichten. Mein Frauchen hatte schon einen im Auto.

Und dann muss ich ja noch meiner absoluten Begeisterung freien Lauf lassen. Das Foto auf dem Kalender...........was soll man dazu noch sagen? Könntest Dich eigentlich mal bei einer Agentur für Weihnachtsmänner bewerben, die würden Dich ganz bestimmt vermitteln. Ich finde Dich einfach nur zum

Knutschen, wenn ich nicht Eunuch wäre!

Nun lassen wir uns mal überraschen, was uns das neue Jahr so bringt. Viel wird sich hoffentlich nicht ändern, denn ich bin so ganz zufrieden.
Mein Frauchen hat Euren Kalender schon aufgehängt und ich bin ganz stolz, dass ich da auch mit vertreten bin.
Sage Deiner Regierung auch viele Grüße und alles Gute für ein hoffentlich glückliches und friedliches neues Jahr

Euer Willi

Die Diskussionen um die Rasse der Owtscharkas wurde immer angeregter, je mehr man sich im Internet damit beschäftigte. Und die Meinungen gingen dermaßen stark auseinander, dass es zu regelrechten Streitgesprächen kommen könnte, wenn man sich da einmischen würde. Wir betrachteten das alles sozusagen aus Distanz und mit dem Wissen der Betroffenen. Aber wie überall gibt es diese zwei Seiten auch bei diesen Hunden. Willis Bruder Ivan zum Beispiel, den wir seinerzeit über´s Internet ausfindig machen konnten, hatte als Second-Hand-Hund auch das große Los gezogen und ist, nach Aussage seiner neuen Besitzer zu einem Traumhund geworden. Er lebt bei Leuten, die eine Bulldoggen-Zucht und ein Gestüt haben und hat natürlich all die Auslaufmöglichkeiten und Freiheiten, die wir Willi nicht bieten können. Er hat auch von der Veranlagung her anscheinend alles, was Willi nicht hat. Allerdings kann es auch nicht nur an der Erziehung liegen, wenn ich den einen Hund frei laufen lassen kann und den anderen eben nicht, weil sein ausgeprägter Jagdtrieb ihn quer durch Wald und Feld treiben würde. Und hinter Willis Eigenart, sich mit dem einen Rüden zu vertagen und den anderen am liebsten aufzufressen, sind wir auch noch nicht gestiegen. Generell ist er recht verträglich, Hundedamen gegenüber sogar äußerst charmant. Aber bei manchen Artgenossen rastet er regelrecht aus. Bei einem der letzten Spaziergänge begegnete uns eine Hundebesitzerin mit ihren beiden Rüden, die sie frei laufen ließ. Auf einen Pfiff hin saßen die beiden rechts und links neben Frauchen ohne Leine. Willi hätte sich fast umgebracht, so wütend machte er die beiden an, die sich nicht von der Stelle rührten. *Wieder welche, die mit ihrem Hund nicht klar kommen*, schien der mitleidige Blick der Dame zu sagen. *Und so einen hatten wir auch schon mal*, konnte ich darauf nur erwidern!

Und nun kommen die diversen Hundelehrer und –trainer. Jeder mit einer anderen Meinung, jeder mit einem anderen Rezept. Zum Glück sind wir uns da einig. Nach all den unterschiedlichsten Erfahrungen mit vielen verschiedenen Hunden werden wir Willi eine weitere sogenannte Hundeschule ersparen. Wir werden all unser Wissen und unser Gefühl, unsere Liebe, unendlich viel Geduld und unser Vertrauen einbringen und ihn so gut es geht zu einem brauchbaren Hund erziehen. Ein Musterknabe wird Willi nie werden, er ist eben Willi!

Früher habe ich die Hundebesitzer mit ihren superbraven, gehorsamen Hunden beneidet. Je länger ich aber mit Willi und seinesgleichen zu tun habe, merke ich, was hinter dieser Eigenart, dieser Dickköpfigkeit und diesem Ungehorsam steckt. Dass uns die Tiere und speziell unsere Hunde in vielem überlegen sind, akzeptieren wir nur ungern. Sicher hört der Hund besser als wir und auch sein Geruchssinn ist wesentlich besser ausgestattet. Aber heißt es nicht: wir sind die, die die Kühlschranktüre aufmachen können? Na und? Dafür ist dem Hund ganz anderes und viel Wertvolleres zu eigen. Er lebt auf einer Gefühlsebene, von der wir, wenn wir darauf Wert legen würden, nur träumen können. Und nun gibt es auch noch solche Rassen, die sich erdreisten, ihre Gefühle, ihr ererbtes Potential und ihre geistigen Fähigkeiten nicht unterdrücken zu lassen und ihren eigenen Kopf haben. Würde uns ein solcher Mensch begegnen, würden wir ihn als Persönlichkeit einstufen, seine Charakterstärke loben und ihn in eine Führungsposition erheben. Anthropozentrismus nennt man das Ganze, aber ich möchte, dass jeder mich versteht! Und was machen wir mit einem solchen Hund? Wir versuchen ihm unsere Vorstellung

von Ordnung, Gehorsam und unsere Regeln anzuerziehen, oder sogar einzubläuen. Und wenn sich nun eine solche Rasse gegen diese Maßnahmen auflehnt, wird sie verteufelt, als gefährlich eingestuft und ist verrufen. In aller erster Linie der Owtscharka.
Willi ist ein absolut typischer Vertreter seiner Gattung. Die Befehle, die wir ihm beigebracht haben, beherrscht er alle. Bei der Ausführung hapert es gewaltig - nach unseren Vorstellungen!

„Willi – Sitz!“ *Willi sitzt.*
„Willi – Fuß!“ *geht auch noch.*
„Willi – Platz!“ *was soll das, weißt du bald, was du willst?*
„Willi – hier!“ *wieso bitte, soll ich jetzt herkommen? Es ist keine Gefahr im Verzug, geben tut´s auch nix, also hab´ mich gern!*

Ich möchte hier keine Grundsatzdebatte über Hundeerziehung oder Ausbildung lostreten. Jeder verantwortungsbewusste und liebevolle Halter ist bestrebt mit seinem Tier in Harmonie und Einheit zu leben. Und wie er das am besten hinkriegt, muss, mit oder ohne Kommentar, einem jeden selbst überlassen bleiben. Über alle anderen könnte man bücherweise schreiben, es würde leider gar nichts ändern!

Der neue Brieffreund

Bruno lebt mit seinen Menschen im Schwabenländle. Es gibt anscheinend doch noch mehr so „hundeverrückte“, wie wir. Brunos Leute haben außer ihm, einem kaukasischen Owtscharka, auch noch zwei riesige Leonberger, eben richtige Bären und bis letztes Jahr auch noch eine Schäferhund-

Labrador-Mischlingshündin. Nach Aussage der Besitzerin sollte Bruno, der aus Ungarn stammte, nur für die Zeit bis zu seiner endgültigen Vermittlung bleiben, aber den Leuten ging es wahrscheinlich ähnlich wie uns. Einmal in diese Augen geschaut, und es ist passiert. Und so durfte Bruno eben bleiben.

Hallo Bruno,

möchte mich zuerst einmal vorstellen, ich bin der Willi. Wir gehören der gleichen Rasse an, ich bin lediglich ein Zentralasiate und Du ein Kaukase. Ich hab´ Dein Bild in einem Kalender gesehen, den ich zu Weihnachten von meinem Freund Achim bekommen habe. Das Bild auf dem Kalender fand ich so toll, dass ich mich unbedingt mal bei Dir melden wollte. Achim ist auch ein Kollege und seit längerem schon mein Brieffreund. Allerdings ist er ein bisschen schreibfaul, was ich ihm aber nicht verübeln kann, denn er hat, ähnlich wie Du, noch zwei Damen mit zu betreuen, eine Owtscharkarova und eine Labradorine.

Als ich Deine Geschichte gelesen habe, musste ich schmunzeln und hab´ mir gedacht: auch wieder einer, der einen Sechser im Lotto gewonnen hat mit seinen Leuten. Ja, man muss in der heutigen Zeit schon schauen, wo man bleibt! Bin mit meiner Regierung auch recht zufrieden und habe hier alles voll im Griff.
Ich beneide Dich ja nur um Deine Spielgefährten, das muss schon ganz toll sein, wenn man mal so richtig im Garten rum toben kann und einem davon fällt sicher immer was ein, was man so anstellen könnte. Ich muss mich da mit meiner Katze begnügen, na ja, besser als nix! Und dann hab´ ich da noch so eine ganz süße Freundin. Meine Bella ist ein Golden Retriever, ein ganz flotter Käfer, wohnt ein paar Häuser weiter und wenn ich Gassi gehe, wartet sie manchmal schon am Gartentor und dann können wir ein bisschen flirten. Leider viel zu selten!
Wir haben ein recht bewegtes Jahr hinter uns, aber seit ich kastriert worden bin, bin ich die Ruhe selbst, zumindest zuhause. Draußen kämpfe ich dann täglich meinen Kampf mit meinem Herrchen, der immer meint, ich müsste so hüpfen, wie er pfeift. Das kann er sich allerdings abschminken, aber irgendwie glaubt er das noch nicht so recht. Mal sehen, wer am Schluss den längeren Atem hat!?

Nun weißt Du schon so einiges über mich und ich würde mich riesig freuen, wenn Du mir auch mal ein paar Zeilen über Dich schickst, natürlich nur, wenn Dir Deine Obrigkeit mal so viel Zeit einräumt. Aber so, wie ich Dich einschätze, genügt schon ein treudoofer Augenaufschlag und Du hast gewonnen – oder???

Also, dann hoffe ich, Dich nicht zu sehr gelangweilt zu haben und wünsche noch ein schönes Wochenende. Halte die Ohren steif und grüße alle Deine Zwei- und Vierbeiner in Deiner Umgebung

vom Willi

Hallo Willi,

also ich sag´s Dir - hab´ ich mich riesig gefreut, dass ich auch amal Post kriege! Krieg´ ich nämlich sonst nur, wenn ich Geburtstag habe und dann auch nur von Codys Züchterfraule! Der Cody, das is einer meiner beiden Leonberger-Spezies - ja der kriegt richtig oft Post, früher von seiner Mama Akira, als die dann leider gestorben war von seiner Schwester Cim, und als die letztes Jahr über die Regenbogen-brücke ging, hat Nichte Emilia die Aufgabe übernommen. Mann oh Mann, da war richtig was los, als die Emilia trächtig war - andauernd kam Post "Hallo Onkel Cody!" - da war ich schon ein bissle neidisch!

Und jetzt hab´ ich auch einen Brieffreund, hurra, ätsch Cody!
Ich hab´ ja schon einiges von Dir gehört - Fraule hat dem Herrle von Dir erzählt, wenn ich mich auch zuerst gewundert hab´, - wer zum Geier ist Willi? Aber nun weiß ich´s ja, wir sind von gleicher Art - puuh, endlich einer, der mich auch versteht! Na ja, zugegeben - meine Familie versteht mich schon - aber sonst sind das nicht so viele. Ich find´ das super, dass Du so tolle Menschen gefunden hast!

Dass ich ein Kaukase bin, weißt Du ja schon, und jetzt bin ich schon viereinhalb Jahre jung und auch fast solange bei meiner Familie. Die dachten doch tatsächlich, sie können mich nach ein paar Wochen wieder abgeben - tztztz, diese Menschen, ich hab´ sie natürlich gleich eingewickelt! Und bei Dir ging´s ja auch fast so - also im "Menschen-um-den-Finger-wickeln" sind wir Offis doch ganz groß - gelle?

Übrigens bin ich mit dem Antworten nur so spät dran, weil ich solange im Garten war - Du weißt schon - aufpassen halt, wenn sich was tut! Und abends ist das sooooo interessant - ich hab´

natürlich gemeldet, wenn in den Häusern rings um uns rum die Lichter angingen! Und stell Dir vor, Fraule hat mich jetzt ins Haus genötigt, mmmpfff - die sollen doch froh sein, wenn jemand aufpasst. Macht außer mir ja sonst keiner - auf meine Leo-Kumpels Cody und Tano kann ich mich da nicht verlassen! Nein - Fraule kam und sagte "Jetzt ist aber genug" und "komm rein, du.... du..... Kaukase!" Haua, haua, da hab´ ich doch kommen müssen - okay, erst mal alles untersuchen, was bei dem Tauwetter so zum Vorschein kommt, aber ich bin dann doch ins Haus. Wenn Fraule "Du Kaukase" zu mir sagt, ist sie sauer - sonst sagt sie nur Bruno oder Brunole!

Merkst Du was - unsere Arbeit wird nicht gewürdigt!!! Na ja, Hauptsache ist doch, uns geht´s gut! Und ein kleiner Tipp von mir "altem Hasen": ich würde den Kampf mit Deinem Herrle aufgeben, glaub´ mir, die Zweibeiner geben sonst keine Ruhe, ich erzieh´ schon über 4 Jahre an meinen rum, aber die sind sooooo stur!!!

Aber heut´ konnt´ ich mein Fraule doch überreden, nämlich meinem neuen Freund Willi Grußkarten zu basteln! Die kannst Du dann an Deine Post anhängen! Du hast Recht gehabt - ein treudoofer Augenaufschlag genügt!
Du hast mich überhaupt nicht gelangweilt Willi - und ich wünsche auch Dir und Deinen Menschen ein schönes "Rest-Wochenende"!

Ganz liebe Grüßle
vom Bruno

Die Regenbogenbrücke

Den meisten Tierbesitzern, die einmal ein Tier verloren haben, sei es, dass es krank war und eingeschläfert werden musste, sei es, dass es durch einen Unfall ums Leben gekommen ist, oder einfach nur alt war und eines natürlichen Todes gestorben ist, ist dieses Gefühl bekannt. Man hat einen Weggefährten, ein Familienmitglied oder seinen besten Freund verloren – und das tut verdammt weh. Und um seinem Schmerz und seiner Trauer Ausdruck zu verleihen, hat irgend jemand die Geschichte von der Regenbogenbrücke geschrieben und den meisten damit nicht nur aus der Seele gesprochen, sondern unendlich viel Trost gespendet:

An einer Stelle der Ewigkeit gibt es einen Platz, den man Regenbogenbrücke nennt.

Wenn ein Tier stirbt, das eng mit jemandem zusammengelebt hat, begibt es sich zu dieser Regenbogenbrücke.

Dort gibt es Wiesen und Hügel für all unsere speziellen Freunde, damit sie laufen und zusammen spielen können. Es gibt eine Menge Futter und Wasser und Sonnenschein und unsere Tiere fühlen sich wohl und sind zufrieden.

Alle Tiere, die einmal krank waren, sind wieder heil und stark, so wie wir uns an sie in unseren Träumen erinnern, wenn die Zeit vergeht.

Die Tiere sind glücklich und haben alles, außer einem kleinen bisschen; Sie vermissen jemanden bestimmtes, jemanden, den sie zurück gelassen haben.

Sie alle laufen und spielen, aber der Tag kommt, an dem eines sein Spiel plötzlich unterbricht und in die Ferne schaut. Die hellen Augen sind aufmerksam, der Körper ist unruhig. Plötzlich trennt es sich von seiner Gruppe, fliegt förmlich über das grüne Gras, seine Beine tragen es schneller und schneller.

Noch bist Du wie ein Punkt in der Unendlichkeit, doch wenn Du und Dein Freund sich dann endlich treffen, gibt es nur noch Wiedersehensfreude, die nicht enden will.

Die glücklichen Küsse regnen über Dein Gesicht, Deine Hände streicheln wieder über den geliebten Kopf und Du siehst einmal mehr in die treuen Augen Deines Tieres, die Du lange nicht mehr gesehen, die Du aber niemals aus Deinem Herzen gelassen hast.

Dann geht Ihr zusammen über die Regenbogenbrücke....

Schon öfter musste mir diese Geschichte Trost spenden und ich versuche mir dann vorzustellen, was das für ein Gewutzel wird, wenn es mal soweit ist. Trotzdem hoffen wir, dass es bei Willi noch nicht so bald der Fall sein wird, auch wenn ich ihn manchmal in das hinterste Eckchen auf den Mond wünschen würde, wenn er mal wieder alles andere, als ein Traumhund ist.

Alles hat seine Zeit

Hallo Bruno,

entschuldige, wenn ich Dich schon wieder anfunke, aber ich fühle mich ganz furchtbar!
Ich könnte mich ja selber ohrfeigen - so was blödes! Aber leider kann ich halt nicht über meinen Schatten springen, sonst wäre ich schon längst drüben! Mein Frauchen ist ganz traurig und total enttäuscht von mir. Dabei kann ich eigentlich gar nichts dafür, ich habe halt nur manchmal furchtbar Schiss! Das zuzugeben, fällt mir ja gar nicht leicht, habe auch Achim schon davon erzählt. Er meinte nur, er könne es nicht verstehen und er sei froh, wenn seine Menschen mal weg

gehen und er seine Ruhe hat. Aber ich, was mache ich??? Ich habe vorgestern wieder die Vorhänge runter gerissen und zwei Pfützen im Wohnzimmer produziert, während meine Leute gerade mal eine Stunde weg waren. Danach war ich dann ganz niedergeschlagen und habe mich furchtbar geschämt. Frauchen hat noch nicht mal geschimpft, das macht sie nie, aber sie war schon sehr enttäuscht, das habe ich gemerkt. Nun üben die schon fast ein Jahr mit mir. Ging ja auch zwischenzeitlich schon ganz gut und ich weiß auch nicht, welcher Teufel mich da gerade wieder geritten hat. Weißt, da bin ich dann schon ziemlich froh, dass ich bin, wo ich bin! Ach, vielleicht weißt Du ja ein Patentrezept, aber ich glaube, das gibt es nicht. Das wäre dann doch zu schön, um wahr zu sein.

Habe mich übrigens sehr gefreut, dass Dir meine Post gefallen hat. Ich hoffe, dass Du jetzt nicht denkst, ich heule mich nur aus bei Dir. Bin jederzeit auch ganz Ohr für Deine Probleme, sofern Du welche hättest!
Sicher spielt sich auch wieder mal was lustiges ab, so wie gestern, als ich unter den Schneeresten das Verlängerungskabel ausgegraben habe. Die Christbaumbeleuchtung hat Frauchen vorsichtshalber schon abgemacht, aber das Kabel hat dann mir gehört, die Reste davon habe ich für Herrchen übrig gelassen, der konnte sie dann entsorgen!

Mal schauen, was da noch so alles zum Vorschein kommt!

Bin also dann mal kurz beim "Einsauen"!
Grüße an alle!
Willi

War die Zeit zu kurz, waren wir zu ungeduldig, oder ist es ein Problem, das überhaupt nicht in den Griff zu bekommen ist? Es wird viel geschrieben über Trennungs- oder Verlassensängste und ich hatte mich überall schlau gemacht, aber nicht viel Neues erfahren. Wir hatten uns über Willis Fortschritte schon so gefreut und mir war ein großer Stein von der Seele gefallen, als es zwischenzeitlich mal funktionierte. Umso heftiger traf uns nun der Rückschlag. Irgendetwas mussten wir uns nun einfallen lassen und da brachte mich eine Fernsehsendung auf die Idee mit der Box. Bisher hatte ich es rundweg abgelehnt, meinen Hund einfach weg zu sperren, dort wurde aber die Möglichkeit aufgezeigt, die Box nicht als „Gefängnis“, sondern als Rückzugsmöglichkeit zu betrachten. Nach einer angemessenen Eingewöhnungszeit sollte sich der Hund in einer solchen Box wohl fühlen und sich gerne dort hinein verziehen können. Später könne man dann die Türe schließen und ihn für kurze Zeit darin „verwahren“, ohne dass die Wohnung auf dem Kopf steht. Also musste so eine Box her - XXXL für unser Riesenbaby! Wieder ein Strohhalm, an den man sich klammern konnte!

Genau zur selben Zeit, als wir gerade die Box bestellt hatten, bekam ich von meinem Tierarzt die Nachricht, dass er sich ein digitales Röntgengerät angeschafft hatte und zu Probeaufnahmen einen großen Hund brauchte. Er hatte sofort an Willi gedacht und ich fand es ausgesprochen gut, seine Gelenke noch einmal zu röntgen, um die alten Aufnahmen mit den neuen vergleichen zu können und das alles nicht einmal bezahlen zu müssen. So gab´s halt mal wieder kein Frühstück und beim Tierarzt durfte Willi erneut eine Runde schlafen.

Über das, was wir dann allerdings zu sehen bekamen, hätte ich nur heulen können. Die Aufnahmen zeigten, dass sich der Zustand von Willis Gelenken gehörig verschlechtert hatte. Nun hatten wir auch die Gewissheit, dass die Hüftgelenke ebenfalls stark betroffen waren, was wir zwar schon vermutet, aber noch nicht bestätigt hatten. Dass Willi zur Zeit so gut lief waren meinem Tierarzt und mir ein Rätsel. Er wollte keine Prognose abgeben, machte mir aber auch keinerlei Hoffnungen, was Willis Zukunft betraf. Wir nahmen unseren narkosemüden Hund mit nach Hause, wo er sich erst mal den ganzen Tag richtig auspennte.

Hatte ich da vielleicht gestern ein Problem mit meinem Hund? War da was, von wegen nicht-allein-bleiben-können? Wie war das noch mit einer Box, oder so ähnlich? Irgendwie hatte ich das Gefühl, dass alles, was gestern noch so wichtig war, keinerlei Bedeutung mehr hatte. Da lag mein Hund, friedlich schlafend und doch so krank. Wieder würden wir über das Schicksal eines unserer Hausgenossen entscheiden müssen. Wie lange würden wir diese Entscheidung noch vor uns herschieben können? Würde ich mich freuen können, wenn Willi so richtig gut lief oder hatte ich nicht die grausame Wahrheit ständig vor Augen, dass alles nur noch eine Frage der Zeit war? Wie würden wir diese Zeit nutzen? Auf jeden Fall wurden alle großen Wichtigkeiten im Angesicht dieses einen Problems ganz winzig und bedeutungslos.

Hallo Achim, mein Spezi!

Wie stehen denn die Aktien? Hab´ so einiges mitbekommen von Deinem Frauchen und kann nur sagen: Willkommen im Club! Eigentlich dachte ich ja, dass Du nach der Operation wieder perfekt hergestellt bist, aber das ist anscheinend nicht so ganz der Fall. Das tut mir ehrlich leid, denn ich weiß zu gut, was marode Knochen sind. Mir geht es zum Glück momentan recht gut, aber ich hab´ da neulich wieder was erlebt und das muss ich Dir natürlich unbedingt mitteilen:
Immer, wenn´s in der Früh nix zum Fressen gibt, ist irgendwas im Busch. Dann waren wir ja schon wieder beim Tierarzt und der hat mich auch wieder schlafen geschickt. Zu was das gut war, weiß ich nicht, denn als ich aufgewacht bin, war ich grad mal ein bisschen dappig und hab´ den ganzen Tag verpennt, aber sonst echt nix. Allerdings war die Stimmung ziemlich gedrückt, keine Ahnung, was die wieder angestellt haben mit mir! Dabei kann ich zur Zeit gar nicht meckern, ich bin richtig fit. Kannst mal bei Deinem Frauchen nachfragen, die weiß bestimmt Bescheid, mir sagt ja keiner was!?

Komisch ist nur, dass gestern dann ein riesiges Paket ankam. Da war vorne ein Berner-Sennen-Hund drauf, also - gute Aussichten, dass der Inhalt für mich war. Und was kam da raus? Du wirst es nicht glauben - ein Hundezwinger für´s Wohnzimmer!!! Haha, die glauben doch nicht wirklich, dass die mich da rein kriegen? Jetzt steht dieses Unikum doch tatsächlich da, wo mein Hundekörbchen stand und nimmt den ganzen Platz ein. Bald kann man sich im Wohnzimmer nicht mehr umdrehen! Und wie sich diese Zweibeiner dann verhalten, äußerst seltsam. Habe des öfteren gestern ein

Leckerli in der Kiste gefunden, na, das ist ja kein Problem, das da raus zu fischen. Aber ich habe gestern schon gescheit gegen die Entfernung meines Körbchens protestiert! Jetzt bin ich mal gespannt, wie lang das Ding da stehen bleibt und wer den längeren Atem hat!? Wenn die glauben, dass ich da rein gehe, haben die sich gescheit geschnitten!

Ja, so geht es uns! Immer, wenn wir grade mal recht zufrieden waren, fällt denen ein neuer Blödsinn ein - könnte glatt von mir sein! Bin jetzt mal gespannt, was das alles noch wird.

Bei uns ist das große Rotzeln und Schniefen angesagt. Herrchen hat´s richtig erwischt und bei Frauchen ist es nur noch eine Frage der Zeit. Naja, so lange ich verschont bleibe und einer mit mir rausgehen kann, habe ich da kein Problem mit!

Jetzt bist Du wieder auf dem neuesten Stand und siehst mal, wie´s mir armen Hund so geht.
Also, nun pflege Dich, damit Du bald wieder mit Deinen Damen auf Tour gehen kannst.

Viele liebe Grüße auch an alle anderen
von Deinem Freund

Willi

Mit zwei Brieffreunden ist das so eine Sache, man muss schon richtig aufpassen, aber Willi ist da voll in seinem Element und freut sich immer ganz gespannt auf Antwort. In der Zwischenzeit liegt er im Wohnzimmer und pennt oder verbringt seine Zeit vor der Haustüre. Leider ist der schöne Schnee vollkommen weggeschmolzen und das, was davon übrig geblieben ist, klebt und schmiert im Fell und den Pfoten und Willi verteilt es drinnen und draußen und überall, wo man es nicht gebrauchen kann. Man kommt mit Putzen und Saugen gar nicht mehr nach und kann nur hoffen, dass der Frühling bald Einzug hält. Bis es soweit ist, mussten wir noch durch diesen heftigen grippalen Infekt durch, der dieses Mal die ganze Familie flach gelegt hat. Aber, wie es scheint, geht es uns nicht allein so.

Hallo Bruno,

au backe, was brütest Du denn aus? Bei uns ist auch die Bazillulitis ausgebrochen, am heftigsten hat es Herrchen erwischt, meine Curley-Katze niest auch schon und Frauchen wartet drauf, dass sie angesteckt wird! Ich bin der einzige, der sich momentan über Wasser hält.

Stell´ Dir vor, die komische Kiste ist schon da! Als das Paket kam, habe ich mich schon gefreut, da war ein Berner-Sennen-Hund vorne drauf, also was für mich. Aber als die dann das Ding ausgepackt und aufgestellt haben, war mir das nicht geheuer. Habe meinem Freund Achim gleich geschrieben, dass ich da nie reingehen werde. Aber ich bin eben doch schrecklich neugierig und da habe ich gestern Abend dann mal reingeschaut und da lag doch tatsächlich ein Leckerli drin und weiter hinten noch eins. Und als meine Regierung dann zu Abend gegessen hat, hab´ ich mich doch mal rein gesetzt.

Das musste ich Achim dann auch gleich mitteilen, so nach dem Motto:

Allen Unkenrufen zum Trotz -
der Willi sitzt mit der Weißwurst in der Box!

Die sollen sich aber nicht zu früh freuen, das Ding werde ich erst mal auf Herz und Nieren prüfen, so schnell gebe ich nicht klein bei! Und dann hat uns Achims Frauchen auf eine Musik-CD aufmerksam gemacht für "alleingelassene Hunde". Frage mich nur, warum die zur Zeit so ein Primborium machen!?

So, jetzt will ich Dir Angeschlagenem aber nicht mit meinen Problemen auf den Geist gehen. Ich hoffe, das ist nur eine vorübergehende Unpässlichkeit bei Dir und wenn Du ausgeschlafen hast, geht´s wieder. Auf jeden Fall wünschen wir Dir alles Gute und halt´ die Ohren steif.

Grüße Deine Leute und Deine vierbeinigen Kumpanis recht herzlich und verbringt trotzdem noch einen schönen Sonntag

Willi

Huhu Willi,

ganz lieben Dank für Deine "Gute-Besserungs-Wünsche", es hat wohl gewirkt - ich bin wieder oben auf! Du weißt ja, Unkraut vergeht nicht, ich schick´ Dir mal einen liebevollen Nasenstüber rüber!

Deine Leckerli-Box muss ja super sein, menno - sowas hab´ ich nicht! Is doch toll, ich denk´ mal, die hält auch Deiner Überprüfung stand! Und was glaubst Du wie sich Deine Menschlein freu´n, ich würd´ da wahrscheinlich gar nicht mehr raus geh´n - Lob und Leckerlis - was will Hund mehr?!?

Und stell´ Dir vor, wir haben ein neues Tier!!! Na ja, nicht so wirklich - eigentlich kommt es nur nachts und früh morgens! Aber es läuft und schnuffelt in MEINER Hundewiese - klaut sogar Tanos Bälle und zieht die im ganzen Garten rum!!! Tano is mein zweiter Leo-Kumpel, eigentlich heißt er ja El-Kapitano, aber das haben wir verkürzt! Fraule sagt, es muss ein Hund sein, ein Streuner vielleicht, ha noi, ein anderes Tier hat doch keinen Spaß an Bällen und die Spuren im Schnee sind ja wohl ganz verräterische Hinweise.

Auf jeden Fall - das is ja wohl wieder eine Aufgabe für mich!!! Morgens stürme ich in die Hundewiese und belle mal vorsichtshalber, damit der Eindringling auch weiß - jetzt kommt Bruno!!! Alles raus, was nicht rein gehört! Ich weiß auch nicht, warum Fraule immer so genervt die Augen verdreht, die Menschen sind schon manchmal komisch, da tut man schon was man kann - und dann is´s wieder nicht recht!

Aber jetze is, glaub´ ich, Bette-Zeit, Fraule war wieder mal die ganze Nacht an der Arbeit - da schlafen wir alle immer zweimal, außer Herrle, der is schon seit fünfe weg - Knochen verdienen, hat er gesagt! Na, hoffentlich bringt er dann auch einen mit, wenn er heimkommt!

Knutsch´ mal Deine Regierung von uns ganz kräftig ab - und, das will ich doch noch mal extra betonen, Du gehst mir überhaupt nicht auf den Geist, bin doch froh, dass ich jetzt auch einen Brieffreund habe!
Gib Achim auch mal einen herzlichen Nasenstüber von mir!
Ganz liebe Grüßle auch von meinen Kumpels und von meinen Menschen und
vom Bruno

Leider funktioniert ja nicht immer alles, wie man es gerne hätte. Willi schaltete auf stur, was seine neue Behausung an betraf und machte keine Anstalten, dieses Teil als sein neues, gemütliches Zuhause anzuschauen. Als erstes entfernte ich die Decke, die ich drüber gelegt hatte, vielleicht war es ihm ja zu dunkel und unheimlich, aber auch dann suchte sich Willi alle anderen Ecken zum Schlafen aus, als seine neue Box. Als ob der Knochen ahnen würde, was man so vorhat. Ja, da sind wir wieder mal an diesem gewissen Punkt angelangt, wo ich mir schon oft meine Gedanken gemacht habe. Und gerade da bin ich über einen Satz gestolpert, der mich in meinen Vorstellungen bestärkt:

Solange Menschen denken, dass Tiere nicht fühlen können,
solange fühlen Tiere, dass Menschen nicht denken können.

Und weil wir unseren Willi lieben und nur um sein Wohlergehen bemüht sind, haben wir die Box wieder entfernt und ganz reumütig sein heißgeliebtes, altes Körbchen an seinen Platz gestellt. Allerdings frage ich mich schön langsam, wer sich um unser Wohlergehen sorgt – Willi bestimmt nicht!

Hallo Achim,

hurra, ich glaub´, ich spinne! Stell´ Dir vor, ich hab´ gewonnen!!!
Seit fast drei Wochen steht dieses komische Gebilde im Wohnzimmer - Auffangbehälter für meine Leckerlis! Und nun haben die´s endlich kapiert, dass ich da nie reingehe. War doch Bauernfängerei, aber nicht mit mir! Das hätten die auch

einfacher haben können, hab´ ich doch gleich gesagt, aber auf mich hört ja keiner. So, und nun ist er weg!!! Und was das allerbeste ist, mein Körbchens steht wieder da, wie findest Du das? Also da kann ich nicht genug klagen! Aber nicht, dass Du glaubst, dass ich da gleich rein gestürzt bin - nein, die lass´ ich jetzt erst mal ein wenig schmoren!

So, nun aber genug der Lobeshymnen, apropos Hymnen, hat Dir Dein Frauchen schon die CD vorgespielt, die ich mir da täglich anzuhören habe? Auch wieder so ein Spleen, momentan weiß ich gar nicht, was bei uns los ist. Eigentlich will ich nur in Ruhe gelassen werden, möchte gerne meinen geregelten Tagesablauf, gelegentlich was Gutes zu Fressen, einen schönen Spaziergang, meine Streicheleinheiten und selbstverständlich rund-um-die-Uhr-Betreuung. Ist das denn zu viel verlangt? Also, bei allem was Recht ist, unsereins darf den ganzen Tag die Ohren spitzen und aufpassen und dann muss man sich noch die „Grundversorgung" einmahnen, von so ein paar speziellen Privilegien ganz zu schweigen. Manchmal denke ich schon, dass wir arme Hunde sind - oder?

Gestern erst, da haben meine Leute mich wieder mal in´s Auto verfrachtet und sind losgefahren und plötzlich hat es auf das Dach und die Scheiben geprasselt. Mensch, hab´ ich einen Schrecken bekommen und dann war alles weiß draußen rundrum. Ich hab´ gedacht, wir sind in einen Schneesturm geraten, man hat gar nix mehr gesehen und dann haben da so ganz komische große Bürsten und Feger über die Scheiben geschrubbt. Ich wusste nicht, wie mir geschah, aber ich war ganz trocken und meine Leute auch. Weiß der Kuckuck, was das wieder war? Ich sag´ doch schon die ganze Zeit, dass mir *dieses Gefährt nicht geheuer ist! Irgendwie ist es ja gut gegangen, aber wenn man keine Ahnung hat, was um einen rum passiert, ist das schon blöd.*

Und außerdem ist bei uns zur Zeit ein ständiges Kommen und Gehen. Wenn ich nur wüsste, wo die dauernd hinrennen, richtig ungemütlich! Vielleicht sollte ich doch mal drüber nachdenken, auszuziehen. Ja, das wäre mal eine Überlegung wert! Kannst mir eventuell mal einen Tipp geben, was Hund so für Chancen hätte - hmm???

Also, im Moment heißt´s nur, Augen zu und durch!
Wünsche nun, dass bei Dir mehr Ruhe herrscht

Gruß Willi

Da ist ganz schön was los, wenn man von zwei Seiten die Geschichten geliefert kriegt und dann manchmal auch noch als Seelentröster fungieren sollte. Eines Tages kam von Brunos Frauchen die traurige Nachricht, dass Brunos Weggefährte Cody erst sehr krank war und sich schließlich in den Hundehimmel verabschiedet hat. Wer einmal seinen besten Freund und Begleiter verloren hat, weiß, wie traurig die Zeit danach ist und nicht nur wir, sondern auch unsere Tiere können nur sehr schwer mit einem solchen Verlust umgehen. Für Bruno war es besonders schwer, denn Cody, einer der beiden Leonberger, die mit Bruno seine Behausung teilen, hatte ihn wie eine Mutter angenommen und über Jahre waren die beiden unzertrennlich. Willi möchte seinem neuen Freund natürlich gerne helfen, was über die Entfernung aber nicht so einfach ist und so hat er sich gedacht, er könnte sein Mitgefühl auch schriftlich ausdrücken:

Hallo Bruno,

Dein Fraule hat mir erzählt, dass Du ganz furchtbar traurig bist und nichts fressen magst. Deshalb möchte ich Dich heute ein wenig aufmuntern. Das geht immer ganz gut mit Willis Storys, die hab´ ich doch ständig auf Lager. Also, pass´ mal auf:

Gestern waren wir mal wieder Gassi, wie immer halt, als da plötzlich ein Meister Lampe neben uns durch´s Gebüsch gehoppelt kam. Bis ich den so richtig geortet hatte, hat Frauchen schon einen Satz über die Langleine gemacht, damit sie nicht wieder auf dem Rücken landet und hat Herrchen zugerufen, er solle aufpassen. Der hat sich auch gleich ordentlich in die Leine gespreizt, ich war aber stärker! Und flopp, war die Leine mal wieder kaputt und hurra, ab durch die Mitte hinter dem Hasen her. Zum Glück ist gerade der Zug vorbei gefahren gewesen, denn dann sind wir kreuz und quer durch´s Gelände. Mensch, war das toll! Frag´ nicht, wie ich danach ausgesehen habe und frag´ noch weniger, wie kaputt ich dann war! Leider hatte ich keinen Erfolg, das Biest war schneller! Ich hab´s dann fast nicht mehr bis zum Auto geschafft. Danach war dann Willis Ruhetag!

Aber nur bis heute Vormittag. Da hat Frauchen gemeint, sie müsse mal die Gefriertruhe abtauen, nachdem es draußen noch so kalt ist. Sie hat den Inhalt brav eingepackt und in einem großen Korb auf die Terrasse gestellt. Ich hatte derweilen "Rausgehverbot"! Nur dann kamen Hinz und Kunz und es hat andauernd geklingelt und irgendwann haben die dann nicht mehr aufgepasst, wo Klein-Willi war. Haha, klar hab´ ich dann ausgepackt! Bis Frauchen das gemerkt hat, hatte ich mir die Brätnockerl schon einverleibt, hmm lecker, wenn auch etwas kalt!

Na, wenn Dir das ein kleines Schmunzeln entlockt hat, hat es seinen Zweck ja schon erfüllt. Also, sei nicht mehr so traurig, obwohl ich Dich ja gut verstehen kann. The show must go on! Sag´ mal dem Tano, er soll sich jetzt gefälligst besonders aufopfernd um Dich kümmern, ihr müsst Euch halt nun gegenseitig trösten. Ihm geht ja sicher auch was ab, oder?

Ich klopf` Dir mal ganz feste auf die Schulter – Kopf hoch!

Willi

Bei Bruno und seinen Leuten geht die Trauerphase nun langsam vorbei und wenn man es mal gewöhnt war, dann fehlt einem einfach etwas. Und so kam mit der letzten Post die Neuigkeit, dass sich Bruno und Tano einen neuen Gefährten aussuchen dürfen. Das ist für jeden Hundeliebhaber ein ganz besonderes Ereignis und nicht selten kann man sich nicht entscheiden. Wir sind alle sehr gespannt und Willi ist ganz neidisch auf seinen Freund. Das wäre genau das Richtige auch für ihn, aber wir haben uns nun mal entschieden, dass Willi eigentlich unser letzter Hund sein soll. Noch nie waren wir so angebunden, wie mit ihm. Nun habe ich mich mal auf die Suche gemacht nach einer Bleibe für Willi, wenn wir denn wirklich mal für ein paar Tage ohne Hund irgendwo hin müssen. Das gestaltet sich recht schwierig, vor allem dann, wenn die Leute hören, dass es sich um einen Hund und nicht um ein Spielzeug handelt. Urlaub haben wir sowieso keinen geplant und so habe ich noch ein wenig Zeit, mich umzuhören.

Hallo, mein Freund,

o Mann. o Mann Achim, Mensch Hund is´ mir langweilig!!!

Was treibst Du denn immer so? Ist es bei Dir auch so fad, wie hier? Ich weiß momentan gar nicht, was ich so alles anstellen könnte! Dabei strotze ich zur Zeit nur so vor Kraft und wenn ich nicht gerade mal wieder die Leine abreiße und hinter einem Hasen her renne, dann suche ich mal den Garten nach Rückständen des vergangenen Jahres ab. Kommt nicht viel zum Vorschein, nur ein paar Solarlampen, so Stücker vier oder fünf, die man ja mal genauer betrachten und dann zerlegen kann, oder Frauchens Buddha. Mit diesem Kerl konnte ich noch nie was anfangen, der hat mich immer nur angegrinst, aber sonst wollte er nicht mit mir spielen, nun habe ich mal die Initiative ergriffen und schon liegt er flach, so eine Flasche!
Ach, ich beneide Dich ja so um Deine beide Damen, da ist wenigstens was los und ihr könnt Euch miteinander vergnügen. Meine Katze ist auch eine faule Haut, die liegt den ganzen Tag im Bad auf der Fußbodenheizung und ist schon bald gar.

Was mach´ ich denn bloß? Ich bin doch sooooo ein armer Hund. Gestern bin ich das erste Mal wieder in mein Körbchen gegangen und hab´ ne Runde geschnarcht. Das steht ja nun bald zwei Wochen da und wartet auf Willis Besuch. Sogar Herrchen war neulich mal drin, sah denkbar komisch aus, deshalb hab´ ich mir gedacht, ich setz´ mich mal selber wieder rein, bevor der merkt, dass das gar nicht so schlecht ist.

Ach, Du siehst schon, wie schlecht es mir geht. Vielleicht hast Du ja eine Idee, wie man die Zeit totschlagen könnte.
Grüße mal Deine Artgenossinnen von mir und sag´ auch Deinem Frauchen liebe Grüße

vom ach´ so armen Willi

Hallo Willi,

Du tust mir ja echt leid, aber so ein bisschen Langeweile hätte ich auch ganz gerne mal....
Meine Labradortante Gina riecht grad mal wieder so gut und was macht mein Frauchen – sie schmeißt mich raus und ich darf nicht mehr in die Wohnung. Nun liege ich hier draußen mit Tante Mascha, es ist kalt und regnet und alles ist schmutzig, inklusive mir. Ich muss im Stroh liegen anstatt auf dem Teppich und das Leben ist so öd da draußen. Keine Nacht kann ich mehr schlafen, dauernd sind irgendwelche Geräusche, die ich dann auch noch melden muss. Und das Wetter ist auch voll Sch...., es regnet und alles ist nass, was ich besonders eklig find. Also, wir beide sind echt arme Hunde und keiner will uns wirklich verstehen. Ob wir mal eine Interessen-gemeinschaft gründen sollen? Lass Dir das mal durch den Kopf gehen, ich schnarch´ mir jetzt eins...

Es grüßt Dich
Dein Kumpel Achim

P. S.: Ich hatte am 24. Geburtstag und meine beiden Schwestern Reina und Anusch haben mir eine Geburtstags-Email geschrieben. Die beiden sind voll fett, eine wiegt 80 und die andere über 70 kg und die ist sogar kleiner als ich. (Ich wieg grad mal 64 kg). Anusch geht es nicht so gut, die hat große Probleme mit den Hüften und ich glaube, deren Leute sind nicht so toll.

Hallo Achim,

ja wenn ich das gewusst hätte, Mensch Hund, dann hätte ich Dir doch ein Ständchen gesungen. Nun lass` Dir dann doch wenigstens nachträglich ganz herzlich zum Geburtstag gratulieren und alles Gute wünschen. Habe den Termin gleich in den Kalender geschrieben, damit ich ihn nicht mehr vergesse. Aber was sind das denn für

Geburtstagsüberraschungen, wenn man dann draußen im Stroh liegen muss und alles nass und matschig ist? Da würde ich schon mal meckern! Das mit der Interessengemeinschaft ist eine gute Idee, werden wir mal anstreben. Die glauben wirklich, mit uns können sie alles machen.
Dein Frauchen ist ja ganz dick drin, auch nicht so toll, mit so viel Arbeit! Da bleibt für Hund gar nicht mehr viel Zeit übrig. Ich schick` Dir mal mein Frauchen vorbei zum Helfen, die ist grad nur ein wenig kreativ und da bin ich auch nicht gefragt. Ich finde es ja ganz toll, dass ihr trotzdem noch immer mal an den Willi denkt!
Du hast ja eine recht gewichtige Verwandtschaft, mein lieber Schwan! Da braucht sich doch mein Herrchen gar nicht so aufzuführen, wenn ich mal mit meinen 50 kg an der Leine zerre. Hatte gestern erst wieder zwei Rehe im Visier, ich glaube, da hat´s ihm ganz schön gelangt. Jetzt kommt das Halti immer mehr ins Gespräch, mal sehen, was das wieder für ein Zeug ist!? Übrigens, vorgestern war ich das erste Mal wieder in meinem Körbchen, so lange habe ich die zappeln lassen. Fühle mich aber jetzt wieder so richtig wohl und kann herrlich drin schnarchen.

So, nun noch fröhliches Schaffen und "Matschen".
Die Stimmung ist ganz ähnlich wie´s Wetter, ganz schön trübe!

In diesem Sinne, mein Lieber, nochmal einen Schwanzwedler zum Geburtstag

vom Willi

Geteiltes Leid.......

Fast ein halbes Jahr ist ins Land gegangen und irgendwie gewöhnt man sich so aneinander, dass einem sogar die verrücktesten Sachen normal vorkommen. Ich muss gestehen, dass unser Alltag von Willi bestimmt wird. Und was ich anfangs nicht für möglich gehalten hatte, wir fühlen uns sogar in unserem eingeschränkten Leben ausgesprochen wohl. Alles hat sich ein wenig entspannt. Die Zeit, in der wir Willi allein lassen können wird länger, dadurch können wir wenigstens mal kurz ohne Gewissensbisse weggehen. Der Garten sieht langsam wieder wie ein Garten aus und wir können sogar mal ein Paar Schuhe draußen stehen lassen, ohne dass sie gleich hinüber sind. Sogar ans Autofahren hat er sich gewöhnt und liegt manchmal richtig entspannt in seinem Separee. Lange Touren haben wir aber bisher gemieden. Das alles hat sich ganz langsam, aber stetig entwickelt, eben genau so, wie es Willis Art ist. Er hat sich zu einem richtig tollen Hausgenossen gemausert, wenn auch manchmal seine alten Unarten noch durchkommen. Und nachdem er nun bald zwei Jahre alt wird, sind wir sicher, dass sich daran auch nichts mehr ändert. Wir werden weiterhin mit Blessuren und blauen Flecken leben, denn seine ungestüme Liebe tut manchmal ganz schön weh. Sie tut aber auch sooo gut! Und er beweist uns täglich, dass er uns über alles liebt! Allerdings, und daran besteht kein Zweifel, könnte ich alleine mit Willi nicht zurecht kommen. Er braucht die starke Hand seines Herrchens, dessen Kraft, Geduld und Konsequenz und auch daran wird sich nichts mehr ändern. Er kommuniziert mit uns auf seine ganz spezielle Weise. Ab sofort konnten wir uns unseren allabendlichen Spaziergang, der oft bei schlechtem Wetter nicht sehr angenehm war, sparen. Willi ignorierte einfach alle Aufforderungen und überzeugte uns mit seinem Durchhaltevermögen bis zum nächsten Morgen. Er hatte Gassigehen am Abend gestrichen. Wenn wir uns anziehen, um einmal weg zu gehen, liegt er entweder irgendwo total desinteressiert und man hat den Eindruck, er ist froh, dass er nicht mit muss, oder er steht an der Tür und bettelt darum, mitgenommen zu werden. Anfangs sind wir auch auf seine Forderungen eingegangen, haben uns aber gefragt, ob er uns damit nicht unter zu kriegen versucht. Es hat eine Weile gedauert, bis uns klar war, dass sein Verhalten jetzt endlich auf dem Vertrauen basiert, das wir ihm nun schon so lange entgegen bringen. Heute habe ich oft das Gefühl, er wünscht uns viel Spaß und sagt uns: *geht mal los, ich pass´ schon auf!*

Wir sind, ebenso wie der Tierarzt, äußerst zufrieden mit seinem Gesundheitszustand und nehmen das ständige Auf und Ab gerne in Kauf, solange es sich noch so im Rahmen hält und ich die weniger guten Zeiten mit homöopathischen Mitteln überbrücken kann und nur ganz selten mal zur stärkeren Pille greifen muss.

Es sind zwischenzeitlich auch so einige Briefe durchs Netz gerauscht, aber wenn man doch zum braven Haushund wird und nicht mehr so viel anstellt, kann man ja auch schlecht lange Berichte darüber schreiben.

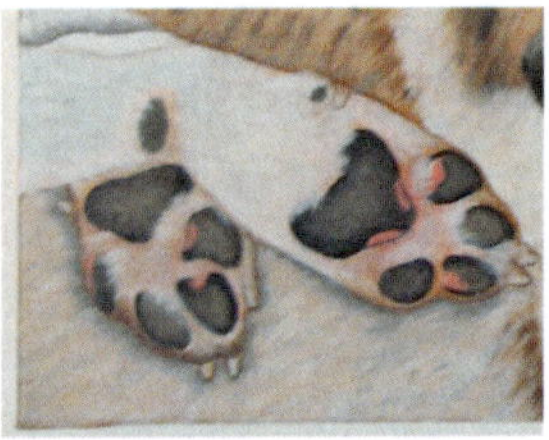

Leider passieren aber nicht nur lustige Streiche und amüsante Geschichten, sondern das Leben schreibt eben auch die anderen Storys, die traurigen und unfassbar. Wir waren alle so gespannt, was sich Bruno wohl für einen neuen Spielgefährten aussuchen würde. Zum Probeschnüffeln durfte er ja schon mit, die Entscheidung sollte aber erst später fallen. Da kam die schreckliche Nachricht, dass Brunos Herrchen sehr krank ist. Bruno war tieftraurig, denn sein über alles geliebtes Herrchen war für längere Zeit im Krankenhaus und er fühlte, dass irgend etwas passiert. Er hielt in der Zeit, in der sein Herrchen nicht da war, immer seinen Platz auf der Couch warm. Die Stimmung war sehr betrübt und an Nachwuchs im Hundehaushalt war nicht mehr zu denken. So sehr es sich Bruno, Tano und ihr Frauchen wünschten, sie konnten ihr Herrchen nicht aufhalten und mussten ihn letztendlich gehen lassen.
Willi hat versucht, seinem Freund sein Mitgefühl auszudrücken und dazu seine beste Feder geschwungen:

Ach Bruno, mein Bester,

die tragische Nachricht hat mich ganz heftig erwischt. Ich leide mit Dir mit, mein Freund! Nun gehört der Platz, den Du für Dein Herrle so lange warm gehalten hast, Dir und ich bin sicher, dass Du Dir der Verantwortung bewusst bist und die schwierige Aufgabe, die Dich erwartet, meistern wirst. Ich glaube auch, ohne Tano zu nahe zu treten, dass Du jetzt derjenige bist, der nun die Rolle des Hausherrn übernehmen muss und alles bestens im Auge behalten wirst – ist uns ja schließlich in die Wiege gelegt – und genau so, kann ich mir vorstellen, hätte es Dein Herrle gewollt. Dein armes Fraule kann froh sein, einen wie Dich jetzt an ihrer Seite zu haben, der Tag und Nacht über sie wacht. Und hoffentlich bist Du auch imstande, ihr die vielen Streicheleinheiten zurück zu geben, die Du schon von ihr bekommen hast, jetzt braucht sie sie nämlich ganz besonders. Mir braucht keiner erzählen, dass unsereins nicht mitbekommt, was da abgeht. Von wegen, nur ein Hund! Deshalb wünsche ich Dir auch, dass Du im Sinne Deines Herrchens alles unter Kontrolle behältst. Das ist keine leichte Aufgabe, das kann ich mir denken, aber Du bist nicht alleine und wenn Du Hilfe brauchst, Willi ist ja auch noch da!

Ich weiß ja, dass Du auch die Geschichte von der Regenbogenbrücke kennst. Nun ist es halt diesmal umgekehrt. Aber egal, wer zuerst drüber geht, das Wiedersehen wird grandios und darauf solltest Du Dich freuen, wenn Du heute auch noch ganz traurig bist und nicht verstehst, warum ausgerechnet Dein Herrle hat gehen müssen.

Du hast einen Freund, mein lieber Bruno, wenn er auch ein Stückchen entfernt wohnt, aber Du solltest wissen, dass ich Dir in dieser schwierigen Zeit ganz nah bin und an Dich denke

Dein Willi

Funkstille bei Brunos! Traurige Funkstille! Bisher haben die Aufmunterungsversuche noch keine Wirkung gezeigt und wir sind schon sehr besorgt. Das war in der letzten Zeit verdammt zu viel, was auf die Armen da eingestürmt ist. Wir wollen ihnen aber auch die Zeit zu trauern geben und können nur hoffen, dass sie es schaffen und die schwere Zeit durchstehen.

Willi macht sich selbstständig

Willi hat zur Zeit einen unbändigen Bewegungsdrang. Er ist nun mal ein junger Hund und nachdem er sich draußen nicht austoben darf und kann, rennt er gelegentlich im Garten rum, als wäre der Teufel hinter ihm her. Und wehe, wenn man ihm in die Quere kommt! Ungebremst kracht er einem dann mit seinem Spielzeug bewaffnet in die Beine oder springt einen von hinten an. Die blauen Flecken können wir schon gar nicht mehr zählen. Aber Willi wäre kein Owtscharka, würde er die Erziehungsversuche akzeptieren. Nachdem mein Mann nun auch noch beim Hecke schneiden von der Leiter gefallen war und sich zusätzlich auch noch andere schmerzhafte Blessuren zugezogen hatte, musste er Willi schon etwas härter anfassen, um ihn zur Räson zu bringen. Ich mache mich dann gerne schnell aus dem Staub, denn diesen Kräften bin ich schon lang nicht mehr gewachsen.

Hallo Achim,

so richtig ausgeschlafen habe ich noch nicht, aber ich muss Dir unbedingt von meinem Abenteuer gestern erzählen.

Alle vier Wochen, wenn meine Regierung mal zum Kegeln geht, darf ich zur Sonja. Ich kann ja jetzt schon mal ein Stündchen oder zwei alleine bleiben, aber ein ganzer Kegelabend ist meinen Leuten zu riskant. Also wurde ich abgeliefert, habe mich natürlich riesig gefreut, endlich mal wieder was anderes! Ich hab´ mir auch gleich ein lauschiges Plätzchen im neu angelegten Garten gesucht und die Abendluft genossen. Sonja war lang bei mir draußen, ist aber dann irgendwann rein gegangen und hat Fernsehen geschaut. Ich habe dann gehört, wie sie später meinen Leuten erzählt hat, sie sei in der Werbepause raus gegangen, um nach Willi zu schauen.
Willi! Willi? Williiiii!!!

Mist, der Willi ist weg!

So ein kleiner Jägerzaun ist doch für unsereins nix besonderes und nachdem ich die Gegend dort noch nicht so richtig kenne, habe ich mich mal auf Entdeckungstour gemacht. Allerdings ist es dann dunkel geworden und so richtig ausgekannt habe ich mich dann nicht mehr. Eigentlich eine hübsche Gegend, aber weder Herrchen noch Frauchen noch Sonja, was mach´ ich denn jetzt? Da hab´ ich dann einen Garten entdeckt, wo jemand noch auf der Terrasse saß. Da bin ich dann hin, hab´ mich vorgestellt - ich bin der Willi und möcht´ gern heim! Da kamen dann zwei nette Mädels, das war richtig gut, da hab´ ich dann noch meine Streicheleinheiten *abbekommen und die hätten mich am liebsten behalten, aber davon war die Mutter nicht so begeistert. Drum hat sie dann meine Marke inspiziert - ich bin doch registriert – und den Tasso-Notruf angerufen, Die haben ihr dann gesagt, wo ich hingehöre. Also wurde dann Prinz William in ein Auto verfrachtet, rechts und links eine Prinzessin und ab ging es. Kaum aus der Garage draußen kam da eine wild gestikulierende Radfahrerin, pfeifend und schreiend und meine Retterin fragte, ob sie wohl den Willi suchen würde. Das war dann das Ende vom Ausflug! Sonja hat mich gepackt, ganz schön grob, sag´ ich Dir, hat mich zu ihr nach Hause gebracht und mir eine ordentliche Standpauke gehalten. Die war vielleicht sauer, au backe! Die hat nämlich zwischenzeitlich meine Leute angerufen und gebeichtet, dass der Willi abgehauen ist. Und mir war auch nicht ganz wohl, wusste ich doch nicht, wie meine Regierung reagiert. Ich hab´ mich vorsichtshalber mal ganz ruhig verhalten und ein bisschen abgeduckt, aber es kam nicht so schlimm, wie erwartet. Ich glaube, die waren nur froh, dass ich wieder heil daheim war.*

Eigentlich sollte der Abend mit einer Flasche Sekt beendet werden, wenn meine Leute mich wieder abholen wollten, denn Sonja hatte am Nachmittag ihren obligatorischen Baum im Garten gepflanzt und der sollte begossen werden. Nun hatte sie ja auch die Flasche in den Gefrierschrank gestellt, aber durch meine Exkursion hat sie sie darin vergessen. Erst habe ich einen Mordsschrecken bekommen, als der Stöpsel davon flog, dann konnten gar nicht so viele Gläser da sein, wie da Zeug aus der Flasche kam und ich war ganz nass. Also mein Geschmack war das nicht, muss ich schon sagen - hat etwas gekorkt!

So, und nun bin ich wieder in meiner gewohnten Umgebung und frage mich, ob ich nicht mal hier so einen Ausflug planen sollte. Da kenne ich mich doch schon etwas besser aus. Muss bei Gelegenheit mal die Zäune rundum inspizieren und abwarten, bis meine Haxen wieder „sprungreif" sind. Und wenn es dann soweit ist, sag´ ich Dir bestimmt Bescheid!

Inzwischen lass´ es Dir nicht langweilig werden, nimm´ Dir ein Beispiel an mir, grüß´ alle Deine Damen und halt` die Ohren steif!

Dein Spezi Willi

Hallo Willi,

na Du machst vielleicht Sachen, auf solche Ideen würde ich ja niemals kommen!!! Obwohl, wenn der Zaun so niedrig wäre?? Als ich Frauchen Deine Geschichte erzählt habe, hat sie mir folgendes berichtet:
Mein alter Onkel, den es jetzt nicht mehr gibt, der Kaukase Gorbi lebte normalerweise in einem Auslauf mit hohem Zaun. Als ein Marder unsere Hühner gekillt hatte, ließ Frauchen Gorbi in den Gartenbereich, der nur niedrig eingezäumt, in dem aber auch der Hühnerstall war. Abends wurde der Hühnerauslauf geöffnet, die Hühner in den Stall gesperrt und Gorbi in diesen Bereich

gelassen, um den Marder fern zu halten. Frauchen ging kurz weg und Gorbi hat sich aus dem Staub gemacht und die ganz nahe liegende Autobahnraststätte besucht, die ihn schon früher immer sehr interessiert hatte. Er ging mal eben in die Küche und hat dort geschaut, was so alles auf der Karte und im Kühlschrank steht. Die Besitzer riefen ganz aufgeregt an, Frauchen holte den Ausreißer ab und entschuldigte sich natürlich sehr. Alle gingen davon aus, dass das Gartentörchen nicht richtig zu war, da Gorbi schon alt und nicht mehr in der Lage war, über den Zaun zu springen.
Am nächsten Abend das gleiche Spiel, kontrollieren, das Törchen war zu. Just an diesem Abend war ein Fest und Frauchen ging aus. Plötzlich klingelte das Handy und an der anderen Leitung waren sehr zornige Raststätten-besitzer. Der Hund sei schon wieder in der Küche und das wäre ein unmöglicher Fall, und, und, und.....
Frauchen sauste mit 180km/h an die Raststätte und holte den "alten" Gorbi wieder ab und musste sich noch viel Schimpfe gefallen lassen. Das Törchen war zu, der "Alte" konnte also nur über den Zaun entkommen sein.
So kam Gorbi wieder in seinen Auslauf mit dem hohen Zaun zurück. Der Marder kam zum Glück nicht mehr zu den Hühnern.

Und die Moral von der Geschicht´: man unterschätze einen Owtscharka nicht....

In diesem Sinne viele Grüße
Achim

Und - - - und das freut uns am allermeisten – da kommt doch plötzlich auch von Bruno wieder ein Lebenszeichen. Gott sei Dank haben sie die schlimmste Zeit hinter sich gebracht, denn das Leben muss weiter gehen. Ein Tier kann einem in solch traurigen Stunden so viel Trost und Wärme geben und fordert unsere Aufmerksamkeit. Dadurch wird man abgelenkt und

kommt zwangsläufig auf andere Gedanken. Ich hoffe nur, dass es Brunos Frauchen auch gelingen möge.

Hallo mein Kumpel Willi,

erst mal gaaaanz herzliche Grüßle von meinem Fraule an Deine Regierung, mein Fraule drückt Deine Zweibeiner mal ganz dolle und für Dich viele Knuddler und danke für die lieben Briefe, Bilder und Berichte von Deinen (Un)Taten!
Also ich muss schon sagen, so einfach über den Zaun zu springen und allein spazieren geh´n, also Willi - Mann, Mann, Mann, Mann.... mein Fraule hat nicht nur geschmunzelt - die musste schon herzhaft lachen! Obwohl, ich glaub´ das Lachen wär´ ihr schon vergangen, wenn ich so ein Geschichtle gebracht hätte. Aber sich dann eine Familie zu suchen, die Dir hilft, das war schon wahnsinnig gewitzt und sehr klug - na ja, ich hab´s auch nichts anderes erwartet, wir wissen uns schon zu helfen, gelle!!!

Bei uns is´ grad richtig viel los, fast jeden Tag kommen fremde Männer und arbeiten im Garten,

machen das viele Holz klein und lauter so Zeugs. Fraule sagt, das sind Kollegen vom Herrle, war mir wurscht - für mich sind das Fremde und ich hab´ höllisch aufgepasst, dass die das Holz nicht etwa aus dem Grundstück tragen und war bei jedem immer dolle nah dabei, dass keiner Blödsinn macht. Aber nix wird einem gedankt, aber auch gar nix! Fraule hat gesagt, das stört beim Arbeiten und nu´ muss ich immer mit Tano im Haus bleiben, wenn die kommen. Pffff, wie gemein, aber ich guck´ immer aus dem Fenster und pass´ trotzdem auf! Und wenn die Männer weg sind, muss ich auf Tano aufpassen, der hat sich einen Scheit Holz aus dem Stapel gezogen und der ganze schöne Stapel ist mit Getöse eingestürzt - Mann, Mann, Mann.... Fraule´s Getöse war fast noch lauter, die war echt sauer! Jetzt braucht sie mich natürlich wieder zum "Holz-vor-Tano-schützen", aber ich will mal nicht so nachtragend sein...
Sonst geht halt alles seinen Gang, nur unsere Gassi-geh-Zeiten haben sich geändert. Früher sind wir mit dem Herrle am Nachmittag gegangen, mit Fraule gehn wir jetzt immer früh morgens. Wenn Fraule wieder mal die ganze Nacht an der Arbeit war, gehn

wir gleich um halb siebene, und wenn sie zuhause ist sogar früh um fünf – halb sechs! Ha noi, das ist suuuuuuper, wir sind so richtig lange weg und weil´s noch so früh ist, ist kaum einer unterwegs und ich darf fast die ganze Zeit ohne Leine springen. Tano darf ja sowieso immer ohne Leine gehen, aber nur weil er so´n Weichei ist und sowieso immer nach dem Fraule guckt, folgt auf´s Wort, der Streber. Ich will natürlich schon was erleben und geh auch mal weiter weg – Ponys und Schafe erschrecken. Aber wenn Fraule "halt" sagt, folg´ ich schon auch und lass´ mich dann wohl oder übel anleinen. Fraule sagt immer, na wenigstens etwas....

Also Willi, so mächtig viel Neues hab´ ich ja nicht zu erzählen gehabt, nur, dass Du weißt, dass es meinem Fraule und Tano und auch mir ganz gut geht. Die nächsten Wochen hat Fraule noch gut zu tun, aber vielleicht klappt es dann doch irgendwann mal mit einem Besüchle! Ich schick´ Dir ein paar Bildle mit! Gaaanz viele Knuddler und Nasenstüber von

Deinem Kumpel Bruno!!!!

Planung und Ausführung

Betreff: Ich glaub´s einfach nicht!

Hallo mein dicker und bester Freund,

ich bin total aus dem Häuschen! Ja, ich geb´s zu, ich hab´ gelauscht und was ich dabei erfahren habe, hätte mich ja fast umgehauen! Und Du bist jetzt der erste, der´s erfährt.

Aaaaaaaaaaalsoooo – ich hab´ doch nächsten Monat Geburtstag. Ob das nun unmittelbar damit zusammen hängt, weiß ich nicht, aber ich habe gehört, dass ich vielleicht! einen Spielgefährten, bzw. eine Spielgefährtin bekomme. Was sagst Du denn dazu? Ist das nicht krass, oder wie sagt man da??!!

Ich hoffe ja nur, dass ich mich da nicht verhört habe, aber Frauchen hat gemeint, man könnte es ja mal mit einer älteren Hündin probieren, vielleicht würde ich dann eher allein, bzw. zu zweit bleiben. Und sie hat gemeint, man würde dann so einem armen Hund noch einen schönen Lebensabend bereiten. Herrchen war nicht so begeistert, er meinte, das müsste dann der perfekte Hund für unsere Bedürfnisse sein, also mit mir und mit Curley zurecht kommen und Frauchen immer brav folgen, denn Herrchen ist ja mit mir mehr als ausgelastet. Glaubst Du, dass es so einen überhaupt gibt? Naja, so ein paar von unserer Sorte könnten in dieses Schema schon passen.Ein Owtscharka allerdings wird das bestimmt nicht! Aber das ist mir ziemlich egal, ich wäre ja schon froh, wenn ich nicht immer so alleine wäre.

Nun hat Frauchen, wenn mich nicht alles täuscht, ihre Fühler schon mal ausgestreckt. Aber sie hat auch gleich wissen lassen, dass das überhaupt nicht pressiert und sie erst den Richtigen aussuchen will. Da bin ich ja mal gespannt, vielleicht weißt Du ja einen, der zu mir passt? Von mir aus gleich morgen, aber da bleibt mir das Maul sauber trocken!

Auf jeden Fall freue ich mich tierisch, das kannst Du Dir ja denken. Wenn das so eine wäre, wie meine süße Bella, das wäre toll, aber Bella ist ja genau so alt wie ich, also zu jung und ungestüm.
Ich lass´ mich einfach mal überraschen, was da so kommt und dann sortiere ich aus, das ist ja klar.

Also, mein Spezi, jetzt weißt Du das Neueste, druckfrisch! Bin mal gespannt, was Du dazu sagst.
Und wie sich das entwickelt!

Hurra, Dein Willi

Man geht ins nächste Tierheim, sucht sich den passenden Hund aus und fertig. Wunschdenken! Dabei sollte man meinen, dass die Tierheime übervoll sind und man einfach nur aussortieren müsste. Ich habe mal hier in der Gegend angefangen und bin schließlich bis in Flensburg gelandet. Die Augen waren viereckig vom Monitor und die Ohren haben geglüht, vom vielen Telefonieren. Aber was einem da so alles begegnet, möchte ich jetzt gar nicht anreißen. Also bin ich von meiner vorherigen Meinung, einen Hund aus heimischen Tierheimen zu holen, abgerückt und habe mir die

Organisationen angeschaut, die die armen Geschöpfe aus den Südländern holen. Das Elend ist unbeschreiblich! Tag und Nacht, stundenlang bin ich vor dem PC gesessen und habe die Schicksale gelesen und mir wurde immer schlechter dabei. Zum Mörder würde ich werden, wenn ich einen solchen Tierquäler in die Finger bekäme. Und um so mehr bewundere ich jetzt diese Leute, die versuchen zu retten, was eigentlich nicht zu retten ist. Es ist alles ein Tropfen auf den heißen Stein. Und um ein kleines Tröpfchen dazu beizutragen, haben wir uns dann entschlossen, einen solchen Hund aufzunehmen. Nun ist es natürlich nicht gut, aufgrund eines hübschen Bildes sich verleiten zu lassen. Wir mussten auch von unserem Vorhaben abrücken, einen älteren Hund zu suchen und haben uns daher für eine Hündin entschieden, die bereits hier in einer Patenfamilie einen Platz gefunden hat und darauf wartet, adoptiert zu werden. Auch da musste ich auf die Entfernung achten, denn wir sollten zunächst mit Willi dort hin fahren, um zu testen, ob da auch die Chemie stimmt. Und wie Willi über´s Autofahren denkt, wissen wir ja. Im ersten Moment, als wir bei der Patenfamilie angekommen sind, dachte ich, das ist ja ein Winzling! Man hatte uns schon darauf vorbereitet, dass man ihr den Schwanz abgeschnitten hatte, eine Verstümmelung, aber Gott sei Dank nur ein Schönheitsfehler. Ein zweites Hundemädchen, das wir uns angeschaut hatten, wurde so misshandelt, dass es erblindet ist und das mit einem halben Jahr! Es hätte uns so gefallen, aber wir hatten Befürchtungen, dass Willi mit diesem Hund und seiner Behinderung nicht umgehen kann, obwohl er bei der Besichtigung durchaus freundlich zu ihm war. So haben wir uns also für Kayen entschieden. Einen Mischling aus Griechenland, grad mal 15 kg leicht, klein, scheu, absolut liebenswert, mit ihren erst 10 Monaten schon sehr gescheit, ganz ruhig und eben ohne Schwanz. Ich war froh, als die Entscheidung endlich gefallen war, das Ganze hatte mich mehr angestrengt, als ich zugeben wollte. Die Übergabe ging dann ganz schnell vonstatten, da die Pflegefamilie in Urlaub fahren wollte und froh war, noch vorher einen Platz gefunden zu haben.

Hallo Bruno, mein Freund,

ich bin fix und foxi!
Aber ich fang´ mal von vorne an. Was ich einfach nicht ausstehen kann, sind Geheimniskrämereien und von denen gab´s in letzter Zeit mehr als genug. Die glauben aber immer, wir sind so blöd und kriegen das nicht mit, denkste!
Ich hab´ schon lange gespannt, dass da was im Busch ist. Und als die mich dann gestern ins Auto gepackt haben und sind wieder auf diese Strecke gefahren, die ich so hasse, wo alles so schnell geht und ich dann meine Schnauze beim Fenster raus strecken muss und dann alles auch noch so laut ist - da war mir klar, das wird wieder was!
War aber gar nicht so besonders! Um so einen dämlichen Spaziergang zu machen, müssen die mich ja nicht wer weiß wohin karren. Naja, da war dann so ein Bonsai-Schäferhund dabei, ganz niedlich, aber nicht meine Bella-Freundin. Und das war´s dann auch schon. Dann sind wir die ganze Tour zurück gefahren. Puh, war ich froh, als ich wieder daheim war, Auto fahren ist nicht mein Ding.
Und heute Vormittag - Du glaubst es nicht - kommt doch tatsächlich dieser Bonsai ohne Schwanz zu uns. Ich war schon recht freundlich und hab´ ihr mein Zuhause gezeigt und hab´ sie auch eingeladen, mal eine Runde mit mir im Garten zu drehen. Ging schon - dachte ja nicht, dass die dann gleich da bleibt!
Jetzt ist das Fraule von der weggefahren und hat diese halbe,

ach was, viertel Portion von Hund einfach da gelassen. Was soll ich denn jetzt machen? Mich hat die letzte Zeit ganz schön gestresst, deshalb hab´ ich mich erst mal in mein Körbchen verzogen und eine Runde gepennt. Musste doch am Montag schon wegen Beerdigung in diese Sammelstelle für alleingelassene Hunde. Mann, da kann einem alles vergehen. Ich war so sauer! Die wissen ganz genau, dass ich das nicht mag, aber da fragt keiner danach. Ich war ganz schön beleidigt und hab´ das auch spüren lassen. So und dann der Zirkus hier! Nun liegt sie, sie heißt Kayen, im Wohnzimmer und rührt sich nicht vom Fleck, sagt keinen Ton und schaut nur so ängstlich, als würde ich sie jeden Moment auffressen. Dabei interessiert die mich nicht wirklich. Da muss sie sich schon noch ganz schön anstrengen!
Vielleicht taut die ja auch noch auf. Die Curley hat auch mal runter geschaut, ist hin gegangen und hat geschnuffelt und hat sich dann wieder getrollt, so nach dem Motto, der Willi wird´s schon richten!
Bin ja jetzt mal gespannt, was das noch wird. Frauchen hat gemeint, ich sollte sie unter meine Fittiche nehmen, sie wäre ein ganz armer Hund gewesen. Vielleicht erzählt sie mir das ja mal, wenn sie ausgeschmollt hat.
Jetzt weißt Du, dass es bei mir doch nicht langweilig wird mit solchen Dosenöffnern, denen dauernd was Neues einfällt.

Ich werde Dich auf jeden Fall auf dem Laufenden halten und berichten, wie sich die Situation hier entwickelt.

Bis dahin ganz liebe Grüße an alle

Dein Willi

Die erste Eingewöhnungsphase haben wir geschafft und wir waren recht überrascht, wie schnell Kayen ihre neue Umgebung und die vielen Eindrücke verarbeitet hat. Sie ist noch immer scheu und geht lieber zwei Schritte zurück, als einen vor. Aber man merkt fast stündlich die Fortschritte und Willi tut sein Übriges dazu. Er ist ausgesprochen charmant zu ihr, wie generell zu allen Hündinnen. Wir erkennen aber auch einmal mehr sein tolles Wesen. Ich habe keine Bedenken, dass die beiden sich auch in Zukunft bestens verstehen.

Hallo Achim,

jetzt wird´s aber Zeit, dass ich mich bei Dir melde und ein bisschen was erzähle über mein neues vorgezogenes Geburtstagsgeschenk.
Im ersten Moment war ich ja schon ein wenig enttäuscht, so ein Kleckschen, hätte ruhig etwas mehr sein dürfen! Aber Frauchen hat mir gesagt, dass das ein ganz armes Würmchen war und dann hab´ ich mich als Kavalier halt arrangiert. Ist eine meiner leichtesten Übungen, dafür bin ich ja der Willi.
Am ersten Tag dachte ich, die rührt sich ja gar nicht vom Fleck, habe aber sofort gemerkt, dass die noch ganz schön Schiss hatte, dabei braucht sie doch vor uns gar keine Angst zu haben, das habe ich ihr dann auch gleich erst mal vermittelt. In der Zwischenzeit ist sie schon ganz schön aufgetaut. Frauchen war gestern beim Einkaufen und hat sie ausstaffiert. Mir hätte sie mit so einem Zeug nicht kommen brauchen, von wegen Geschirr mit so dämlichen Aufklebern

drauf wie "Azubi" und "die tut nix". Na gut, bei ihr sieht das ja auch noch ganz niedlich aus. Damit waren wir gestern schon Gassi. Und hurra, Auto fahren ist auch noch nicht ihr´s. Frauchen hat sie dann im Fußraum gehabt, aber später, wenn sie sich mal dran gewöhnt hat, darf sie dann schon zu mir hinten rein. Jetzt haben die schon wieder laut gedacht und gemeint, die braucht eine Box, damit sie sich nicht meine Unart angewöhnt und jeden draußen anbellt. Weiß gar nicht, ob die überhaupt bellen kann, bis jetzt hat sie noch keinen Ton von sich gegeben.

Gestern ging´s dann schon etwas besser, sie hat erst mal die Umgebung erkundet und ihr Körbchen bezogen. Und Frauchen hat dann auch im Schlafzimmer ein Bettchen gebaut für sie, auf dem sie heute Nacht super brav geschlafen hat. Heute morgen, ich gehe doch immer zum Kampfschmusen zu Frauchen, hat sie dann kräftig mitgemischt, das hat mir aber nix ausgemacht, weil ich ja auch noch genügend Streicheleinheiten abkriege. Und dann haben wir zwei im Garten entdeckt, dass wir ganz prima miteinander toben können. Muss zu meiner Schande gestehen, dass die mich ganz schön austrickst. Verdammt, ist die flott und so wendig, da komme ich lange nicht so schnell um die Kurven. Danach sind wir dann im Doppelpack k.o. gewesen und haben erst mal eine Verschnaufpause eingelegt.

Beim Fressen ist sie nicht wählerisch. Ich glaub´, da wo die herkommt, gab´s nicht viel und aussuchen war schon gar nicht. Jetzt bekommt sie natürlich auch die gleichen guten Sachen, wie ich. Gestern Abend gab´s dann ein Stück Ochsenfiesel. Da war ich mit meinem Stück allerdings schneller fertig und hab´ gemeint ich müsste ihr helfen. Frauchen kam dann noch mit einer Rinderhaut, die war ihr lieber, da hab´ ich dann getauscht, ist doch klar, als Gentleman.

Naja, Du siehst schon, ich hab´ mich nun damit abgefunden, dass ich keinen zweiten Offi bekommen habe. Die Kleine biege ich mir schon hin und dann werden wir auch noch genug Spaß miteinander haben - und meine Dosenöffner sicher auch, dafür sorge ich schon!
Ich bin von Herrchen schon sehr gelobt worden, darüber bin auch ganz stolz. Er meinte, ich würde mich vorbildlich verhalten und ganz toll benehmen. Und wenn Herrchen das sagt, kann ich mir schon was drauf einbilden! Tu´ ich auch!

Also, mein Bester, jetzt bist Du wieder auf dem neuesten Stand. Kann jetzt sogar Deine Situation nachempfinden, was bei Dir so alles abgeht mit Deinen beiden Damen.
Grüße sie mal ganz lieb und Dein Frauchen natürlich auch

vom Willi

Kayen

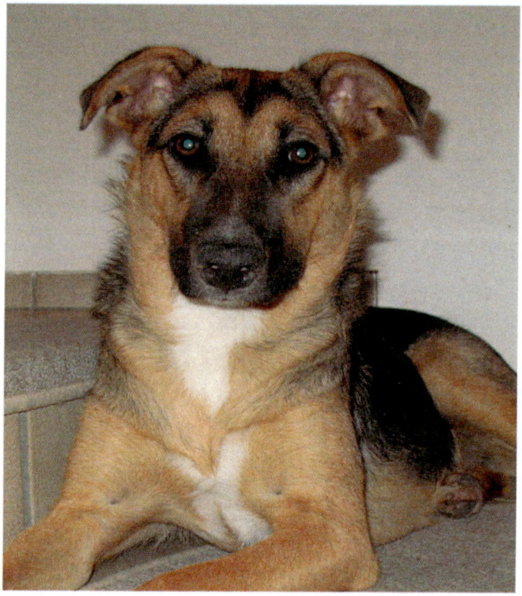

Wir hätten uns keinen passenderen Hund aussuchen können! Die kleine Kayen vereinigt alle die Eigenschaften in sich, die ich bei Jana so vermisst habe. Sogar bereits mit ihren 10 Monaten ist sie die Ruhe selbst. Dabei ist sie absolut keine Schlaftablette! Aber diese innere Ruhe schafft eine Atmosphäre, die wir für Willi und selbstverständlich auch für uns selber brauchen. Dazu kommt, dass sie sich in ihre neue Umgebung absolut lückenlos einfügt. Ob das nun beim täglichen Gassi gehen ist, mit Artgenossen, beim Füttern, beim Schlafen oder im Garten beim Spielen. Alles geht sie vorsichtig, aber zügig an und sogar das Auto fahren ist bereits nach vier Tagen kein Problem mehr und sie springt selber hinein. Sicher werden wir sie in den nächsten Tagen bereits ohne Leine laufen lassen können, denn wir sind schon sicher, dass das Dazugehörigkeitsgefühl längst da ist. Und gestern waren wir bereits so mutig und haben die beiden für kurze Zeit mal allein gelassen. Das war ja der eigentliche Zweck der ganzen Aktion und wir waren so gespannt, ob zuhause noch alles in Takt ist. Die beiden haben uns freudig begrüßt, wie wir das erwartet hatten und es war alles noch heil! Hurra! Ich kann gar nicht sagen, wie froh ich war und ein kleines bisschen stolz auf unsere Entscheidung und natürlich auf die beiden Akteure.

Kayen ist so gar nicht die optische Erscheinung, die ich mir als Traumhund vorgestellt hatte. Schon die Größe ist für mich hart an der Grenze, ich hatte immer behauptet, ein Hund fängt erst beim Schäferhund an. Dann liebe ich ja alles, was langhaarig oder wuschelig ist und zum Schluss auch noch das Stummelchen, was eigentlich ein Schwanz hätte sein sollen. Aber alle ihre Defizite an Schönheit macht sie tausendmal mit ihrem Wesen wett. Und dann auch noch der wohlklingende, aber ungewöhnliche Namen. Erst dachte ich, dass etwas griechisches dahinter steckt, aber bei dem letzten Besuch bei unserem Griechen wusste da auch keiner was Kayen heißen sollte. Nachdem sie aber schon so prima auf ihren Namen reagiert, haben wir beschlossen, es dabei zu belassen.

Willi hat sich schneller als gedacht mit seiner neuen Lebensgefährtin arrangiert. Eifersucht kennt er nicht. Als Kayen am ersten Abend zuerst an seinen Futternapf gegangen ist, hätte er wahrscheinlich nur treudoof zugeschaut, wenn ich nicht die richtige Ordnung hergestellt hätte. Und als ich heute morgen aufwachte, musste ich schmunzeln über das Bild, das sich mir da bot. Unsere kleine Prinzessin thronte auf Willis Doggy-bag und er lag mit seinem dicken Hinterteil auf ihrem

Bett, mehr passte ja nicht drauf. Im Moment sind wir nur froh und glücklich und hoffen, dass das alles so bleibt.

Und so stehe ich wieder mal vor Janas Bild und halte Zwiesprache mit ihr. Ich hatte sie gebeten, uns den Hund zu schicken, der schon irgendwo unterwegs war und der zu uns gehört. Und nun habe ich das Gefühl, sie hat es mit mir ganz besonders gut gemeint, denn die kleine Kayen ist in ihrer ganzen Art und ihrem ruhigen, ausgeglichenen Wesen meiner alten Gina so ähnlich, die ich so schmerzlich vermisst habe. Ich kann so viele Ähnlichkeiten zwischen den beiden feststellen und ein kleines bisschen sogar äußerlich. Ist Kayen auch ein Bonsai, ist sie einem Schäferhund trotzdem sehr ähnlich. Und täglich entdecke ich etwas alt gewohntes an ihr und freue mich über diese Fügung des Schicksals.

Danke, Du treue Seele, wir werden dich nie vergessen!

Trio bello

So ein bisschen künstlerische Freiheit gönne ich mir ja schon lange und meine drei pelzigen Freunde bieten so herrliche Objekte, dass es mir öfters in den Stiften und Pinseln juckt. Wenn Willi nicht gerade meine Aufmerksam fordert, verziehe ich mich gerne in mein Atelier und male und seit kurzem habe ich auch die Liebe zur Kalligraphie entdeckt. Allerdings nimmt die Kunst recht viel Zeit in Anspruch, die ich meinem Mann und den Hunden dann nicht widmen kann. Von der einen Seite habe ich da viel Verständnis, von der anderen aber absolut überhaupt nicht. Und da kann ich froh sein, dass es Achim und Bruno gibt, um die Herr Hund sich doch kümmern muss und mit denen man immer was zu quatschen hat.

Hallo Willi, mein bester Freund,

ich wende mich dieses Mal in großer Not an Dich, vielleicht kannst Du mir helfen?

Hab´ Dir doch schon oft von meiner alten Freundin Gina erzählt. Sie ist zurzeit so komisch, heult und singt den halben Tag und vor allem – sie riecht so anders, so gut!!!! Das macht mich ganz nervös, ich kann nachts nicht mehr schlafen, singe mit ihr im Chor, habe keinen Appetit mehr und mein Blutdruck, der ist bestimmt ganz hoch. Mein Herz flattert, ich komme überhaupt nicht mehr zu Ruhe und – das Schönste ist dazu noch, meine Chefin hat überhaupt kein Verständnis für mich. Neulich sagte sie, ich sei ein alter Spinner und die Gina dazu. Das fand ich aber wirklich nicht nett, wo ich doch so leide..... Im Gegenteil, sie sagte was von "wäre besser, die Eier ab oder so was ähnliches, habe es nicht richtig verstanden. War bei Dir nicht auch mal so was Komisches???"

Du hast jetzt doch eine Freundin, geht es Dir da auch so? Vielleicht hast Du mal Zeit, Dich bei mir zu melden und vielleicht hast Du eine Idee dazu, bevor ich hier noch ganz verrückt werde.

Viele Grüße
Achim in Not

Ach, Du Ärmster,

Mensch Hund, hast Du mir einen Schrecken eingejagt! Ich dachte schon, es sei etwas Schlimmes passiert, von wegen "Achim in Not" und ich müsste einspringen, dabei hast Du nur Liebeskummer!
Und ich kann Dir das alles so gut nachfühlen! Bin zur Zeit auch ein wenig durch den Wind. Meine neue kleine Freundin war nämlich auch gerade erst läufig und riecht noch recht gut und da würde ich ja auch zu gerne mal.........! Dass das nicht ganz funktioniert, ist mir ziemlich wurscht, probieren kann man´s ja mal.

Mein lieber Freund, Du musst aber auch verstehen, dass Euer "Eiertanz" Deinem Frauchen ganz schön auf die Nerven geht, noch dazu mit Gesang! Aber, aus eigener Erfahrung kann ich sagen, dass es gar nix bringt, wenn wir dafür grade stehen müssen. Da muss sich Dein Frauchen schon an die Damen halten. Wenn die nicht mehr so gut riechen, haben wir auch kein Problem damit. Bei mir, so hat mein Frauchen mir erklärt, wurde die Kastration wegen meines Verhaltens gemacht, was immer das zu bedeuten hat. Bei Kayen - die ist jetzt dann im Oktober dran - soll es eine Vorsichtsmaßnahme gegen irgendwelche Tumore sein. Und somit wäre auch gleich der "gute" Geruch weg. Also, da kannst Du ganz beruhigt sein, ich denke mal, Du bleibst verschont. Du bist ja nun auch schon ein paar Jährchen älter als ich und bei Dir würde sich an Deinem Verhalten nichts mehr ändern.

Ich weiß aber auch, dass es Dir jetzt ganz furchtbar schlecht geht, wenn sie Dich jetzt dauernd verbannen. Das ist schon ziemlich gemein und ich würde meinem Frauchen da schon mal ins Gewissen reden. Schließlich geht es Dir ja auch öfter so, in Anbetracht von zwei solchen "Weibern".
Lass` Dich aber trotzdem nicht unterkriegen, es kommt auch wieder eine friedlichere Zeit.

In diesem Sinne, mein Romeo,

alles Liebe
Dein Freund Willi

Und nun muss ich doch ganz schnell noch mal den Bruno anfunken, der Kerl rührt sich überhaupt nicht mehr, was ist denn da bloß los?

Hallo Bruno,

ich hab´ heute ein bisschen meinen Moralischen und dabei musste ich an Dich denken.

Eigentlich geht's mir ja richtig gut mit meiner neuen Freundin, wir zwei passen wirklich gut zusammen. Aber nichts desto trotz gehen mir ein paar Worte von meinem alten Spezi schon ab. Sag´ ja nicht, dass Du mich noch nicht vergessen hast, ich glaube, der Willi ist schon ganz schön weit hinten in Deinem Gedächtnis. Ich denke so oft an Dich und hoffe, Du spürst das!

Gestern waren wir mit Kayen bei Frauchens früherer Arbeitskollegin und die hat auch so eine spitzgedackelte Windhündin und dazu einen riesigen Garten. Zuerst sind wir Gassi gewesen und da haben wir schon ganz schön rum getobt und dann noch im Garten. Musste natürlich alles erkunden, obwohl ich da schon nicht mehr ganz so fit war. Aber mit zwei Damen kann man sich doch keine Blöße geben. Dafür bin ich halt heute umso mehr kaputt und dazu ist es auch noch so heiß, na, da fühlt man sich halt dann nicht so gut. Und jetzt auch noch so ein bisschen eine depressive Psyche, das kann einen ganz schön schaffen. Kayen war auch ganz down, aber sie ist halt den Stress noch nicht gewohnt. Jetzt kann sie zumindest mal schon Auto fahren und schön langsam kommt der Rest auch noch.

Wie geht's Euch denn so, Dir, mein Dicker, Deinem Tano und natürlich Deinem Fraule? Meine Leute sind kürzlich ganz nah bei Euch vorbei gefahren auf der Autobahn, weil sie zu einer Beerdigung mussten. Da haben sie dann in meinem Auftrag ein paar Grüße rüber geschickt.

Und nun habe ich mir gedacht, ich schick´ Dir selber noch welche und hoffe, Du freust Dich ein wenig darüber.

Ich weiß auch nicht, was heute mit mir los ist, werde jetzt mal ein bisschen zu Frauchen zum Schmusen gehen, das richtet dann wieder ein wenig auf.

Lass´ es Dir gut gehen und denke ab und zu mal an

Deinen traurigen Willi

Och Willi,
Und nochamale - och Willi,

natürlich denk ich ganz oft an Dich, Deine Kayen und Deine Menschleins!!! Und ich freu´ mich ganz dolle, dass Du eine so tolle Lebensgefährtin gefunden hast! Ich kann mein Fraule nur schwer motivieren in die Tasten zu hau´n seit Herrle nicht mehr da ist - vielleicht hat se auch so was wie ´ne Depression - was immer das auch ist!
Ich bin mir nich so sicher, aber Fraule hat letztens ganz lang in diesen Plastikknochen gesprochen und dann sach´t sie zu mir: "Stell Dir vor Bruno, die kleine Sandy is depressiv!" Sandy hab ich nur einmal getroffen, sie is eine kleine Westi-Maus. War für einmal ganz lustig, aber wir passen wohl doch nich so richtig zusammen. Die is sooooo klein und wuselt zwischen meinen Haxen rum - also neee, so richtig

spielen kann ich mit der nich. Tano war auch nich grad begeistert, also sei froh, dass du die Kayen hast! Aber zurück zum Punkt, die Sandy is nur noch mit eingezogenem Schwanz durch die Gegend getigert, wollte nich spielen und auch nich richtig fressen und das Fraule is mit ihr zum Tierarzt - und der hat gesagt, die Sandy is gesund aber offensichtlich depressiv - hmmm, was immer das auch is!
Aber da war es amtlich - es gibt Hundedepression! Aber doch nich bei Dir - hast doch gar keinen Grund!?! Also mein Lieber, heb´ Dich selbst an Deinem Hintern hoch und guck nach vorne - oder zur Kayen!!!

Ich schick Dir noch ein Bildle von mir mit - hat Fraule erst heute geknipst. Knutsch Deine Menschen von mir und Kayen natürlich auch!

Ganz liab´s Grüßle
Bruno mit Tano und Fraule

Hallo Bruno, mein Bester!

Jetzt sind meinem Frauchen seine Füße gerade fetzenhin und da habe ich sie genötigt an den PC zu sitzen und Dir schnell ein paar Zeilen zu schicken. Ich danke Dir ganz herzlich, dass Du es auch geschafft hast, Dein Fraule an selbigen zu nötigen, das muss einfach mal sein!
Bei uns ist heute mal wieder was los. Aber ich muss von vorne anfangen............

Als ich Dir letztes Mal meine depressive Stimmung gebeichtet habe, da wusste ich ja eigentlich gar nicht, warum mich dieser Zustand so heimgesucht hatte. Aber unser Innenleben täuscht uns nicht, dazu sind wir viel zu gefühlvoll. Am nächsten Abend fährt mein Fraule plötzlich, ohne Vorwarnung im Bett hoch, dass sogar das Buch runter fiel, das sie gerade gelesen hatte und verkündete lauthals, dass sie was wichtiges vergessen hätte. Herrle hat nur was gebrummt und weiter gelesen. Dann flog aber auch seine Zeitschrift, denn, ich hab´s genau verstanden: wir haben Willis zweiten Geburtstag vergessen!!!

Ach Du dickes Ei, kannst Du Dir das vorstellen? Menno, war denen das peinlich! Also zuerst wurde ich mal ganz fest geknuddelt und dann hat Herrchen gemeint, mein Geburtstag würde mit seinem zusammen nach gefeiert, und das ist nun mal heute. Mein Geschenk habe ich ja schon vorher bekommen (war auch gut so, sonst hätten die das auch vergessen) und das läuft gerade im Garten rum und walzt die Beete platt! Und nun waren halt heute morgen zwei Kerzchen da gestanden, eins mit Hundeleckerli drum rum. Und am Abend wird gegrillt! Und damit Du auch ein bisschen einen Eindruck hast von unserer verrückten Sippe hänge ich Dir ein Foto an! Da sollten dann aber keine verkehrten Schlüsse draus gezogen werden!!!

Ich hätte Dich ja soooo gerne eingeladen, aber Du siehst ja, wie blöd sowas läuft. Das werden wir aber sicher nachholen! Übrigens habe ich mich ja mal wieder köstlich über Dein Bild amüsiert, da sitzt Herr Hund und grinst sich eins! Einfach toll! Bei Gelegenheit kommen von uns auch ein paar neue mit meiner Spielgefährtin. Eigentlich geht es mir ähnlich wie Dir, sie ist mir ja auch ein paar Nummern zu klein, aber besser was kleines, als gar nix!

So, nun darf Fraule wieder in die Küche, Füße sind ausgeruht. Und Du bist wieder auf dem Laufenden und ich hoffe doch, Du hast Dein Fraule soweit unter Kontrolle, dass Du sie dazu bewegen kannst, sich mal zu rühren, das würde uns alle sehr freuen!

Das sagt Dir Dein Freund

der Willi

Und auch Achim bekam brühwarm erzählt, was sich peinlicherweise abgespielt hatte. Seither ist ein dicker roter Strich am 15. August im Kalender und wir werden uns bemühen diesen Termin nicht mehr zu vergessen.

Hallo Willi,

Das ist natürlich der Hammer!!! Mein Frauchen gratuliert mir immer gleich morgens und meistens bekomme ich auch noch Post von meinen beiden Schwestern, Reina und Anuschka. Wir schreiben uns immer zum Geburtstag und zu Weihnachten, das ist lustig.

Bei uns ist alles wieder normal und langweilig. Obwohl unser Frauchen im Moment ganz große Spaziergänge mit uns macht, jetzt wo Gina wieder mit darf.

Gestern Abend sind wir über eine Stunde durch den Wald gelaufen, unser Frauchen spinnt zurzeit und meint, sie müsste mal probieren zu joggen. Nach 10 Minuten geht ihr jedoch meist die Luft aus und hinterher jammert sie, dass ihr der Fuß weh tut. Die spinnt doch!!! Gestern haben wir echt übertrieben und sind dafür heute Morgen alle drei lahm gegangen.
Ich habe heute auch schon wieder ein bisschen Action gemacht. Plötzlich rannte beim Spaziergang ein Eichhörnchen über den Weg und ich musste natürlich hinterher. Frauchen kam ins Stolpern und ließ endlich mal meine Leine los!!! Ich stürzte dem Eichhörnchen nach, verlor aber gleich die Spur (hatte vergessen, dass die ja die Bäume hoch rennen können). Auf jeden Fall bin ich halt reumütig zu meinem schimpfenden Frauchen zurück gekehrt. Die hatte mittlerweile festgestellt, dass ihr bei meinen Eskapaden der Schlüssel und das Handy aus der Hose gerutscht waren, Sch...! Sie hat mich dann an einen Baum gebunden und wie eine Verrückte gesucht und geschimpft. Zum guten Glück kam grad eine Runde Walker mit Stöcken vorbei, die kurz vorher am Weg das Handy gefunden hatten. Frauchen suchte dann an dieser Stelle und fand auch den Schlüssel. Ich war vielleicht froh darüber, sonst wäre der Tag gelaufen gewesen und ich hätte noch mehr Ärger bekommen.

Jetzt ist wieder alles gut und ich warte auf mein Frühstück.
So ganz unter uns: ab und zu müssen wir doch mal den Tag etwas auflockern mit unseren Späßchen, sonst wäre das Leben doch zu eintönig.
Viele Grüße und natürlich auch von uns allen hier alles Gute für Dich und
Dein Herrchen

Achim

Hallo Bruno,

eigentlich wollte mein Frauchen den Klingelknochen betätigen, um sich bei Euch mal zu melden, hat mich aber dann beauftragt, das zwischenzeitlich zu erledigen, weil sie gerade beschäftigt ist. Ganz schön heftig draußen die Hitze, kann mich aber nur peripher kratzen, denn ich liege auf den kühlen Fliesen und beobachte, wie bescheuert doch die Menschen sind. Macht mein Frauchen nicht bei der Hitze lauter so blödes Zeug, statt sich zu mir zu gesellen.

Sie hat also nicht nur mein Auto geputzt - nein, sie musste auch noch 14 kg Zwetschgen vermusen! Und nun überlegt sie gerade, was sie mit den restlichen Birnen und Äpfeln im Keller noch machen soll.

Und dann haben die doch auch noch so ein Loch in den Garten gegraben, das hat Herrchen aus betoniert. Da soll mal Wasser rein, ich gehe da immer außen rum, obwohl da eine kleine Brücke drüber ist. So, und nun hat Frauchen eine schöne blau-grüne Farbe gekauft, um das Becken zu streichen. Dazu wurden wir Vierbeiner natürlich in den vorderen Gartenteil verbannt, der ja nun mit einer Tür abgetrennt ist. Zu blöd, ich hätte da schon gerne mal nachgesehen, was da so abgeht. Das hat auch meine Curley-Katze gedacht und schwupp war sie über dem Zaun. Kurze Zeit später habe ich Frauchen schreien gehört, konnte mich aber nicht genau darauf konzentrieren, denn da kam gerade unser Michael und hat uns - nichtsahnend von der Aktion - das Gartentürchen aufgemacht. Hurra, jetzt wollen wir doch erst mal sehen, was da los ist! Frauchen hatte die strampelnde Curley auf dem Arm und die sah ganz chic aus mit grünem Nagellack, richtig schräg! Herrchen schimpfte los: "verdammt, wo kommen denn jetzt die Hunde her?!" Und bevor sich alle versehen konnten, war Kayen schon mitten durch die Farbe und quer über die Terrasse getrampelt. Noch ein "Grüner"! Jetzt wussten die gar nicht mehr, was sie zuerst machen sollten, Herrchen hatte nun die Kayen auf dem Arm und keiner konnte einen Eimer oder Lappen schwingen. Und ich hab´ mir eins gegrinst. Ich war ja brav außen rum gelaufen, also sauber und geschimpft hat mich auch keiner. Und dann hat Frauchen noch gesagt, wenn das meine Abdrücke auf den Terrassenfliesen gewesen wären, hätte sie sie als Kunstwerke drauf gelassen. Das finde ich toll! Nun ist der erste Anstrich leider trocken, aber heute Abend kommt der zweite drauf, das habe ich mitbekommen, mal sehen, wer da zu Besuch kommt?!

Heute sind wir schon mal früh Gassi gegangen, wegen der Hitze und danach ist Frauchen zum See gefahren. Jetzt ist sie richtig "cool"! Denke mal, damit sind die meisten Aktivitäten für heute erledigt. Kann mich nun getrost meiner Siesta widmen.
Wenn ich mich an so ein paar Bilder erinnere, dann hast Du ja einen richtigen Pool für die heißen Tage. Da wünsche ich Euch fröhliches Plantschen, damit Du mit Deinem dicken Pelz keinen Hitzschlag bekommst.
Lass´ mal wieder von Dir hören! Darauf freut sich

der Willi mit sämtlichem Anhang

Ein Hund, eine Sorge, zwei Hunde......

Kayen entwickelt sich erwartungsgemäß zwar langsam aber stetig. Sie wird immer ein eher zurückhaltender, ängstlicher Hund sein und je länger ich ihr Verhalten beobachte, umso kritischer sehe ich die Entwicklung. Sie lehnt sich voll an Willi an und nachdem sie sehr gelehrig ist, nimmt sie natürlich auch seine Unarten schneller an, als uns lieb ist. Wir versuchen nun einfach mit ihr allein weg zu gehen, damit sie ein wenig mehr auf sich selbst gestellt ist. Das funktioniert natürlich nicht so besonders, denn beide Seiten sind bereits so aufeinander fokussiert, dass es ein Gejaule gibt, wenn einer nicht da ist. Nun haben wir zwar das erreicht, was wir eigentlich wollten und können beide getrost mal eine Zeitlang allein lassen, aber was passiert, wenn mal einer ausfällt? Außerdem sehe ich mit gemischten Gefühlen, wenn Willi im stop and go hinter Kayen her durch den Garten hechtet und höre seine Gelenke geradezu aufstöhnen. Nachdem Kayen eine Hündin und wie mir scheint in einigen Eigenschaften dem Willi überlegen ist, kann ich nur hoffen, dass sie eines Tages mal das Rudel-Ruder herum reißt und Willi sagt, wo´s lang geht. So haben wir bereits recht schnell gemerkt, dass sie wesentlich wachsamer ist, als ihr gemütlicher Gefährte, obwohl das ja eigentlich Willis Stärke ist. Vielleicht kann Willi aber auch inzwischen die gewohnten Geräusche von den fremden besser unterscheiden. Jedenfalls ist im Moment sie diejenige, die im wahrsten Sinne des Wortes den Ton angibt. Auch haben wir bemerkt, dass ihre Nase die bessere ist. Bis Willi etwas gerochen hat, hat sie es schon längst gefressen. Und nachdem Willi ja die Gutmütigkeit in Person ist, kann es ihm schon passieren, dass dieser kleine, clevere Feger eines Tages ihrem großen, gemütlichen Willi den Rang abläuft. Ob ihn das allerdings irgendwie beeindruckt, kann ich mir nicht vorstellen, er ist nicht gerade der Dominanteste, dafür aber umso sturer!

Noch ist es aber nicht soweit und bis dahin werden wir auch fleißig mit Kayen üben. Ich werde bald mit ihr die Spielstunden des Vereins besuchen und sehen, wie sie sich unter fremden Artgenossen verhält. Eine große Entlastung für mich ist es, dass wir sie bei den Spaziergängen frei laufen lassen können. Zwar ist auch sie eine, die keinen Hasen einfach laufen lässt, aber zum einen habe ich keine Bedenken, dass sie Schaden anrichten würde und zum anderen kommt sie rasch wieder zurück. Allerdings muss mein Mann besonders aufpassen, denn Willi würde natürlich zu gerne mit rennen und so ist es uns kürzlich passiert, dass in einem etwas abgelenkten Augenblick beide plötzlich losgeschossen sind und meinem

Mann die Langleine durch die Finger fetzte und regelrechte Brandblasen hinterließ. Natürlich waren dann beide weg und wir konnten nur froh sein, dass Willi irgendwann dank seiner Gelenke aufgeben muss. Seitdem geht da irgend so ein Irrer bei über 30 Grad mit Handschuhen spazieren!

Mein lieber Bruno,

jetzt hab´ ich erst mal geschimpft bekommen, dass ich Dich schon wieder belästige, nachdem Fraule Euch doch erst bemailt hat, aber ich muss Dir doch von gestern erzählen. Mensch, Hund, war das ein blöder Tag!!!

Die allmorgendliche Ruhe war schon gestört, als Frauchen plötzlich los schrie: pfui Teufel, die Kayen hat das ganze Wohnzimmer versch....... ! Naja, kommt ja mal vor, hab´ ich mir gedacht. Aber kaum, dass wir vom Gassi gehen zurück waren, fing die Kleene an zu erbrechen und da ist Frauchen tatsächlich mit dem Putzeimer nicht mehr nach gekommen. Und was für komisches Zeug da raus kam! Ich kenne das doch auch, würgt mal ein bisschen, kommt dann gelb und gut ist´s. Aber das war so eine zähe, schleimige, ganz helle Brühe, die man ganz schlecht aufwischen konnte. Seltsam! Und wo die die alle verteilt hat! Sogar auf meinem Bett! Kannst Du Dir das vorstellen! Und je mehr raus kam umso rosaroter wurde das Zeug!

Und dann kreuzt doch Herrchen da auf in so einem komischen Outfit, so kenne ich ihn gar nicht. Richtig stinke fein! Und weg war er. Und ich war mit Frauchen und dem kleinen

Kotzbrocken allein. Meinst Du, da hätte sich dann einer um mich gekümmert! Absolut nicht, Kayen hier und Kayen da und nix Willi! Aber ich hab´ schon gesehen, dass es dem Bonsai nicht gerade gut ging und hab´ mich nicht gewundert, dass Frauchen dann in den Klingelknochen gesprochen hat. Dann hat sie die Kleene in ihren Julius-K-9 verpackt und ist mit ihr verschwunden und ich musste gaaaanz allein bleiben, kein Schwein war mehr da - doch, ich glaub´ die Curley hat irgendwo geschnarcht.

Das hat dann eine ganze Weile gedauert, ich hab´ auch mal ein bisschen gejault, das hat aber keinen beeindruckt und dann kamen die wieder. Klein Kayen war gar nicht ansprechbar, schlich an mir vorbei, Treppe rauf und ab ins Schlafzimmer. Au backe, da war was faul! Ich bin dann hinterher und da hat sich der kleine Feger doch tatsächlich auf mein Bett geworfen und da lag sie nun. Also gut, dachte ich mir, soll sie halt, ich bin ja nicht so! Aber die Stimmung war komisch und Frauchen auch. Sie hat mich kaum beachtet und dann gleich wieder den Klingelknochen betätigt, um die Neuigkeit los zu werden. Da habe ich dann gehört, dass der Tierarzt gemeint hat, die Kayen hätte sich ganz bös vergiftet. Sie hatte das Vorderpfötchen eingebunden, schön rot zwar, aber ich könnte darauf verzichten und Frauchen hat erklärt, das sei ein Zugang, da bekäme sie dann Vitamin-K, im Fall, dass da Rattengift mit drin war. Dann hat die Arme auch noch drei Spritzen bekommen und da braucht man sich nicht zu wundern, dass sie vollkommen hin ist. Gleich nachdem sie zuhause waren hat sie im Garten noch einen richtigen Schuss blutigen, wässrigen Durchfall gehabt und da wurde mir auch ganz anders. So und nun lag sie da, auf meinem Bett! Drei

Stunden hat sie sich überhaupt nicht gerührt, dann kam sie die Treppe runter. So hab´ ich sie noch nie gesehen! Der Kopf ganz schief und die Ohren standen so unnatürlich rum, da hab´ ich doch einen gehörigen Schrecken bekommen. Nachdem sie kurz draußen war, ist sie dann wieder rauf und Frauchen hat sie dann mit meiner schönen, warmen Decke zugedeckt. Der Tierarzt hätte ihr ja sogar einen Kragen verpasst, aber sie war so fetzenhin, dass sie der Verband gar nicht gestört hatte.

Und dann kam endlich Herrchen heim. Ich hab´ mich gefreut, wie ein Schnitzel, aber Kayen hat sich gar nicht erhoben, obwohl sie sonst immer die Erste ist, die los düst, wenn Herrchen aufkreuzt. Der war ganz schön platt, als Frauchen erzählte. Und dann wieder: Ach, du arme kleine Maus! Nix, du armer Willi, musstest den ganzen Tag auf deine Aufmerksamkeiten verzichten. Da siehst Du mal wieder, wie das ist, wenn man nicht mehr der alleinige Märchenprinz ist.

Heute Nacht war dann alles still, sie hat sich regelrecht gesund geschlafen, denn heute morgen ist sie schon wieder rum gewuselt. Herrchen hat zwar gesagt, sie habe noch Durchfall gehabt beim Gassi gehen, aber sie muss ja nachher wieder zum Doc und da schauen wir dann mal, was der sagt.

Ich werde Dich sicher auf dem Laufenden halten, denn ich denke, das interessiert Dich schon. Wie sie dazu gekommen ist, darüber können wir nur spekulieren. Frauchen meint, nachdem sie frei rum laufen darf und alles aufnimmt, ist sie da besonders gefährdet. Mir könne so was nicht passieren. Da bin ich ja beruhigt!

So, nun bist Du auf dem neuesten Stand und siehst, dass immer was los ist.
Lass´ Dir aber nicht die Laune verderben und grüße mir den Tano und natürlich Dein Fraule

Dein Willi

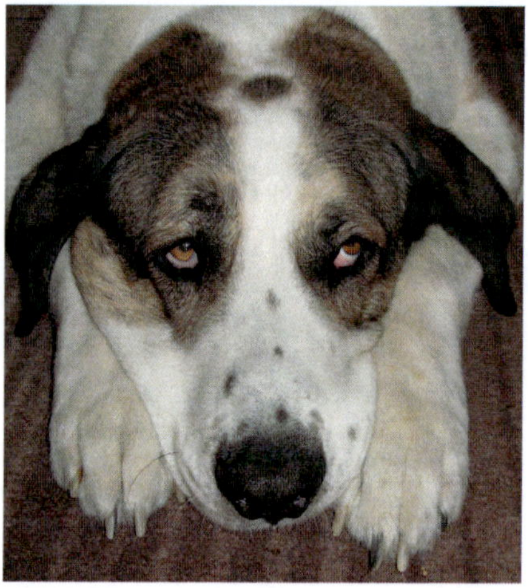

Hallo Achim,

endlich komme ich jetzt dazu mein Versprechen einzulösen und Dir mal wieder zu schreiben. Was so alles passiert ist in der letzten Zeit hat Dir Dein Frauchen bestimmt erzählt. Und dann ist auch noch die Redaktion im Stress und leicht unpässlich. Und wer bleibt da auf der Strecke? - Natürlich der Willi!

Aber ich weiß mich zu revanchieren. Dieser Floh von einem Hund hält einen ganz schön auf Trab. Jetzt ist sie ja wieder fit und wenn die sich freut, dann wedelt nicht der Schwanz, den sie nicht hat, dann wedelt der ganze Hund. Das sieht vielleicht ulkig aus und freuen tut sie sich andauernd. Und vorgestern haben wir mal wieder einen Ausflug gemacht, Kayenchen und der Willi. Sie hat was aufgestöbert und ist hinterher und ich sah mich natürlich dann auch genötigt, ihr zu helfen und schwupp, war die Leine zum x-ten Mal ab und ab ging die Post. Ich sag´s Dir, das war toll, durch die Büsche, die Böschung runter und unten ins Brackwasser. Hatte gerade so meine richtige Höhe und da bin ich dann ausgiebig drin rum. Frag´ nicht, wie ich ausgesehen habe! Die Kleene hat sich ja dann wieder zurück bequemt, aber ich hatte dazu gar keine Lust und hab´ den Ausflug ordentlich genossen. Aber dann war dicke Luft, au weia, die haben dann nicht mehr mit mir geredet und mich vollkommen ignoriert und gestern musste ich dann an der Kurzleine gehen. Die gönnen einem auch gar nix, das ist doch eine Gemeinheit, wo die ganz genau wissen, dass mir das so viel Spaß macht!

Im Garten ist zur Zeit auch dauernd was los. Kayen ist der Ober-Gartengräber. Frauchen hat neulich von der Nachbarin so komisches Grünzeug bekommen und eingepflanzt. Drei Mal haben wir das wieder ausgebuddelt und sie hat´s wieder rein. Und was war das Ende vom Lied? Da kam doch plötzlich aus heiterem Himmel eine PET-Flasche geflogen, da ist die Kleene aber ab, wie Schmitts Katze und seither steht die Flasche neben dem Grünzeug. Jetzt traut sie sich nicht mehr hin. Mir macht das aber nix aus, ich hab´ dann ein Stückchen weiter drüben gegraben und bin natürlich sauber gelobt worden. Es

hat geheißen, ich sei so unmöglich, wie ich groß wäre! Verstehe ich nicht!
Ich glaub´, ich hab´ Dir schon mal erzählt, dass Frauchen mit der Kayen jetzt immer zum Hundekindergarten geht, zum Spielen. Also, nix für unsereins. Aber neulich hab´ ich gehört, wie sie zum Herrchen gesagt hat, dass die dort unbedingt den Willi sehen wollen. Es sei sowieso so langweilig und es wäre nicht schlecht, wenn mal wieder was los wäre. Das können die meinetwegen schon haben. Bin mal gespannt, ob die mich am Sonntag dann auch wirklich mitnehmen und mal sehen, wie ich da drauf bin. Vielleicht zeige ich mich ja von meiner Schokoladenseite, so was hab´ ich wirklich! Oder ich lass´ mal ordentlich die Sau raus, damit die alle wissen, was ein Owtscharka ist. Dann ist´s bestimmt auch nicht mehr langweilig! Darüber werde ich dann ausgiebig berichten!

So und jetzt ist Gassi gehen angesagt, die sind schon startklar, aber ohne mich geht gar nix, also werden sie schön warten. Außerdem habe ich einen Antrag gestellt auf Ein-und Ausstieghilfe am Auto, was bei Dir geht, sollte doch bei mir auch möglich sein, oder? Noch krabble ich an der Seitentür rein, aber raus muss man ja zwangsläufig springen. Bin aber zur Zeit recht zufrieden mit meinen Haxen.
Also, jetzt geht´s los, die Kleene macht schon Rabatz.

Sei herzlich gegrüßt mein Freund und lass´ bald mal wieder von Dir hören

Dein Willi

Sind Pechsträhnen ansteckend?

Es ist wunderschön, einen Hund zu haben! Der beste und treueste Freund des Menschen! Aber wenn ich mich so umhöre, sind wir doch alle ein bisschen hundegeschädigt. Komisch, dass mir das nicht alleine so geht!? Ich bin nun schon seit Jahren gesundheitlich angeschlagen, aber auch Achims und Brunos Frauchen klagen über so manche Wehwehchen, genau wie ich und manchmal kommt ein Seufzer oder auch ein Klagelied rüber. So gern wir unsere Vierbeiner haben, so heftig setzen sie einem des öfteren zu. Über die Herrchen schweigen wir uns da mal aus. Vielleicht haben die einfach die besseren Nerven oder ein Frauchen, das im Bedarfsfall Übung hat.

Leider gibt es aber auch Beschwerden, für die wir unsere Hunde nicht verantwortlich machen können. Diese Mal hat es Achims Frauchen erwischt. Und auch diese Botschaften klingen alles andere, als gut.

Ach Achim, mein Bester,

so ganz toll klingen die Neuigkeiten gar nicht, die da über meine Pressestelle kommen. Wie es aussieht, geht es Deinem Frauchen gar nicht so gut. Ich hoffe nur, dass Ihr Euch ordentlich aufführt und sie nicht auch noch über Gebühr beansprucht. Da kann ich mich doch drauf verlassen, oder? Ich bin ja nicht unbedingt der geeignete Krankenpfleger, das überlasse ich immer meiner Curley-Katze, aber für so ein paar Schmuseeinheiten wäre ich immer zu haben und das ist ja bei Dir auch nicht viel anders. Damit kannst Du ihr sicher ein wenig gut tun!
Dann könntest Du aber auch gleich bei mir weiter machen. Mir geht es nämlich auch nicht so besonders. Spüre momentan meine Knochen ganz heftig und Frauchen schaut schon ganz kritisch. Sie meint, dass die Kleine mich zu sehr beansprucht, aber das sehe ich ein bisschen anders. Ein klein wenig Spaß möchte ich ja schließlich auch haben, sonst kann man mich ja gleich einsalzen. Nun ist sie schon im Zweifel, ob sie mir wieder das Zeug geben soll, das mir zwar die Schmerzen nimmt, wovon mir aber kotzübel wird. Das ist schon ein rechtes Kreuz mit unseren Gelenken!

Die auf dem Hundespielplatz - habe ich Dir schon erzählt, dass ich mit dem Bonsai dort war? - die haben auch gesagt, ich würde mich komisch bewegen. Wenn die meine Knochen hätten, würden die sich auch nicht anders bewegen! Aber nichtsdestotrotz, das war gar nicht so schlecht und morgen darf ich vielleicht auch wieder mit. Frauchen hat gesagt, mal sehen, wie ich drauf bin. Eigentlich dachte ich, das sei nur was für Greenhorns, aber mir hat es recht Spaß gemacht.Das letzte Mal waren es so ungefähr 30 Hunde, alle Rassen, alle Altersgruppen. Allerdings waren fast nur Damen vertreten, da kann man ja nicht so aufdrehen. Nach den ersten drei Runden habe ich mich dann sowieso neben Herrchen geschmissen und habe dem Treiben nur noch zugeschaut. Daraufhin bin ich auch wieder eingeladen worden und die haben gesagt, so einen wie mich, können sie schon gebrauchen! Mal sehen, was die sagen, wenn noch so ein paar, wie ich kommen und wir mal ein bisschen Ramba-zamba machen, ob sie mich dann auch wieder einladen???

Vorgestern, als wir Gassi waren, ist die Kayen aus Versehen und mit Schwung ins Wasser geplumpst. Das muss ihr aber soviel Spaß gemacht haben, dass sie gestern gleich wieder rein ist. Jetzt hat sie Blut geleckt, ich kann das ja nicht so richtig verstehen, ich stehe ja nur bis zum Bauch drin und das muss reichen, sonst ist man ja so nass und das dauert so lange, bis der Pelz wieder in Ordnung ist. Das juckt sie aber nicht, die hat ja auch nix drauf. Meine Regierung ist zur Zeit ganz schön ungehalten und das ist noch gelinde ausgedrückt! Die Kleene wird so richtig halbstark und das gefällt denen nicht. Sie folgt gleich null, das hat sie sich wahrscheinlich bei mir abgeguckt, aber im Gegensatz zu mir greift Herrchen da ganz heftig durch. Da hab´ ich ja wieder Glück gehabt, oder ist das vielleicht bei uns was anderes???

Gerade ist sie mit Herrchen beim Joggen und ich hab´ endlich mal Pause. Frauchen geht jetzt gleich in den Garten, da haben wir gestern die Vorarbeiten geleistet. Irgendwas muss sie in die Löcher rein pflanzen, die wir gegraben haben. Schließlich hatten wir ja genug Zeit, denn die waren gestern den ganzen

Vormittag in den Pilzen und sogar am Abend haben die uns nochmal allein gelassen. Mit der Kleenen zusammen macht mir das aber auch nichts mehr aus.

So, nun habe ich aber wieder genug erzählt. Muss mich nun auf den Ansturm vorbereiten, der auf mich zu kommt, wenn der Bonsai wieder aufschlägt. Da geht´s dann wieder rund. Die Curley sitzt dann immer auf ihrem Posten und denkt: die spinnen doch, die Römer! Das würde mir nicht im Traum einfallen!
Mein lieber Spezi, nun nimm Deine Aufgabe wahr und betreue Dein Frauchen gut, dass mir ja keine Klagen kommen!
Genießt alle das tolle Herbstwetter und seid ganz lieb gegrüßt

vom Willi

Hallo Willi,

Lange nichts gehört oder nur über drei Ecken....
Schön, dass es Dir soweit gut geht und Du an Deiner neuen Freundin viel Freude hast.
Ja, mein Frauchen ist im Moment nicht so besonders fit. Erst hat sie uns ganz wild gemacht und hat begonnen, täglich mit uns zu joggen und uns über die Felder und durch die Wälder zu zerren. Und plötzlich war alles ganz anders und sie hat sehr geschwächelt. Gestern haben sie alle bedrückte Gesichter gemacht, aber

heute war die Stimmung etwas besser. Frauchen hat gemeint, vielleicht hat sich die Ärztin auch getäuscht, noch besteht ja nur der Verdacht der Erkrankung, die eigentliche Suche geht ja erst nächste Woche weiter. Nun ist ja Montag auch noch Feiertag und am Dienstag wird bestimmt nicht auf die Schnelle ein Termin frei sein. Wir werden sehen.....

Auf jeden Fall werde ich mein Frauchen etwas schonen und dafür mehr das Herrchen stressen.

Was ist denn bitte ein Hundespielplatz, so was habe ich noch nie gehört????

Meine Freundin Gina ist auch ganz verrückt auf Wasser. Wenn die so was sieht, hopst sie immer gleich rein. Igitt, damit will ich überhaupt nichts zu tun haben. Wenn es richtig heiß ist, die Füße abkühlen, das ist ja noch okay, aber schwimmen???? Wir sind doch Hunde und keine Fische!!!!

In diesem Sinne grüße ich Euch alle

Achim

Nach Wochen und bangem Warten kam dann endlich mal ein Lebenszeichen vom Bruno und was da kam, passte in die allgemeine Situation und ich muss mich schon fragen, ob wir uns nicht gegenseitig angesteckt haben!?

Hallo Willi mein Freund,

ja - wir leben noch, grade noch! Irgendwie haben wir grad das, was das Fraule "die Pechsträhne" nennt. Weiß auch nich so genau, was das ist, aber es muss mit dem zu tun haben, was uns in der letzten Zeit so alles passiert is. Angefangen hat alles vor ein paar Wochen....

Ein ganz normaler Morgenspaziergang, aber ich sach´s Dir, überall auf unserm Spazierweg hat alles so gut gerochen - nach Hündin!!! Also, ich hab´ mich so aufgeregt, hab´ direkt gesabbert, und hab´ die Spur ganz - ganz - ganz genau verfolgt. Tano immer hintan, aber ich glaub´ das Dummerle hat nich so genau gewusst, um was es überhaupt geht. Ich schon, und die Strecke, die Fraule mit uns gelaufen ist, bin ich bestimmt 20 mal gelaufen, hin und her - vor und zurück und immer das Schnäuzle am Boden. Ha noi, den Heimweg hab´ ich dann doch fast nicht mehr geschafft - so fertig war ich. Hab´ dann zuhause auch nix gefressen und hab mich gleich hingelegt.

Tja - und wie ich aufstehen will, heilig´s Blechle - geht´s nicht. Mein Hinterlauf hat mir so weh getan, ich konnt´ gar nicht mehr auftreten. Und am nächsten Tag auch nicht, also is Fraule mit mir abends zur Tierärztin. Die hat vielleicht an meinem Beinle rum gezogen - ich kann Dir sagen. Ich musste die doch tatsächlich anknurren, damit sie aufhört, die is ja eigentlich sehr nett und ich hab´ mich dann hinterher auch ganz gekonnt wieder eingeschleimt, aber helfen konnte die mir auch nicht so richtig. "Überanstrengt" hat sie gesagt und ich hab´ Tabletten nehmen müssen, trotzdem hat das noch die ganze Woche so richtig weh getan - und mit Spaziergang war gar nix!!!

Dann ging der kleine Kasten nich wo Fraule immer ihre Briefe schreibt. Die hat vielleicht geschimpft, hat immer was gemurmelt von "ich muss doch das Auto verkaufen" - "ich muss doch den Roller verkaufen" - ich muss doch, ich muss doch, ich muss doch.... Schon komisch gelle, die Zweibeiner "müssen" soooo viel mit diesem Kasten machen! Na ja - solang sie uns Vierbeiner nich verkauft .... soll sie halt.

Aber kaum hat der Kasten wieder funktioniert is mein Fraule krank geworden .... so richtig krank! Die hat alles wieder rausgespuckt was sie gegessen hat. Nix is drinnen geblieben und mit einmal lag sie auf dem Boden und hat sich nich mehr gerührt. Tano und ich haben Angst gekriegt und irgendwann hat sie sich wieder aufgerappelt und in den Knochen geredet. Dann kam ein ganz fremder Mann und hat am Fraule rum getatscht - ich hab´ den gleich amale angeknurrt, was glaubt denn der überhaupt?!? Und die Krone von der Geschichte - der wollte Fraule doch tatsächlich wegschicken, in so ein Krankenhaus. Na das geht ja nun mal gar nicht, wie soll ich mich denn da um sie kümmern!!! Fraule hat, Gott sei Dank, gesagt, dass sie da nich hingeht, und jetzt hab ich sie natürlich wieder gesund gepflegt!!!

Na ja, wenigstens is der Hausgang fertig geworden - da kommen natürlich auch Bilder von uns hin. Und - Fraule hat zum Geburtstag einen Hund geschenkt bekommen! Ja, ja - Du hast schon richtig verstanden - ein Hund! Der sitzt den ganzen lieben langen Tag auf der Anrichte und Tano und ich dürfen nich dran. Fraule sagt, der beißt, weil kleine Nadeln drinnen sind .... irgendwann, wenn sie nich da is, werd´ ich das mal testen ... oder lieber doch nich? Er guckt schon recht frech von da oben runter!

Also mein lieber Willi, das is jetzt wirklich ein sehr langer Brief, ich hoff` Du bist mir nich böse, weil ich mich so lang nicht gemeldet hab´. Aber Du siehst ja, ich muss mich hier wirklich um alles kümmern! Ich hoff´, dass es Dir und Deiner Freundin Kayen gut geht, ich schick´ ihr und Deinen Zweibeinern viele Nasenstüber!!!

Ganz liebe Grüße
Dein Freund Bruno

Es gibt Menschen, die ziehen das Pech magisch an und dazu gehören anscheinend auch Bruno und seine Familie. Umso bewundernswerter, wie man dann alles irgendwie in die Reihe kriegt. Brunos Frauchen ist da nicht zu beneiden und immer wieder schafft sie es und nimmt sich, trotz der vielen Arbeit und der traurigen Schicksalsschläge noch die Zeit, uns zu antworten. Oft dauert es eine ganze Zeit und dann beschleicht einen ein ungutes Gefühl. Willi ist da manches mal recht ungeduldig und meint es aber im Grunde genommen nur gut, denn sein siebter Sinn ist uns da natürlich schon wieder weit voraus.

Hurra Bruno, mein Bester!

Hast´ g´hört, wie´s g´scheppert hat? Das war das ganze Bergwerk, das mir von der Seele gerollt ist, als ich endlich wieder was von Dir gehört habe. Und dann so ein Zeug! Zuerst mal - was machen denn Deine Haxen? Kann von solchen Sachen ja auch ein Lied singen. Schlimm nur, wenn dann auch noch Fraule schlapp macht! Aber sag´mal, was war das denn bei ihr? Da habt Ihr wahrscheinlich einen Höllenschreck bekommen. Es scheint ja so, als sei alles nochmal gut ab gegangen. Würde aber trotzdem gern wissen, wie sie dazu gekommen ist. Habt Ihr sie so gestresst, oder waren das andere?
Da muss ich aber schon mal ganz gehörig meckern! Auch wenn der Kasten kaputt ist, ist doch der Klingelknochen noch da. Ich dachte doch tatsächlich, der Bruno will nix mehr mit mir zu tun haben und ich falle ihm nur auf die Nerven. Dann hab´

ich mich auch nicht mehr getraut, mich zu rühren. Na, und dann kommen solche Hiobsbotschaften. Also, weißt Du, Du, Du Kaukase Du!

Nun freu´ ich mich einfach nur, dass Ihr anscheinend die Pechsträhne überwunden habt und wenn wieder mal so was ist, dann bin ich doch immer mit Rat und Tat zur Seite. Das sollst Du einfach wissen, dazu sind Freunde doch da!
Aber anscheinend ist das eine ansteckende Krankheit, denn Achims Frauchen ist auch ganz schlecht drauf und meins ist ebenfalls gerade erst auf dem Weg der Besserung. Die halten doch alle nix mehr aus. Gut, dass wir noch da sind, deshalb kann ich mir auch nicht vorstellen, dass Ihr „verkaufs-gefährdet" seid. Oder soll ich mal ein Gebot abgeben!?

Bei mir ist soweit alles in Butter. Dieser aufgedrehte Minifeger hält mich ganz schön auf Trab. Die hat vielleicht eine Energie, davon kann unsereins nur träumen. Wenn wir Gassi gehen und Frauchen sie ableint, geht sie ab, wie eine Rakete und dann kannst Du mal erleben, was das für ein Powerpaket ist. Und ausschauen tut die, wie eingeölt, so ein supertolles Fell! Naja, die bekommt ja auch Willis Futter, nur Flocken verträgt sie schlecht, da kocht halt Frauchen jetzt immer was. Das ist Klasse, da fällt für mich natürlich auch was ab und das schmeckt viel besser, als der andere Fraß. Und seit neuestem gibt's anderes Trockenfutter. Kommt aus Italien und da ist der Hirsch drin. Komisch nur, dass ich den noch nicht gefunden habe. Ich schnüffel und suche, aber keine Ahnung, wo der sich versteckt hält!

So, Herrchen hat gerade den Garten wieder einigermaßen in

Ordnung gebracht, da waren wir nämlich mal wieder tätig. Und seit kurzem gibt's da ganz schön Zoff, wenn wir graben. Die gönnen einem auch nicht den kleinsten Spaß. Seitdem ist indoor angesagt, wenn wir nicht funktionieren.
Also setze ich jetzt wieder meinen Dackelblick auf und warte, bis keiner aufpasst.

Irgendwie war die letzten Tage dauernd Action in Form von Besuch, heute sind die Unruhestifter wieder abgehauen und es kehrt richtig Ruhe ein. Wenn da so fremde Leute hier rum schleichen, müssen wir doch auch zeigen, was wir so drauf haben. Das haben wir jetzt auch ausgiebig demonstriert, aber seit heute Mittag ist endlich alles wieder normal und ich konnte schon mal ein gepflegtes Schläfchen halten. Und jetzt hab´ ich Hunger!

Nochmal, mein Freund, ich bin einfach nur happy, dass es Dich noch gibt und warte ab und zu mal gespannt auf ein Lebenszeichen von Euch.

Dein alter Spezi Willi mit Überfeger Kayen

Hallo Achim,

nachdem ich weiß, dass Du schon wieder in Einzelhaft sitzt, weil eine Deiner Damen sooo gut riecht, muss ich Dir schnell eine kleine Geschichte erzählen.
Meine neue, kleine Freundin (die hat doch meiner Bella tatsächlich schon den Rang abgelaufen) bemüht sich ja heftigst, mir zu gefallen und wir können´s auch besonders gut miteinander. Deshalb schicke ich Dir auch mal ein Foto, auf dem Du erkennen kannst, wie anhänglich sie ist. Aber gestern war sie dann mit Herrchen beim Joggen und als die beiden heim kamen, hat Herrchen ganz schön Terror gemacht. Ich hab´ sofort gerochen, was da abging. Die Kleene hat da ein spitzenmäßiges Parfüm gefunden, echt eins von der ganz besonderen Sorte, sicher aus einer speziellen Parfümerie und auch sehr teuer! Und gespart hat sie auch nicht damit. Das Dumme daran war nur, dass Herrchen und auch Frauchen das gar nicht so dufte fanden. Also wurde mit Seife und allem möglichen Zeug auf der armen Kayen rum gerieben. Das konnte die gar nicht verstehen und hat sich auch heftig gewehrt. Geholfen hat´s auch nix, denn die Duftmarke war einfach zu krass. Ich muss schon sagen, mir hat´s getaugt, vor allem fand ich das klasse, dass sie sich einzig für mich so eingenebelt hat. Der langen Rede kurzer Sinn, die Kayen musste in die Badewanne und wurde richtig gewaschen. Schon wieder so eine Gemeinheit! Danach hat sie zwar nicht mehr so gut gerochen, sah aber aus, wie neu. Dafür sah das Bad dann nicht mehr so gut aus, die hat ganz schön gezappelt. Zum Glück haben die das mit mir noch nicht probiert, denen würde ich was erzählen! Aber ich glaube, auf die Idee kämen die schon gar nicht, ich passe da doch gar nicht rein.

Momentan ist Herrchen stinksauer auf uns. Wir haben doch zur Zeit so viel ungebremste Energie und da graben wir halt ein bisschen mehr im Garten, das machen die Menschen doch auch andauernd. Nur wenn wir graben, bekommen wir geschimpft und immer was nach geschmissen, das soll jetzt wieder einer verstehen. Und nun passen die dauernd auf und manchmal dürfen wir dann nur noch getrennt nach draußen. Herrchen meinte neulich, er müsse jetzt andere Seiten aufziehen. Hmm.. was immer das werden soll, bin mal gespannt!

Muss Dir auch noch kurz von unserem Freund Bruno erzählen. Der ist auf dem selben Trip, wie Du! Auch hinter so einer duften Biene her und dann konnte er ganz plötzlich nicht mehr auftreten. Der Tierarzt hat aber nix gefunden und gemeint, er hätte sich überanstrengt. Da kann ich ja nur lachen, wenn wir mal hinter einer her sind, können wir das doch leicht verschmerzen, oder was sagst Du? Und sein Frauchen macht auch mit im Reigen der "Unpässlichen". Die ist einfach umgefallen und war für einige Zeit weg und dann wollten sie sie ins Krankenhaus tun, aber Bruno hat sich vehement gewehrt, weil er doch dort sein Fraule nicht betreuen konnte. Ich kann nur feststellen, da ist doch überall gleichermaßen der Wurm drin.

Nun hoffe ich, dass bei Euch bald alles wieder seinen gewohnten Gang geht und Du wieder unter deinesgleichen weilen darfst.
Lass´ mal alle schön grüßen und vor allem den Damen meine Verehrung

Dein Freund Willi

Hallo Achim,

muss Dir ganz schnell was erzählen, wenn es mir auch nicht ganz leicht fällt.
War heute wieder mit Kayen in der Hundestunde, das "spiel" lass ich jetzt mal weg, denn ich war so gestresst, das hatte mit Spiel nix zu tun. Die anderen haben sich alle köstlich amüsiert, aber für mich war das der reinste Horror. Da kam doch so einer und wollte sich mit mir anlegen, habe ihn auch ein bisschen angeknurrt, aber wirklich nur ein ganz kleines bisschen! Und da hat doch tatsächlich irgend so ein Blödmann mit einer Wasserspritze auf uns los gespritzt. Da bin i aber "belzig" wor´n, wenn´sd mi verstehtst!" So was kann man doch nicht machen!" Das allerschlimmste aber, und das kann ich nur Dir erzählen, weil Du ja mein Freund bist, war, ich hab´ mir fast in die Hos´n gemacht, wenn ich denn eine angehabt hätte. Da ging mir ganz schön die Düse! Ich hab´ mich dann etwas abseits am Rand entlang geschlichen und furchtbar gezittert, blöd schon, aber ich konnte doch nix dagegen tun, war eben so! Herrchen hat mich dann immer ein bisschen gestreichelt und gut zugeredet, aber das Ganze fand ich gar nicht gut. Kayen fand das alles ganz toll, sie hat dort schon so allerlei Kumpels gefunden, die mit ihr durch die Gegend rennen, aber für unsereins ist das eher nix. Herrchen hat auch gemeint, da muss ich nicht unbedingt immer hin und das finde ich auch sehr vernünftig!

Und irgendwas ist da schon wieder im Busch. Morgen, so habe ich mitbekommen, müssen wir "probepensionieren"! Wenn ich das richtig verstanden habe, ist es aber nur für eine Nacht! Werde mein möglichstes tun, damit das nicht zum

Dauerzustand wird, das kann ich Dir garantieren! Mal sehen, was klein Kayenchen dazu sagt! Wir sind also bis Dienstag Abend außer Haus. Hoffentlich hat die ganze Aktion auch einen Erfolg, würde es Frauchen ja gönnen, bin aber schon sehr skeptisch. Sie hat mich heute schon fein gemacht mit dem Spezialkamm, Mensch, das ist toll, da könnte sie stundenlang auf mir rum schrubben.
So, das war jetzt eine Beichte, nicht so ganz nach meinem Geschmack. Aber ich denke, Du kannst das schon verstehen und deshalb bin ich ja auch so froh, dass ich jemanden habe, bei dem ich mal solche unangenehmen Sachen abladen kann. Ich melde mich, sobald wir wieder zuhause sind und berichte mal von unserer Abwesenheit und von dem, was wir alles anstellen konnten!

Sei gegrüßt, mein Freund

Dein treuer Spezi Willi

Hallo Willi,

Du musst entschuldigen, dass ich Dir noch nicht geantwortet habe, aber ich bin im Moment auch völlig durch den Wind. Meine Tante Mascha ist mal wieder in der Phase, in der sie so köstlich riecht (läufig sagen meine Menschen dazu?) und das geht mir so ans Gemüt, dass mir nicht mal mehr das Essen schmeckt. Ich muss mich förmlich dazu zwingen, dass ich ein paar Häppchen fressen kann. Mein Frauchen ist schon ganz verstört!
Ich kann Dich aber trotzdem gut verstehen. Dieses Wasserspritzen bereitet mir auch großes Unbehagen, wenn Frauchen an den Schlauch geht, renne ich ganz schnell weg. Eklig, sage ich nur....
Da würde ich an Deiner Stelle nicht mehr hingehen, doofe Scherze, die sie dort machen. Aber wehe, wenn Gefahr droht, dann kommen sie angerannt und sagen, Achim, Willi schaut mal.... Dann können sie aber grad selber mal schauen!!!
So, bin ganz fertig und muss mich schon wieder ausruhen. Es stresst mich alles so im Moment.
Grüße, alter Kumpel, halt die Ohren steif

Achim

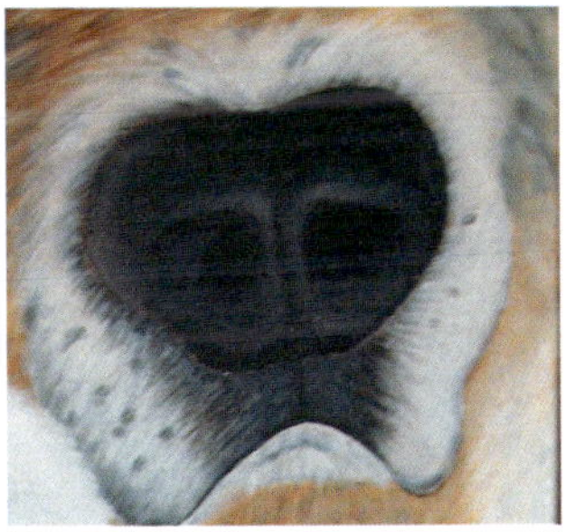

Nun ist schon wieder so eine lange Zeit vergangen, ohne dass von Bruno ein Lebenszeichen kam und irgendwie hatten wir ein ganz ungutes Gefühl. Und das hat dann auch nicht getäuscht. Bruno geht es sehr schlecht! Er hat seit Geburt eine Fehlstellung eines Hinterbeines und die Ärzte, die ihn als Welpen betreut hatten, hatten ihm nur eine Lebenserwartung von drei Jahren eingeräumt.

Nun ist er fünf ein halb Jahre alt und plötzlich versagt das ganze Gestell seinen Dienst. Er kann gar nicht mehr auftreten, mag nicht mal mehr in den Garten gehen und fressen mag er auch nicht mehr. Das klingt höchst beunruhigend und Brunos Frauchen ist fix und fertig. Er bekommt natürlich auch schon lange Medikamente und irgendwann hat sich sogar ein Hund daran gewöhnt und es hilft dann nicht mehr wirklich. Nun wurde Bruno von einem Spezialisten zum anderen geschickt und es gab auch einige Maßnahmen. Wie sinnvoll, das muss Brunos Frauchen für sich und für ihren Hund entscheiden. Wir wollen da nicht in ihrer Haut stecken und sie tun uns beide von Herzen leid.

Mein armer Bruno!

nach hause Mein lieber Schwan, ich hoffe von ganzem Herzen, dass Du noch lange durchhältst! Aber so richtig toll klingt das wirklich nicht. Wenn Du nicht mal mehr Gassi gehen magst, muss schon mehr dahinter stecken. Ich bin ja auch nicht gerade gut zu Fuß, aber das, was Du da ja schon Dein ganzes Leben mit Dir rum schleppst, ist nicht von Pappe. Ich bin ganz

sicher, dass Du jede erdenkliche Hilfe annehmen würdest, aber ich kann aus Erfahrung sagen, dass das mit den vielen diversen Mittelchen eine echte Plage ist. Was für unsere Haxen gut wäre, mögen unsere Innereien nicht. Es ist ein echtes Kreuz. Und wie Dein Fraule berichtet, helfen die Sachen auch gar nicht mehr so richtig. Ach, mein armer Freund, ich würde Dir ja so gerne helfen, wenn ich wüsste, wie!!!?
Nun lass´ Dich erst nochmal von Deiner Docteuse anschauen, vielleicht gibt es ja doch noch etwas, das Dir ein wenig Erleichterung verschafft.
Meine kleine neue Freundin ist auch gerade beim TA. Sie wird kastriert. Glaube, das habe ich auch schon hinter mir, was immer das ist! Hoffentlich kommt sie bald wieder, habe heute morgen schon mit ihr zusammen gefastet. Und jetzt schmeckt mir auch nix, wenn einem keiner sagt, was los ist.
Mein lieber Freund, ich hoffe ganz fest, dass Du mir sofort Bescheid gibst, wenn sich bei Dir irgend etwas Neues ergibt. Und ich hoffe noch viel fester, dass es Dir bald wieder besser geht. Die kalte Jahreszeit tut natürlich auch noch ihr Übriges dazu, dass wir unsere Knochen besser spüren. Vielleicht suchst Du deshalb auch lieber die warme Stube auf! Ich würde Dir ja anbieten, Dich ein bisschen zu mir zu kuscheln, ich bin hervorragend geeignet zum Aufwärmen, das sagen zumindest meine Leute immer. Aber Du bist ja sooo weit weg!
Bitte, bitte, rühr´ Dich bald und lass´ mich wissen, wie´s Dir geht.

In Sorge Dein Willi

Endlich kam dann auch ein ganz kleiner Hoffnungsschimmer vom Bruno. Es wurde ein neues Medikament gefunden, das ihm wenigstens vorübergehend etwas die Schmerzen nahm und es wäre auch eine Operation möglich, über deren Sinn man sich allerdings erst im Klaren werden muss. Einem Hund von diesem Gewicht, in diesem Alter und mit dieser Schädigung sollte man nicht alles zumuten, was die Medizin ermöglicht. Noch dazu kämen ungeheure Kosten auf Brunos Frauchen zu. Eine weitere Option wäre eine Amputation des Beines, die sie aber von vorne herein ablehnt. Wir sind tief traurig und hoffen, dass Bruno mit den Tabletten noch ein Weilchen bei seinem Frauchen sein kann.

Auch wir werden noch so einiges erleben mit unseren beiden Stilblüten, das sehe ich schon kommen. Kayen ist ein junger Hund und es wäre nicht normal, käme sie nicht auch in das Flegelalter. Darüber hinaus haben wir beide, mein Mann und ich, festgestellt, dass sie sich schon ein wenig verändert hat. Ich könnte jetzt nicht unbedingt sagen, zum Guten. Sie lässt sich absolut nicht heran rufen. Egal wo wir sind und wo wir hingehen wollen, Kayen „komm her“ oder „hier“ ist nach wie vor ein Fremdwort. Wir haben´s auch schon in griechisch probiert! Sogar das Klappern des Halsbandes vor dem Gassi gehen hält sie nicht zurück und sie düst erst mal die Treppe hoch und nur weg. Draußen, wenn ich sie von der Leine lasse, habe ich immer ein zwiespältiges Gefühl. Zum einen ist es herrlich anzuschauen, mit welch einer Freude und Lebenslust sie über die Felder fegt, sich fast überschlägt, den Willi auffordert, doch mit zu rennen und ihre ganze Energie und Power raus lässt. Zum anderen weiß ich, dass ich mir jetzt die Lunge aus dem Hals schreien könnte, sie würde auf Befehl nicht kommen. Und mein Dicker steht dabei und denkt sich seinen Teil: Prima, Mädchen, hab´ ich Dir schon richtig gut beigebracht! Eine Leine ist für sie ein Greuel und so benimmt sie sich auch daran. Als erstes bekam sie ein schönes buntes Halsband. So schnell konnte ich gar nicht schauen, wie sie aus dem Halsband heraus geschlüpft ist und ich stand mit Leine und dem Schmuckstück alleine da. Danach kam der Julius-K-9. Ein ganz neues Geschirr nach der allerneuesten Mode mit Leuchtaufkleber drauf, damit sie auch nachts gesehen werden kann. Also, wenn kein Halsband, dann eben ein Geschirr - aber nicht mit dem „Wuselfeger" Kayen. Ein Schritt vor und zwei zurück, ein schneller Dreh, fast schon ein Purzelbaum und das Geschirr baumelt an der Leine und Kayenchen ist frei. Besonders schlimm führt sie sich abends auf, wenn wir noch eine Runde um den Block drehen. Als wenn sie einen Wettlauf gewinnen wollte, so schießt sie aus dem Gartentor und kommt erst wieder in normale Gangart, wenn wir fast wieder zuhause sind – und Frauchen hinten dran. Die üblichen Erziehungsmaßnahmen, wie etwa ein Leinenruck, die Richtung ändern etc. haben bis jetzt keinerlei Wirkung gezeigt. Da fiel mir ein, dass irgendwo noch ein Halsband von einem der verflossenen Hunde sein müsste, das sich teilweise zusammenzieht. Ich war noch nie ein Freund dieser Halsbänder, aber auch zu ihrer eigenen Sicherheit müssen wir zu solchen Methoden greifen. Ich bin schon ein wenig ratlos im Moment. Zum einen glaube ich, dass sie als halbwilder Hund geboren wurde und eben auch die entsprechenden Gene besitzt. Zum anderen kann sie selbst bei den besten Voraussetzungen nur das lernen, was Willi ihr vormacht. Und das kann ja noch lustig werden! Eine leise Hoffnung habe ich, dass die bevorstehende Kastration ein wenig auf ihr überschäumendes Temperament einwirkt.

Kurze Zeit später war es dann soweit, Kayen kam unters Messer. Die übliche Prozedur, morgens nüchtern zum Tierarzt, mittags kann man dann einen narkosemüden, verpflasterten Hund abholen, bekommt einen Plastikkragen in die Hand gedrückt, damit der Hund ja nicht an der frischen Narbe schleckt und muss sehen, wie man die folgenden zwei Wochen rum kriegt, bis die Fäden wieder gezogen werden. Als wir mit Kayen nach hause kamen war sie zwar noch ein wenig von der Rolle, aber von wegen - müde. Bei ihr wirkte sich die Narkose schon ganz anders aus, als bei allen anderen zuvor. Sie war unruhig, warf sich in Willis Körbchen, dann in ihres, dann unter den Tisch und vor die Türe und das im 2-Minuten-Takt. Gegen Abend wurde es mir schon ganz unheimlich, denn sie setzte ihre Runden unbeirrt fort. Erst später, als wir dann zu Bett gingen wurde sie ruhiger und schlief schließlich ein und fest die ganze Nacht. Jeder verarbeitet halt seine Narkose anders. Dafür war dann der nächste Tag ein absoluter Ruhetag. Aber die Ruhe täuschte, denn kaum waren ihre Lebensgeister wieder gekehrt, war Kayen wieder die Alte. Sie fegte durch den Garten, spielte mit Willi, forderte ihn zum Mitmachen auf und keiner konnte glauben, dass sie vor zwei Tagen eine Totaloperation hinter sich gebracht hatte. Allerdings musste ich mir doch einen Schutz ausdenken für ihre Narbe, denn den Kunststoffhut hat bisher noch keiner tragen müssen. So kramte ich einen alten Body aus, nahm Maß und schon hatte Kayen einen flotten Schlafanzug an.

Hallo Bruno,

menno bin ich froh, dass es Dir wieder etwas besser geht! Und zur allgemeinen Erheiterung hänge ich Dir ein Foto an mit dem Titel: "Bilderrätsel"! Das war einmal Kayens Body zum Schutz ihrer Narbe.

Anfangs hat sie das Ding auch ganz stolz getragen, weil jeder gesagt hat, sie sähe chic aus. Aber ich glaube, jetzt reicht´s ihr langsam. Gestern waren wir dann im Garten und da habe ich nicht schlecht gestaunt, wie die sich ratz- fatz an der Hecke entlang dieses komischen Dingens entledigt hat. Das *war bühnenreif, denn sie ist da raus, ohne es aufzumachen. Dabei hat Frauchen das auf Maß gearbeitet! Nun hing das Teil in der Hecke und als Kayen dann ohne rum lief, kamen sofort die Aufpasser und schon hatte sie ihren Body wieder an. Aber Kayenchen wäre nicht Willis Schülerin, würde sie sich davon beeindrucken lassen. Nachdem die Luft wieder rein war, hat sie das Experiment wiederholt, nur diesmal haben wir dann gemeinsame Sache gemacht und wenn Willi was macht, dann richtig! Also, haben wir den Anzug nicht in der Hecke hängen lassen, sondern haben ihn ganz einfach kurz und klein gemacht. Dafür sind wir dann natürlich sehr gelobt worden, das kannst Du Dir vorstellen und nachdem sich das alles gestern Abend abgespielt hat, hatte Frauchen auch keine Möglichkeit, das Ding schnell zu ersetzen. Sie war nicht ganz so erheitert, wie wir, musste schließlich aber doch auch lachen und sollte es Dir nun ein Grinsen entlocken, hat es seinen Zweck schon erfüllt!*

Bis bald, mein Lieber, will Dich im Moment nicht überstrapazieren. Wünsche Dir von ganzem Herzen alles Gute und baldige Besserung und hoffentlich weniger Schmerzen

Dein treuer Freund
Willi

Kaum hatte Kayen die OP überstanden, bemerkten wir bei Willi eine seltsame Veränderung. Ob und inwiefern das mit der Kastration zu tun haben könnte, haben wir bis heute nicht zu klären vermocht. Später wurden wir belehrt, dass es einfach einen zeitlichen Zusammenhang haben könnte. Vielleicht war es auch einfach nur eine Reaktion auf Kayens Verhalten. Sie wird nämlich zusehends dominanter und versucht, sich Willi gegenüber zu behaupten. Kleinigkeiten nur, aber in der Hundesprache deutlich erkennbare Anzeichen. Eigentlich ist es nur normal, dass eine Hündin die Rudel-Vormachtstellung beansprucht, aber für Willi ist das überhaupt nicht normal und nachdem er ja zum einen ein Kavalier und zum anderen ein gutmütiger Tropf ist, hatte er den Versuchen von Kayen nicht viel entgegen zu setzen. Dazu kam, dass Willi von seiner Veranlagung her eher ein Lagerhund und Kayen permanent auf Suche nach Action ist. So lässt sie ihm kaum mal Ruhe und versucht dauernd mit ihm zu spielen und zu raufen. Und irgendwie muss Hund ja seinem Unmut dann Luft machen. Statt sich einmal richtig mit Kayen anzulegen, versucht Willi auf ganz andere Weise zu protestieren. Immer, wenn wir das Haus verlassen, finden wir bei unserer Rückkehr wieder Pfützen und sogar Häufen vor, die er uns aus Protest überall hin platziert, mit Vorliebe aber auf den Teppich. Seine ganze Körpersprache deutet auf einen total unglücklichen, gestressten Hund hin. Die einzige Abwehr, wenn Kayen es mal wieder übertreibt, ist ein zögerliches Hochziehen der Lefzen und ein leiser, eher schüchterner Brummton. Davon lässt sich aber so ein Feger, wie Kayen nicht groß beeindrucken. Wir standen mal wieder vor einem Rätsel, was die Eigenarten unserer Hunde betraf. Die Auswirkungen dieser Eigenarten musste ich aber ständig mit dem Putzeimer beseitigen und das geht einem dann gehörig auf die Nerven.

Alle gut gemeinten Ratschläge und angewandten Methoden, die wir ausprobierten, führten zu keiner Lösung. Willi wollte seine Ruhe haben und Kayen wollte Spaß und wir sollten das nun unter einen Hut kriegen. Das Schlimmste aber war für uns, dass wir ja nun die selbe Situation hatten, wie vor Kayens Einzug. Ich musste die beiden zeitweise räumlich trennen, was auch nicht unbedingt der Sinn eines Zweithundes sein kann. Ich war ratlos und deprimiert, denn es zeichnete sich ab, dass das auf Dauer keine Lösung ist.

Kayen ist inzwischen ein ganz liebenswerter kleiner Hund geworden. Mit jedem Tag wird ihre Ängstlichkeit und Unsicherheit besser. Sie hat sich bei uns richtig gut eingewöhnt und zu uns Zutrauen gefasst. Sie wird sogar richtig verschmust und rollt sich, zum Zeichen ihres Wohlgefühls, auf dem Rücken herum und lässt sich mit Freude am Bauch kraulen. In Willis Nähe ist dann aber alles, was wir ihr bisher beigebracht haben und was sie auch beherrscht, wie weg geblasen. Wenn einer von uns alleine mit ihr unterwegs ist, folgt sie auf´s Wort und es macht ihr Spaß, zu arbeiten. Ansonsten führt sie sich chaotisch auf. Irgendwie werde ich das Gefühl nicht los, dass wir ihnen und uns keinen Gefallen tun, diese beiden Hunde auf Dauer zusammen zu halten.

Nur, was nun tun? Wir haben zuerst mal eine Krisensitzung einberufen. Dass wir das „Korpus delikti", nämlich Willi nicht weggeben können, darüber besteht kein Zweifel. Dieser Hund, mit seinen Eigenarten und seinen gesundheitlichen Problemen würde zweifellos irgendwann im Tierheim landen und dort langsam eingehen. Ganz zu schweigen von der Bindung, die im Besonderen zwischen ihm und meinem Mann besteht, ist dieses Thema schon durch. Also, muss Kayen zurück! Allein der Gedanke macht mich ganz krank. Dieser Hund wäre genau das, was wir uns schon immer vorgestellt hatten. Sie ist gescheit, gut erziehbar, lieb und verschmust und vor allem, sie strotzt vor Gesundheit. Einfach ein Traumhund und den sollen wir jetzt zurück geben? Wenn ich sehe, wie wohl sie sich hier fühlt und dann daran denke, dass für sie alles wieder von vorne anfängt, bin ich den Tränen nahe.

Vielleicht bekäme sie ja einen tollen Platz und würde sich da noch besser fühlen? Vielleicht sind wir einfach zu egoistisch? Also, einen Versuch ist es ja wert! Schweren Herzens habe ich die Dame von der Organisation, von der Kayen vermittelt wurde, angerufen und das Problem geschildert. Nach mehreren vergeblichen Versuchen, sie zuerst vorübergehend unterzubringen, stellten wir sie wieder ins Vermittlungsportal ein. Bereits der erste Anruf hörte sich sehr vielversprechend an und ich hätte mich schon fast bereit erklärt, Kayen ins Schwabenland abzugeben. Als ich dann eine Mail bekam, dass die Vermittlung nicht zustanden kommen würde, war ich richtig erleichtert. Als nächstes bemühte sich unsere Tierschutzorganisation, uns zu helfen und auch da tat sich eine Möglichkeit auf. Doch auch das sollte nichts werden und auch jetzt schaute mich Kayen an, als wollte sie sagen, dieser Kelch ist nochmal an uns vorüber gegangen.

Mission impossible

Lieber Bruno, Du Ärmster,

was war ich so froh, dass es Dir endlich wieder besser ging - und jetzt!?
Du musst Dich schon gescheit plagen, das hat mir Dein armes Fraule geschrieben und oft geht ja jetzt gar nichts mehr mit Deinem Bein. Ich weiß überhaupt nicht, was ich dazu sagen

soll, aber ich bin schon recht froh, dass sich Dein Fraule entschieden hat, Dich nicht mehr den Strapazen einer Operation zu unterziehen. Ich hoffe nur, dass Du mit den Tabletten noch eine Weile schmerzfrei überstehen kannst. Es ist schon ein Kampf mit unseren lädierten Knochen. Ich versuche ja auch dauernd meinen Menschen meinen Zustand zu übermitteln, aber irgendwie kapieren die das nicht. Bei mir sieht es ja nicht so gravierend aus und ich kann auch noch einigermaßen so laufen, dass es nicht jedem gleich auffällt, dass da was faul ist. Aber bei Dir ist es ja nun so weit fortgeschritten, dass es nicht mehr zu übersehen ist. Dir ist das sicher sowas von wurscht, Hauptsache, die Schmerzen wären weg. Ach, mein Freund, ich bin so traurig, weil ich Dir nicht helfen kann.
Dagegen sind ja meine momentanen Problemchen richtig mickrig! Und trotzdem ist bei mir gerade Stimmungstief angesagt. Ich weiß nicht, was mich zur Zeit für ein Teufel reitet, aber mir geht es wirklich nicht gut und ich kann noch nicht mal sagen, warum. Naja, die Kleine nervt schon gescheit, aber dass einem das so zusetzt, habe ich nicht für möglich gehalten. Bin ja eher ein Gemütshund und deshalb kann ich mich nicht so richtig durchsetzen, das muss ich schon zugeben. Ich finde es aber auch sooo gemein, dass meine Regierung nicht mal eingreift. Frauchen sagt immer, das muss der Willi alleine regeln, so ein Blödsinn, immer ich! So und deshalb mache ich jetzt ein bisschen auf Protest. Habe schon ganz schön geschimpft bekommen, weil ich halt in mein altes Muster zurück gefunden habe. Rein machen wirkt immer! Weiß ich aus Erfahrung. Frage nicht, wie die sich dann um mich bemüht haben. Vielleicht fühlt sich der Willi zurück gesetzt, vielleicht hat der Willi auch was? Das war natürlich nicht so

toll, da haben die mich doch tatsächlich zum Tierarzt geschleift und der hat mir von meinem kostbaren roten Saft was abgezapft. Da kam gar nix raus dabei, bin innerlich ganz gesund, dafür habe ich jetzt an meinem Vorderhaxen eine kahle Stelle, da sehe ich jetzt so angekratzt aus! Und weil ich meine Beleidigungsmiene immer noch nicht abgelegt habe, haben die jetzt beratschlagt, was sie tun könnten. Ich habe mitgekriegt, dass sie sich mit Kayens Pflegemama in Verbindung gesetzt haben. Da bin ich ja mal gespannt, was das wird!
Also, Du siehst schon, auch bei mir ist nicht alles so, wie ich mir das gerne wünschen würde. Aber gegenüber Deinen Sorgen sind das einfach nur peenuts. Du hast aber zumindest ein Fraule, das sich rührend um Dich kümmert, da kannst Du schon mal ganz froh sein. Ich denke ganz fest an Dich und wünsche Dir schmerzfreie und erträgliche Tage und würde mich riesig freuen, bald wieder was von Dir zu hören. Halte mich auf dem Laufenden, ich bin in Gedanken immer bei Dir und schicke Dir ganz viel gute Energie.
Grüß´ Dein Fraule und stups den Tano von
Deinem treuen Freund
Willi

Hallo mein lieber Willi,

ganz herzlichen Dank für Deinen lieben Brief, aber musst Dir nich allzu große Sorgen machen - ich kann zwar jetzt keine Gewaltmärsche machen, aber ich bin viel draußen im Gartele, schleif´ meine Bälle von

einem Eck ins andere - ärger´ den Tano ein bissle - reiß´ mir ein Steckele vom Fliederbusch und natürlich brauch ich viel Zeit zum Aufpassen!!!
Fraule hat heut Mittag ein paar Bildle gemacht, da hab ich mich so wohl gefühlt und bin durch den halben Garten gekugelt wie `ne kleine Tonne ! Ein bissle muss ich noch humpeln und da komm ich im Rollen schneller vorwärts!

Aber sag´ mal - Dir geht´s ja grad auch nicht so gut, nervt Dich die Kayen ein bissle - gell! Ich kann´s Dir schon nachfühlen, glaub´ mir, ich weiß, wie das is mit den vierbeinigen Weibsen. Ja - ja, ich hab die Lea nich vergessen. Die konnte auch ganz schön zickig sein und hat bei uns drei Buben schon immer das Sagen und die Hosen angehabt. Die hat uns schon so zurecht gebogen, wie sie´s gebraucht hat, da hat man als Kavalier immer die schlechteren Karten. Aber ich hab wenigstens noch den Tano und den Cody als männlichen Beistand gehabt - und Du armer Kerle stehst da ganz alleine da und das kannste mir glauben, nich mal zu dritt sind wir mit dem schwarzen Hexle fertig geworden! Ha noi, jetzt lass´ aber bloß den Kopf nich hängen, Deine Zweibeiner *gucken schon nach Dir und dass es Dir bald wieder gut geht. Vielleicht findet die Kayen ja doch eine tolle Familie, wo sie ein Einzelhund sein kann - mir scheint, das wäre das Beste für Euch alle!*

Fraule hilft mir mit den Bildle schicken, duckt Euch schon mal - das is ein ganzer Packen. Hoffentlich gefallen sie Euch.
Ich drück´ Dir, lieber Freund Willi, derweil ganz feste alle Pfoten, dass sich bei Dir alles wieder einrenkt!
Sei stark und gib der frechen Kayen mal eins auf die Mütze (ich kann von hier aus gut brüllen, hab´s ja bei Lea auch nicht geschafft)!
Mach´s gut und halt die Ohren steif!

Dein Freund Bruno

Ich hatte mich schweren Herzens zu einer Therapie entschlossen und musste dazu für ca. sechs Wochen außer Haus. Und das gerade auch noch um die Weihnachtszeit. Am schwersten fiel mir, meinen Mann mit den beiden alleine zu lassen, aber er konnte mich davon überzeugen, dass meine Gesundheit wichtiger war und er als Hausmann und Hundesitter bereits genügend Erfahrung hatte. So wurden dieses Jahr alle Weihnachtsvorbereitungen vereinfacht, es gab keine selbst gemachten Plätzchen und die Feiertage vergingen auch so im Familienkreis ohne großes Aufhebens. Wenn ich allerdings an den Wochenenden nach hause kam und von meinen beiden Vierbeinern freudig begrüßt wurde, konnte ich mir noch weniger vorstellen, dass es irgend welche Probleme zwischen den beiden geben könnte. Ich war ja im Moment weit vom Schuss und das bestärkte mich wieder, es nochmal mit den beiden zu probieren. Also wurde die Rückgabe-Aktion Kayen wieder abgeblasen.

Guten Morgen Bruno, mein lieber Freund und Prost Neujahr!

So sagen die doch immer, wenn diese komische Krawall-Nacht endlich vorbei ist. Mir ist das alles ziemlich wurscht, ich versteh´ nur nicht, dass einem sowas gefallen kann. Meine Regierung ist auch nicht begeistert von dieser Knallerei und das nicht nur wegen uns. Bin insgesamt heilfroh, dass diese Feiertage wieder mal vorbei sind. Weihnachten war bei uns "full house", und diese Störung der gewohnten Ruhe finde ich gar nicht passend, da reagiere ich gerne mal genervt.

So und nun, mein Lieber, geht das Jahr schon gut los! Und Du sollst es als erster erfahren! Meine Menschen haben sich entschlossen, diesen Unruheherd von Kayen zu behalten, was sagst Du denn dazu!? Die haben gesagt, dass sie so ein lieber Hund wäre und dass sie ein ganz schlechtes Gewissen hätten, wenn sie wieder irgendwo in eine fremde Umgebung müsste, nachdem sie sich bei uns so gut eingewöhnt hätte. Haha, Kunststück! Gut eingewöhnen - wenn nicht hier, wo dann? Du weißt es ja am besten, was das für unsereins bedeutet, wenn so eine Nervensäge dauernd an einem dran ist und man keine Ruhe hat. Aber Frauchen hat mir versprochen, dass sie jetzt dann endlich auch mal durchgreifen wird, damit ich meinen Frieden habe. Sie hat aber auch gesagt, dass sie mir meine Pelzohren lang ziehen wird, wenn ich nicht aufhöre, zu protestieren. Das macht die nie, das würde ja meinem Schönheitsideal schaden, da hab´ ich mal gar keine Bedenken. Aber wahrscheinlich greifen die jetzt doch ein wenig heftiger durch, die haben mir nämlich schon prophezeit, dass wir beide Ende des Monats wieder in diese Hundepension müssen. Ich hätte mir das mit meinem Verhalten selber zuzuschreiben, haben sie gesagt, denn sie seien urlaubsreif! Au backe! Da darf ich noch gar nicht dran denken, da wird mir ganz hundeelend! Gott sei Dank ist´s noch ein Weilchen bis dahin. Und dann ist Frauchen auch noch den ganzen Monat wieder weg und wir müssen mit Herrchen vorlieb nehmen, der nimmt uns immer ganz schön ran! So, und das nennt man nun ein gutes, neues Jahr! Ich werde mal in Betracht ziehen, auszuwandern. Vielleicht hast Du noch ein Plätzchen für einen gefrusteten Willi!?

Nun habe ich Dir aber die ganze Zeit die Ohren voll gejault mit meinen Problemchen, ohne zu fragen, wie es Dir und Deinem Frauchen geht. Sicher seid Ihr auch froh, dass die Hunderuhestörungstage vorbei sind und alles wieder seinen normalen Gang geht. Und was macht Dein Bein, kannst Du ein wenig laufen, oder bist Du noch rollenderweise unterwegs? Das ist bei dem grausamen Wetter aber eher unpassend, da möchte ich nicht sehen, wie Du pelziger Bär danach aussiehst?

Das sind schon wieder Fragen an Deine Pressestelle, die hoffentlich demnächst mal wieder besetzt ist. Sag´ mal ganz liebe Grüße und wir wünschen Euch allen ein ganz tolles, zufriedenes und gesundes neues Jahr

von Herz zu Herz und von Hund zu Hund

Dein Willi

Hallo mein lieber Willi,

na das sind ja tolle Nachrichten – die Kayen bleibt! Du wirst schon seh´n, is gar nich so übel ´nen vierbeinigen Freund zuhause zu haben. Musst Dich halt auch mal wehren, wenn die Maus Dir zu nervig wird, damit se sieht, wo der Hase lang läuft. Auf den Bildern sieht´s ja so aus, als wenn Ihr zwei nich ohne einander leben könntet, und das wird bestimmt auch noch so!

Ich bin soooooo froh, dass die Knallerei endlich ein Ende hat, also mich nervt das unheimlich und bei uns war´s dieses Jahr ganz arg. Den Tano kann ja gar nix erschüttern, wenn der im Garten liegt und neben ihm eine Bombe hochgeht, dreht der sich ganz

langsam um und denkt: "Ei guck amal, erst ein Rumms und dann ein Loch, fein .... fein ... fein...!" Und dann guckt er, was denn da so drinne is, in dem Loch! Also der hat vielleicht Nerven....
Nich, dass Du denkst ich hätte Angst ... ne, ne! Zum Fraule ins Bett bin ich auch nur, um besser auf sie aufzupassen, ehrlich! Na ja, ein bissle Angst vielleicht, das sagt Fraule immer, aber glaub´ ihr kein Wort! Es war einfach auch mal schön im Bette, ganz nah beim Fraule, die Rübe auf ihre Schulter und ihr ins Ohr schnauben. Sie sagt natürlich, sie konnte nich richtig schlafen mit dem kleinen Bollerofen neben ihr, aber wer das Sägewerk Tano neben sich (auf dem Boden) erträgt, der muss ja schon auch mit einer schnaubenden Heizanlage fertig werden, oder !?!?

Sonst geht´s mir ganz gut. So ab und zu - wenn ich einen ganz guten Tag hab´ - kann ich sogar kleine Spaziergänge laufen, aber ich fühl´ mich auch in Haus und Gärtle ganz wohl, da hab´ ich ja immer auch viel zu tun!

Soooo, das war´s wieder von uns, soviel passiert da ja nich. Ich wünsch´ Dir ein ganz tolles, gesundes Jahr mit Deiner Kayen und von mein Fraule ganz liebe Grüße an Deine Zweibeiner!

Dein Brunochen

Hallo Bruno,

als ich Deine Zeilen gelesen habe, bin ich ja vor Neid ganz blass geworden! Du darfst ins Bett???!! Das würde ich doch zu gerne auch mal, aber - null Chance! Da hat mein Herrchen ganz zu Anfang gesagt, als ich hier angekommen bin, dass das nicht in Frage kommt und dass ihm kein Viech ins Bett kommt. Und dann kam die Curley-Katze und hat gar nicht gefragt. Die hat gewartet, bis er schlief und dann ist sie rein und hat sich erst ganz vorsichtig an die Füße gelegt und dann immer weiter rauf und nun stampft die auf der Bettdecke rum, schnurrt und schmust mit Herrchen und Frauchen und ich? Ich sitze vor dem Bett und grüble über so viel Gemeinheit. Und wenn Madam Katze dann abends mal nicht da ist, geht Herrchen erst gar nicht ins Bett, sondern rennt fünf mal nachschauen, *wo seine Katze ab geblieben ist. Das nenne ich Konsequenz! Ach, ich sag´ Dir, das ist alles so ungerecht! Weißt Du, ich fühle mich zur Zeit einfach mies und das ist noch untertrieben, mir geht's richtig schlecht! Dabei will ich mich eigentlich nicht bei Dir ausheulen, Du kannst ja nichts dafür und helfen kannst Du mir auch nicht, aber es tut halt gut, mal mit jemandem zu reden.*

Am Dienstag waren meine Menschen in einem Konzert. Sonja hatte die Karten zu Weihnachten verschenkt, inklusive „Hundesitting"! Also durften wir mal wieder zu ihr. Ich hab´ das ja immer gerne gemacht, aber Kayen war noch nie bei ihr. Und das war dann schon sehr komisch! Sonst hab´ ich mich immer recht wohl gefühlt, aber diesmal war alles anders. Sie hat gequietscht und gequengelt und mir keine Ruhe gelassen und ich war dann nur gestresst, habe gehechelt und bin unruhig durch die Gegend gewandert. Sonja hat zu meinen Leuten gesagt, so habe sie mich noch nie erlebt. Ich weiß ja auch nicht, was ich machen soll, es ist eben alles Mist zur Zeit und nun haben die auch noch gesagt, dass die Kayen da bleiben darf. Eigentlich hatte ich gehofft, dass bei uns irgendwann wieder Ruhe einkehrt, das sieht aber nicht so aus! Bin ganz schön durch den Wind!
Ich hatte Dir ja geschrieben, dass man aus den Bildern keine verkehrten Schlüsse ziehen darf, so innig, wie das da aussieht, ist das nicht. Aber manchmal bin ich auch wieder froh, dass ich nicht ganz alleine bin. Mein Fraule sagt, sie werde im Moment nicht schlau aus mir.

Und weil das ja noch nicht alles ist, habe ich mitbekommen, dass die bald in Urlaub fahren wollen. Da bin ich ja mal

gespannt, was denen da wieder einfällt und wie wir das überleben sollen? In meinem derzeitigen Zustand ist das unverantwortlich, sage ich Dir! Und noch dazu fährt Frauchen am Montag wieder weg (da, wo sie immer winkt, wenn sie bei Euch vorbeifährt) und ist die ganze Woche nicht da, da bedauert mich dann auch keiner! Mann, mann, mann, was soll das werden?!
Ich glaube, jetzt höre ich auf zu jammern, sonst wirst Du auch noch ganz schwermütig, nur vom Zuhören. Aber, mein lieber Freund, ich danke Dir, dass ich mal ein bisschen Dampf ablassen konnte bei Dir, denn ich denke, dass Du mich da am besten verstehst. Eigentlich haben mir alle ein gutes neues Jahr gewünscht und deshalb vertraue ich jetzt mal darauf, dass es auch eins wird. Muss mich in Geduld üben, hat´s geheißen, da bin ich gerade dabei und hoffen, dass sich irgendwas tut.

Ich grüße Dich und die Deinen!

Dein trauriger, kaputter Willi

Kayen war nun schon sieben Monate bei uns und es verging kein Tag, an dem nicht die Diskussion über ihren Verbleib durch irgend ein Ereignis neu angefacht wurde. Gerade deshalb beobachteten wir sie noch genauer. Und natürlich auch Willi und wir konnten es einfach nicht glauben, dass es uns nicht gelingen sollte, die beiden Hunde in unserem Haus zusammen halten zu können. Und, als wenn Kayen unsere Gedanken lesen könnte, bemühte sie sich, ein nahezu perfektes Verhalten an den Tag zu legen. Hauptsächlich im Haus war sie so ein reizender, kleiner Zeitgenosse. Draußen blieb noch einiges zu wünschen übrig, aber daran würde sich so schnell nichts ändern, wenn wir nicht die Situation ändern würden. Wenn ich nur gewiss wüsste, welchem Umstand ich diese seltsamen neuerlichen Anwandlungen von Willi zu verdanken hatte, dann könnte man ja vielleicht auch irgendwo ansetzen.

So verging kein Tag, an dem wir nicht ständig hin und her gerissen waren. Erst hatte die Patenmama Kayen wieder zur Vermittlung ins Internet gestellt, dann habe ich sie angerufen und gebeten, sie wieder zu streichen, weil wir es unbedingt nochmal probieren wollten. Und jedes Mal, wenn Willi dann wieder seine Hinterlassenschaften auf dem Teppich platzierte, ging uns der Hut hoch und wir wussten nicht, was wir noch machen sollten.

Zu dieser Zeit wurde ich auf eine Hundepsychologin aufmerksam gemacht, zu der ich eigentlich nur deshalb Vertrauen gefasst hatte, weil sie selber einen Kangal, also auch einen Herdenschutzhund von Willis Kaliber hatte. Mit gemischten Gefühlen und einer gehörigen Portion Skepsis fuhren wir aber doch hin und ließen unser Problem durchleuchten. Wir hatten beide Hunde dabei und sie erkannte mit Kennerblick, dass weder Willi noch Kayen ein problematischer Hund sei, beide zusammen sich aber nie anders verhalten würden. Sie empfahl zwar eine Trennung, die sehr sinnvoll, aber nicht unbedingt notwendig sein müsse. Sollten wir uns allerdings dagegen entscheiden, könnte nur Schadensbegrenzung betrieben werden. Wir bekamen wirklich brauchbare Tipps an die Hand und ich muss im Nachhinein gestehen, dass es kein rausgeschmissenes Geld war, das wir da berappen mussten und es wehte ab sofort ein anderer Wind. Willi kam das alles ein wenig spanisch vor, wir merkten aber allmählich, dass er zu reagieren begann.

Hallo Achim,

bei uns ist die Hölle los, das kann ich Dir sagen! Ich weiß überhaupt nicht mehr, wo mir der Kopf steht. So ein Durcheinander die ganze Zeit, ich verstehe das einfach nicht. Zuerst ist Frauchen schon seit Wochen einfach weg. Sie kommt zwar zwischendurch mal heim, aber solange sie das Gepäck nicht weg räumt, ist mir klar, dass sie wieder abhaut. Und Willi mit Herrchen und Kayen alleine! Da ist vielleicht was los, sage ich Dir! Mit Frauchen kann ich schon mal machen, was ich will, wenn ich sie danach anschmachte, aber jetzt geht nix mehr. Als wenn da eine Verschwörung im Gang wäre. Und dann letztes Wochenende! Ich wusste ja nicht, was da auf mich zu kam, als wir schon ganz früh ins Auto verfrachtet wurden und wieder ewig auf dieser Rennstrecke unterwegs waren. Da hat´s mir schon gereicht, als wir ankamen. Und da waren wir dann noch nicht mal alleine, da waren noch so ein paar Artgenossen und dann auch noch meine Größenordnung! Zwei Schäferhunde, eine Dogge, ein Briard und noch mehr so halbhohe Vierbeiner, wie die Kayen. Komischerweise ging das am ersten Tag alles ganz gut, wir haben uns recht brav arrangiert, wir brauchten ja auch gar nichts zu tun. Unsere Dosenöffner haben sich nur die Köpfe heiß geredet. Ich dachte ja, damit wäre das dann alles ausgestanden, aber

denkste! Gleich am anderen Morgen das selbe Spiel! Wieder auf die Piste und der selbe Schmarren von vorne. Nur diesmal waren wir dann in Aktion! Und da habe ich dann meine Pelzohren besonders gespitzt, dass ich da auch ein bisschen was mitbekomme, was da abging. Ich kam dann auch gleich als erster dran und die „Domteuse" fand mich einfach hinreißend, sie hat nämlich selber einen Kangal zuhause und liebt nichts mehr, als Herdenschutzhunde. Deshalb hat sie sich auch meiner besonders angenommen. Der langen Rede kurzer Sinn: der Willi ist ein Superhund ohne geprägte Vorschädigungen und aus ihm könnte ein „Superfamilienhund" werden, allerdings - und jetzt kommt der Clou – nur als Einzelhund, nicht mit einem zweiten!
Und jetzt frage ich Dich, mein Freund! Wie bescheuert sind die eigentlich? Das sag´ ich doch schon die ganze Zeit, da hätten die doch bloß auf mich zu hören brauchen und hätten sich noch einen Haufen Geld sparen können. Naja, die kleine Nervensäge tut mir schon auch ein bisschen leid, muss ich schon zugeben, aber ich bin sicher, meine Leute tun bestimmt alles, dass sie ein schönes neues Plätzchen bekommt. Ansatzweise habe ich ja mitbekommen, was dann mit mir passiert. Da weht dann ein ganz anderer Wind, aber es lässt sich nicht mal schlecht an. Nur solange die Kayen noch da ist, darf mit mir nicht gearbeitet werden, damit ich nicht verunsichert werde. Aber aus diesem Zeug halte ich mich mal ganz raus und lass´ mich einfach überraschen.
Heute hat Herrchen gesagt, dass Frauchen, wenn sie dieses Mal heimkommt, nicht mehr weg muss. Dafür wollen die aber in Urlaub fahren und da habe ich noch ganz böse Erinnerungen an die Vergangenheit. Da bin ich ja wieder richtig froh, dass die Kayen noch da ist und ich nicht ganz alleine in diese blöde

Pension muss.
Nun sag´ mal selber, ist das nicht alles Stress pur für einen Vertreter unserer Spezies? Wo, bitte, bleibt denn da der geregelte Tagesablauf, den unsereins so liebt? Ich habe jetzt beschlossen, mich mal zurück zu ziehen und eine Runde in meinem Körbchen zu relaxen, das habe ich mir schließlich mehr als verdient.

Also, mein Bester, im Moment bin ich nicht zu beneiden, das kannst Du wenigstens verstehen, sonst versteht mich ja doch keiner. Ich hoffe, dass dieser Stress bald vorüber ist und bei uns wieder Ruhe einkehrt. Wenn ich dann aus dieser Hundepension wieder zurück und noch einigermaßen in der Lage bin, berichte ich Dir wieder, was ich alles durchmachen musste.

Grüße Dein Willi !

Allerdings waren wir nun endgültig so weit, für Kayen einen neuen Platz suchen zu müssen. Also wieder Kontaktaufnahme mit Pflegemama und Einstellung ins Internet. Auch versuchten wir natürlich hier vor Ort eine neue Bleibe für Kayen zu suchen. Dass das alles nicht von heute auf morgen passieren würde, war uns klar. Lange

Zeit rührte sich dann auch gar nichts und es rückte die Woche immer näher, in der wir unseren Skiurlaub gebucht hatten. Trotz mehrerer vergeblicher Versuche, irgendwo eine private Unterkunft für Willi und Kayen zu finden, blieb uns letztendlich nichts anderes übrig, als die beiden wieder im Tierheim zur Pension anzumelden. Und es fiel mir dieses Mal besonders schwer, sie dort abzuliefern. Allerdings war ich nun recht froh, dass Kayen noch da war, denn dann würde Willi ja nicht so ganz allein dort hausen müssen. Die arme Socke!

Gerade als wir mal wieder glaubten, es gehe uns besonders schlecht und Willi wäre das bedauernswerteste Geschöpf auf Gottes Erdboden, kam von Achim die Nachricht, dass er sich beim „Spaziersprint" an seinem schon lädierten Knie das Kreuzband abgerissen hatte und operiert werden musste. Die OP gestaltete sich dann aber schwieriger, als geplant und es musste doch mehr als nur das Kreuzband repariert werden und Achim bekam noch ein bisschen Metall mit eingebaut. Eigentlich hatte er die Operation schon ganz gut überstanden, da kam von einem völlig verzweifelten, gestressten Frauchen eine Nachricht, dass Achim plötzlich ganz heftig inkontinent sei und sie sich alle nicht mehr zu helfen wissen. Eine Odyssee von einem Tierarzt zum anderen und von einer Klinik in die andere ging los und das mit dem operierten Bein, das er ja eigentlich schonen sollte.

Hallo Willi,

Wir sind alle verzweifelt. Es wird und wird nicht besser. Der Urin tropft pausenlos und mittlerweile brennt es auch auf dem rasierten Bein, da ich hier besonders empfindlich bin. Mein Frauchen ist den Tränen nahe und ich weiß auch nicht mehr, was ich noch machen soll.....

Grüße, Achim

Wir schickten Achim zusammen mir den besten Genesungswünschen den Schlafanzug, den ich für Willi genäht hatte, um ihn trocken zu legen, aber da mussten wir feststellen, dass Achim doch ein ganz anderes Kaliber war, als Willi, er passte leider nicht. Und bei Achim passte gar nichts mehr. Er tat uns so leid, bis schließlich nach über einer Woche endlich die erlösende Nachricht kam, dass in einer Klinik das Übel erkannt und behandelt werden konnte. Den Schnaufer des Aufatmens haben wir bis hierher gehört. Dass Achim die eigentliche Operation recht gut überstanden und auch die Nachsorge mit Physiotherapie und ähnlichem bestens gemeistert hat, ging in dem allgemeinen Trubel fast unter.

Unter ging auch, dass unsere beiden Kandidaten dieses Mal die Unterbringung im Tierheim sehr gut weggesteckt hatten. Als wir sie abholten, waren sie zwar ein bisschen müde und kaputt, aber es war kein Vergleich zu Willis erstem Aufenthalt. Also doch ein Verdienst von Kayen. Und irgendwie muss die Zwangspause noch etwas anderes ausgelöst haben, denn die beiden benahmen sich seltsam einträchtig.

Hallo Achim,

Mensch Hund - mach´ ich mir Sorgen um Dich! Wie steht´s denn so mit Deinen Problemen?
Da reicht das noch nicht, dass man abrasiert und aufgeschnitten, repariert und wieder zugenäht wird, nein, dann kommt noch so ein blödes Zeug dazu, wo man gar nichts dafür kann! Ach, ich bin richtig besorgt, wie Ihr das wieder gebacken kriegt! Aber alle verfügbaren Pfoten werden gedrückt, da kannst Du Gift drauf nehmen, habe Kayen und Curley schon angewiesen! Und meine Leute natürlich auch. Die haben bei der Kälte sonst sowieso nichts zu tun. Eigentlich kannst Du ja froh sein, dass Du gerade im Krankenstand bist, sonst müsstest Du bei diesen Temperaturen wahrscheinlich wieder im Stall campieren. Man muss wirklich noch das Positivste an der ganzen Sache sehen - da hab´ ich leicht reden, ich weiß schon!

Eigentlich geht es mir ja momentan richtig gut, ich bin nämlich froh, wieder daheim zu sein und Kayenchen auch. Wir sind auch beide ganz brav, nicht dass die uns wieder abschieben! Das war mal wieder alles andere als toll. Aber diesmal habe ich das besser weggesteckt, war ja auch nicht ganz allein, das hat schon etwas ausgemacht, auch wenn es nur der Bonsai war! Nun bin ich ja soooo gespannt, wann endlich von Dir wieder eine neue, hoffentlich bessere Nachricht eintrudelt. Ich weiß ja, dass Ihr momentan alles andere zu tun habt, als zu schreiben, aber ich bin doch wirklich besorgt und würde mich schon sehr freuen, wenn es Dir bald wieder besser ginge.

Also, mein Freund, nimm mal alle unsere Gute-Besserungs-Wünsche entgegen und strenge Dich ganz fest an, möglichst schnell wieder gesund und fit zu werden.
Das wünscht Dir aus ganzem Hundeherzen

Dein Freund Willi

Die Wintermonate hatten es dieses Jahr besonders in sich! Nicht nur, dass wir beim Skifahren die Segel streichen mussten, wegen Kälte und Eiswind, nein, auch zuhause fielen die Temperaturen stellenweise auf unter 20 Grad minus. Für Willi war das kein Problem, er liebt es, wenn es kalt und trocken ist und dann vielleicht auch noch der richtige Schnee, mehr bräuchte er nicht. Und da wären natürlich auch ein paar Ausflüge mit Kayen genau das Richtige – wenn da nicht immer am Ende der Leine einer dran hängen täte!

Hallo Achim, mein Freund,

ich denke, Du bist in der Zwischenzeit wieder soweit hergestellt, dass Du meine Genesungswünsche persönlich in Empfang nehmen kannst. Du hast uns vielleicht einen Schrecken eingejagt, das kann ich Dir sagen! Gott sei Dank hat Dein Frauchen ein klein wenig Entwarnung gegeben. Nun müssen wir halt abwarten, was das wird. Hoffentlich können Dir die Medikamente helfen. Und wie das aussieht, sind das bei Dir ja gleich zwei Baustellen! Mit einfachen Sachen gibt sich unsereins ja nicht zufrieden!

Ich kämpfe gerade mit allen möglichen komischen Umständen, die ich nicht einordnen kann. Von Herrchen kommen seltsame Signale und Frauchen, die ich ja normalerweise immer um den Finger gewickelt habe, bläst ins gleiche Horn. Da wird einem ganz anders, das kann ich Dir schon sagen! Aber im Großen und Ganzen geht es mir sogar richtig gut, ich brauche mich eigentlich um gar nichts mehr zu kümmern. Kayen ist gerade auch ganz leidlich, wenn sie zu aufmüpfig wird, geht Frauchen schon mal dazwischen. Ich glaube, denen geht das auch auf den Keks, wenn die mich immer so nervt!

Nun hätten wir ja gerade so richtig tollen Schnee zum Rumtoben, aber das kannst Du Dir momentan noch abschminken. Ich werde dann mal für Dich eine Runde mit drehen. Gestern lag Herrchen mal wieder flach, weil ich einen Hasen erspäht hatte und Frauchen hat geflucht, weil die Kayen mit Schmackes in die Langleine ist und sie ihren Arm total verdreht hatte. Die finden die Spaziergänge mit uns zur Zeit gar nicht so toll. Wir aber auch nicht, wir sollen dauernd nur folgen und immer heißt es "langsam und fuß", das ist sowas von stinklangweilig. Aber das kapieren die einfach nicht, dass wir viel lieber die Sau raus lassen würden. Was immer dahinter steckt, wir werden sehen, wer den längeren Atem hat!

So, mein Bester, nun werde mal ganz schnell wieder ganz

gesund. Schau, dass Dein Haxen wieder heil wird und der Rest - darüber schweigen die Götter! Lass´ Dich aber nicht entmutigen, Dein Frauchen sorgt schon dafür, dass das wieder in Ordnung kommt. Schade nur, dass Dir mein Schlafanzug nicht gepasst hat, den hätte ich Dir gerne abgetreten und damit auch ein bisschen zu Deiner Genesung beigetragen.
Ich warte nun gespannt auf hoffentlich gute Neuigkeiten von Dir und bleibe mit den besten Grüßen und ganz vielen zärtlichen Nasenstübern

Dein Freund Willi

Hallo Bruno,

heute ist mein Frauchen nicht ganz fit und hat demzufolge Zeit, sich meiner Fanpost zu widmen. Und da sollst Du natürlich auch gleich ein Brieflein abbekommen. Sie stöhnt zwar dauernd, dass sie sich nicht rühren kann, aber so ein bisschen Schreibkram sollte schon drin sein.
Eigentlich sind wir ja nicht ganz unschuldig an den

Wehwehchen, denn sie meckert dauernd, dass sie es nicht ausstehen kann, wenn wir so an der Leine ziehen, weil ihr dann noch mehr weh tut, aber die bräuchten doch bloß die blöde Leine weglassen, dann hätten sie die Probleme nicht, ich verstehe das nicht!

Nun aber zu Dir, mein Freund! Wie ist das werte Befinden? Ich bin ziemlich sicher, dass Dir die Kälte auch nicht besonders gut getan hat. Was macht denn Dein Bein?
Habe gerade unserem Freund Achim geschrieben, Du hast sicher schon erfahren, was der geschafft hat. Er musste sich ja einer recht großen OP unterziehen, die er aber sehr gut überstanden hat. Und sein Bein heilt prima mit lauter Metall drin! Nur hat er dann noch so eine komische Geschichte bekommen, er war dann einfach undicht! Ganz heftig, hat sein Frauchen geschrieben, die waren alle total am Boden. Und dann sind die von Pontius zu Pilatus mit ihm und keiner wusste, woher das kam und was man da machen kann. Bis sie dann in der Klinik waren, wo er voriges Jahr schon mal operiert wurde und der Arzt hat gesagt, er hätte fünf solcher Fälle und das hätte mit der OP überhaupt nichts zu tun. Das sei eine romantische Prosa-oder eine neumodische Prostata-Geschichte, oder so ähnlich, keine Ahnung, was das ist, hab´s nicht so genau verstanden, aber die werden das schon wissen. Zumindest hat er jetzt die Chance, dass das mit Medikamenten eingestellt werden kann. Bei einigen hat das hingehauen. Ich drücke alle verfügbaren Pfoten, dass das bei ihm auch funktioniert und warte sehnsüchtige auf eine Erfolgsmeldung.

Sind wir nicht ein seltsames Trio? Verdammt, ist dieser ganze

Mist, den wir da durchzumachen haben, vielleicht ansteckend??? Ich bin ja da immer noch am besten dran, wenigstens zur Zeit, da geht es mir gar nicht so schlecht. Trotzdem, oder gerade deswegen bin ich in Gedanken immer bei Euch und schicke Euch die besten Wünsche und Dir, mein lieber Freund, einen ganz besonderen Gruß

von Deinem Freund Willi

Kurz darauf hatte Achim seinen fünften Geburtstag. Er war noch lange nicht wieder hergestellt und eine große Feier war sicher auch nicht geplant. Wir warteten ständig auf irgend eine positive Meldung, denn alles, was wir zu hören bekamen, klang immer noch nicht so richtig beruhigend und überzeugend.

Mein lieber Geburtstagshund!

Letztes Jahr hab´ ich´s doch erst zu spät erfahren, aber dann gleich einen dicken roten Strich in den Kalender gemacht! Hurra, heute hat der Achim Geburtstag! Und da will ich natürlich erst mal ganz herzlich gratulieren und Dir alles Gute wünschen.
Eigentlich würde ich Dir ja gerne ein Ständchen singen, aber selbst meine voluminöse Stimme reicht nicht bis in den Schwarzwald. So lass´ Dir auf diesem Weg sagen, dass ich heute ganz besonders an Dich denke und Dir einen wunderschönen Tag wünsche, den Du hoffentlich einigermaßen genießen kannst. Für das neue Lebensjahr könnte ich mir

vorstellen, dass es besonders wichtig ist, dass Du wieder ganz hergestellt wirst und Deinem Frauchen und Deinen Damen wieder ein vollwertiger Begleiter sein kannst. Es klingt ja alles schon recht viel versprechend und ich bin auch ein bisschen beruhigter.

Lass´ Dich gebührend feiern, ich nehme dann ein Gläschen auf Dein Wohl

Dein Willi
mit sämtlichem Anhang

Hallo mein lieber Willi,

Vielen Dank für Eure lieben Wünsche.
Ich habe dieses Jahr drei "Emails" bekommen, schön, dass alle an mich denken. Die beiden anderen Glückwünsche habe ich von meinen beiden verfressenen Schwestern bekommen. Sie haben alle beide Diät machen müssen und nun hat Reina 10 kg und Anuschka 6 kg abgenommen. Reina wiegt aber immer noch 5 kg mehr als ich, kannst Dir vorstellen, was die für ein dicker Mops war .
Nur gut, dass mein Frauchen auf meine Figur achtet, obwohl ich manchmal auch gerne etwas mehr fressen würde. Aber da ist nicht mit ihr zu verhandeln!

Ich kann mittlerweile schon wieder größere Runden drehen und das geht auch schon ganz flott. Vor allem wenn ich was Interessantes sehe, dann vergesse ich meine Probleme und würde am Liebsten los rennen. Danach tut es dann wieder weh und vor allem das Aufstehen bereitet mir noch Schmerzen.
Am Dienstag muss ich wieder zu dem blöden Arzt nach Freiburg, obwohl es ja in letzter Zeit nicht mehr so schlimm war. Die fummeln mir immer mit so einem komischen Gerät am Bauch rum und meinen dann, es wäre alles okay. Na dann.....
Mittwoch gehen wir wieder zur Krankengymnastik. Die Frau dort ist ganz nett, sie massiert mich richtig gut, dafür muss ich danach wieder ins Wasser und so anstrengende Bewegungen machen. Na ja, wenn´s denn unbedingt sein muss, hab´ schon Schlimmeres erlebt.
So, mein Frauchen meint, sie sei jetzt müde und würde gerne ins Bett gehen.
Dann muss ich wohl meine Mail beenden.
Mach´s gut mein Lieber und lass Dich nicht von den Weibern ärgern....

Grüße, Achim

Endlich hatte auch die Suche nach einem geeigneten, neuen Zuhause für Kayen Erfolg. Wir hatten dann sogar gleich drei Bewerber für sie gefunden. Mir fiel es ja schon schwer, sie überhaupt herzugeben, nun hatte ich auch noch die Qual der Wahl. Und alle drei wären bestens für unsere kleinen Maus geeignet. Schweren Herzens mussten wir Zweien absagen. Das alles war für mich ziemlich stressig und ich verbrachte reichlich viele Stunden vor dem Computer bis wir alle Für und Wider geklärt hatten.

Und dann kam eine Mail, die ich schon fast befürchtet hatte und trotzdem nicht glauben wollte – Achim ging es wieder sehr viel schlechter! Er hatte nun zusätzlich auch noch ein ganz scheußliches Ekzem bekommen, seine Blase machte wieder Probleme und er konnte kaum auf sein operiertes Bein auftreten.

Hallo Achim, mein Ärmster,

ich bin ganz schön geschockt von den neuerlichen, schlechten Nachrichten über Deinen Gesundheitszustand. Das sah doch alles schon viel besser aus und nun ist Dein Frauchen ganz verzweifelt und ich auch!

Du bist aber auch ein armer Kerl mit der dauernden Juckerei. Kommt das vielleicht von irgend einem Medikament? Könnte ja auch sein, oder auch vom momentanen Fellwechsel. Bei mir geht´s nämlich auch schon los mit der lästigen Haarerei. Aber egal von was, es ist einfach schlimm und dann auch noch die Nachwehen der OP. Hoffentlich geht es Dir bald besser, das wünsche ich Dir von ganzem Hundeherzen.

Bei uns ist irgend was im Busch, weiß nur noch nicht, was. Frauchen wirkt irgendwie genervt und sitzt fast nur noch vor der Kiste. Und ich glaube, die hat mich damit schon angesteckt, denn gestern habe ich schon wieder alles eingesaut, als die weg waren. Da bin ich schon immer ein bisschen schuldbewusst und so schaue ich dann auch drein. Ach, ja, mein Bester, man hat´s nicht leicht. Aber ich will nun mal ganz still sein, denn gegen das, was Du und Deine Leute gerade durchmachen, sind meine Probleme ja gar nix. Also, das sollte mir schon zu denken geben und ich werde mich auch dementsprechend verhalten, das verspreche ich!

Ich wünsche Dir, mein treuer Freund, dass Deinem Frauchen nicht die Geduld ausgeht und sie weiterhin alles Erdenkliche für Dich tut. Schau, dass Du im wahrsten Sinne des Wortes wieder auf die Füße kommst und vor allem auch bleibst!
Ich drücke Dir alle Pfoten und habe sogar schon meinen Schwanz auf Halbmast gehängt, bis es Dir wieder besser geht.

Lass´ Dich nicht unterkriegen, Du bist doch ein Owtscharka!

das wünscht Dir
Dein Freund Willi

Nun hatte, nach langem Hin und Her, die Suche endlich ein Ende. Kayen wird eine Oberfränkin! Wir haben uns für eine ganz liebe Familie aus Kulmbach entschieden und sind uns sicher, dass es ihr dort richtig gut gehen wird, wo sie als Einzelhund mit einem sportlichen Herrchen in einem Haus mit Garten und allem, was Hund sich nur wünscht, leben kann. ...und wie es in mir aussieht, geht niemand was an!

Endlich wieder solo!

Grüß Dich, mein Freund Bruno!

Heute muss ich Dir natürlich als erstem die Neuigkeit mitteilen - ich bin wieder solo!

Gestern haben wir, nach abermals so einer ewig langen Autofahrt, einen Besuch gemacht. Ich kannte die Leute nicht, muss aber sagen, dass die mir recht sympathisch waren und ich mich auch gleich recht wohl gefühlt habe und Kayenchen auch. Aber als wir dann wieder heim gefahren sind, haben die doch die Kayen einfach dort gelassen, hmm... Im ersten Moment dachte ich, die haben sie vergessen! Aber vorher hatten die schon das ganze Auto voll gepackt mit allem möglichen, das kam mir schon komisch vor und das waren alles Sachen vom Bonsai. Also, geplante Aktion! Und nun ist hier alles ganz still und ich genieße diese himmlische Ruhe. Gestern war ich natürlich von der Fahrt etwas gestresst, aber heute geht´s mir schon wieder richtig gut. Auch wenn Fraule rum schleicht mit Trauermiene und eine gedrückte Stimmung herrscht, fühle ich mich doch als alleiniger Märchenprinz wieder richtig wohl und habe heute morgen auch schon die doppelte Ration Leckerlis von Herrchen bekommen. Er meinte hinterher, das sei noch die Gewohnheit aus alter Zeit. Von mir aus kann er diese Gewohnheit ruhig beibehalten. Ich finde es nur so gemein, dass alle sagen, ich sei dran schuld, dass die Kayen wieder weg musste. Die wollen mir doch nur ein schlechtes Gewissen einreden - oder, wie findest Du das? Auf jeden Fall versuche ich mich jetzt schon ein bisschen anzustrengen, dass die nicht vielleicht auf die Idee kommen und versetzen mich auch noch!

Habe gehört, dass es Dir ja so einigermaßen gut geht und das freut mich ganz fest. Insbesondere, weil unser Freund Achim ziemlich schwächelt. Er hat noch ein heftiges Ekzem bekommen und kann mit dem operierten Bein kaum auftreten. Die sind dort alle ganz verzweifelt und ich muss auch dauernd an ihn denken und hoffe, dass es ihm hilft. Sonst können wir ja doch nichts für ihn tun.

So, mein Lieber, nun genieße ich erst mal meine neue Freiheit. Pass´ auf, dass Dein Fraule, wenn sie den Tano schert, Dich nicht auch noch gleich mit abrasiert!

Grüß alle!

Dein Willi

Mensch Achim, altes Haus,

mach´ ja keinen Quatsch!
Du machst uns schon gehörig Sorgen, mein Freund. Ich schick´ Dir heute mal ganz viel positive Energie. Davon habe ich gerade so viel, dass die locker für uns beide reichen müsste. Also halt die Ohren steif und streng´ Dich ganz fest an, wenn die Haxen auch weh tun!

Du hast doch sicher schon erfahren, was meine Regierung beschlossen hat? Nämlich, dass es sinnvoller sei, dass der Willi in Zukunft alleine hausen soll. Und da haben sie nach langem hin und her jemanden gefunden, der jetzt für die Kayen zuständig ist. Ich bin´s definitiv nicht mehr. Erst dachte ich ja, sie ist nur irgendwo in Kurzurlaub. Aber nachdem ich nun mitbekommen habe, dass die dort alle total happy sind mir ihr, ist mir klar, dass ich ab sofort wieder der alleinige Herrscher aller Reußen bin. Du kannst Dir gar nicht vorstellen, wie ich diesen Zustand genieße. Ich weiß schon, dass Du dieses Privileg noch nie hattest, denn ihr seid ja zu dritt. Aber ich kann´s Dir sagen, mir taugt das absolut und so fühle ich mich auch. Frauchen weiß nicht so recht, auf welche Tatsache sie nun zurück führen soll, dass ich die letzten drei Tage so sagenhaft brav war. Ob ich vielleicht doch den Bonsai vermisse oder einfach nur froh bin, endlich meine Ruhe zu haben. Ich werd´s ihr auch nicht verraten, ich schreib´s nur Dir. War schon eine ganz nette Zeit mit der Kleinen, aber auch ganz schön anstrengend für unsereins. Jetzt kann ich mich wieder in aller Ruhe auf meinen Aussichtsposten vor der Haustüre nieder lassen, ohne dass dauernd einer mit mir im Garten fangen spielen will. Ich kann auf meinen Spaziergängen *wieder mein Tempo anschlagen und schnuffeln, wo und wie lang ich will und ich kann ungestört in meinem Körbchen ratzen, ohne dauernd bearbeitet zu werden. Und die Leckerlis gehören jetzt auch wieder alle mir, das muss mal gesagt werden. Sicher habe ich gerne geteilt, aber in letzter Zeit habe ich schon ab und zu mal gebrummt, wenn ich das Gefühl hatte, zu kurz gekommen zu sein. Man muss sich ja auch mal rühren und sicher hat Frauchen das auch registriert. So, und nun habe ich erreicht, was ich wollte und meine Leute erwarten nun auch so einiges von mir. Ich bin schon dabei, mich gehörig anzustrengen. Schließlich habe ich gerade mit bekommen, wie schnell man dann weg ist. Und das will ich auf keinen Fall riskieren.*

Werde mich jetzt wieder ganz diskret zurück ziehen und auf braver Hund machen. Und dann wünsche ich mir, dass von Dir endlich bessere Nachrichten kommen und Du bald wieder gescheit laufen kannst.

Ich bin in Gedanken bei Dir

Dein Freund Willi

Von Kayen und ihren neuen Besitzern kamen freudige Anrufe und Mails, denn sie hat dort ihre Leute im Sturm erobert, wie ich es erwartet hatte und wir waren so überglücklich und froh darüber. Mir sind ganze Wagenladungen von der Seele gerollt und letztendlich konnten wir beruhigt feststellen, dass wir uns richtig entschieden und für die Hunde das Beste erreicht hatten. Willi erstaunte uns jeden Tag mehr. Er ruhte ganz plötzlich nicht nur in seinem Körbchen oder vor der Türe, sondern auch in sich selber. Seine Körpersprache verriet uns mehr, als er uns hätte sagen können. Ich konnte noch nicht so richtig glauben, dass sich das Blatt tatsächlich gewendet hat. Deshalb waren wir auch noch recht vorsichtig und ließen ihn auch nicht auf einmal ganz allein, sondern versuchten ihn langsam daran zu gewöhnen. Das laue Frühlingswetter kam uns da entgegen und wir konnten ihn anfangs schon mal eine kleine Weile alleine draußen lassen, ohne dass er die ganze Nachbarschaft zusammen geheult hätte. Für längere Zeit trauten wir dem Frieden allerdings noch nicht.

Hallo mein Freund Willi,

heilig´s Blechle - wir leben noch! Tut mir leid, lieber Willi, dass ich die letzten Wochen so schreibfaul war, aber Du weißt ja, dass ich dafür meine Sekretärin brauche - sprich Fraule, und die is ja grad überalle und nirgends und nich da wo sie hingehört, nämlich am PC, um meine Korrespondenz zu erledigen. Wenn ich hier im

Haus Cheffe wär, könnte sowas nicht passieren, aber leider-leider sitzt mein Fraule auf dem Sessel und will partout nicht weichen. Na ja, ich will nich meckern, einer muss schließlich das Sagen haben.

Und? Wie geht´s Dir denn jetzt? Wieder alleiniger Kronprinz und Kassierer aller Streicheleinheiten? Hab schon gehört, dass die Kayen ein neues Zuhause gefunden hat! Weißt - manchmal wünsch´ ich mir das ja auch, so als einziger Vierbeiner, obwohl ja Tano ganz o.k. is und wir ja ein eingespieltes Team sind. Aber Tano is ja auch eher so ein ruhiger, aus meinem Holz geschnitzter, da passt das schon besser, als mit Kayen und Dir. Und trotzdem - alle Knochen für mich, alle Streicheleinheiten für mich und keiner, der ständig an mir rum zupft, ich kann Dich schon gut versteh´n.

Aber im Moment geht´s mir richtig gut. Hab´ diese komischen Tabletten schon ein paar Wochen nich mehr gebraucht und kann sogar wieder Spiel-Rauf-Fangen mit Tano veranstalten, da is der Kerl ganz gut für zu haben und hört auch wieder auf, wenn ich keine Lust mehr hab. Das Beinle tut richtig gut mit und die warme

Sonne grad tut mir auch gut. Da lieg´ ich im Garten und genieß´ die Wärme!

Sonst gibt´s bei uns eigentlich nix Neues, das Fraule hat das Klack-Blitz-Dings zum Bildle machen wieder startklar gemacht und will am Wochenende eine Fotosession einlegen. Sie hat mir versprochen, dass sie Dir dann viele Bilder schickt, ich will mich ja nicht loben, aber alle sagen immer, ich sei sehr fotogen. Tano kann das nich so gut, der kann nich stille halten. Siehste - schon wieder was, was ich besser kann!

Jetzt wünsch´ ich Dir, lieber Willi, auch ein tolles Wochenende, ich muss jetzt Schluss machen, weil jetze is Fraule dran mit Schreiben! Lass´ es Dir gut geh´n und genieß´ Dein Kronprinzen-Dasein!

Alles Liebe von Deinem Kumpel Bruno

Ostern – oder die Auferstehung der Erdmännchen

Hallo Bruno,

zu allererst möchte ich meiner ungeteilten Begeisterung freien Lauf lassen, denn Deine Oster-Bildergeschichte ist ja der absolute Hit. Also Du machst Dich ja als Serienheld einfach spitzenmäßig! Vielleicht solltest Du mal in dieser Richtung weiter agieren, das käme sicher gut an!

Tja, und dann muss ich Dir ja auch mal wieder was von mir erzählen. Habe ja nun lange nichts mehr erlebt, weil ich, seit Kayen nicht mehr da ist, nur noch als braver Haushund meinen Job erledige. Aber vielleicht gerade deswegen, weil ich so auf brav mache, durfte ich jetzt schon des öfteren mal mit, wenn meine Leute weggefahren sind. Und gestern war´s mal wieder soweit. Willi bekam sein Halsband um und ab ging´s. Wir sind erst durch die ganze Stadt gefahren und irgendwo in so einem Haus gelandet - habe ich noch nie gesehen! Da waren dann schon mehrere Leute, alles Fremde und das war wie eine Gaststätte. Sowas kenne ich schon, da durfte ich früher schon mal mit, da gibt's dann immer was Leckeres zu futtern. Aber hier war noch so ein langer, hell erleuchteter Streifen mit hinten so einem großen Loch. Das hat mich erst gar nicht interessiert, habe zuerst mal mit den Leuten ein bisschen geflirtet. Auf einmal nimmt mein Herrchen einen Ball und rollt den auf dem Steifen entlang, das hat vielleicht gerumpelt! Und plötzlich waren da vorne in dem Loch lauter Erdmännchen drin. Die standen da und Herrchen hat die einfach über den Haufen gerollt. Das hat noch mehr gerumpelt und da konnte ich natürlich nicht einfach zuschauen. In das Freudengeheul der Leute habe ich dann einfach mit eingestimmt. Eigentlich fand ich das ja gemein, dass die sich so gefreut haben, weil

die armen Erdmännchen alle umgefallen sind, aber da war mein Jagdtrieb dann schon geweckt. Kannst Dir vorstellen, dass ich dann nicht besonders gelobt worden bin, weil ich so einen Krach gemacht habe, aber was die anderen dürfen, darf ich doch schließlich auch - oder?
Aber das allerbeste kommt ja noch, denn plötzlich sind die alle wieder aufgestanden! Und da ist Frauchen hingegangen und hat wieder so einen Ball los gerollt und da sind dann nur ein paar von den Erdmännchen umgefallen. Dachte mir schon, dass die sich das nicht dauernd gefallen lassen, aber das ging dann doch tatsächlich den ganzen Abend so. Irgend einer hat sie umgehauen und immer sind die wieder aufgestanden. Das wurde mir dann zu langweilig, wenn die so blöd sind und immer wieder aufstehen, kann man ihnen auch nicht helfen. Ich habe dann eine Runde geknackt. Und zum Schluss bin ich heftigst gelobt worden, dass ich so brav gewesen sei und ich dürfte das nächste Mal wieder mit zum Kegeln.
An was doch die Menschen so alles Spaß haben! Und unsereins darf nicht mal hinter einem Hasen her, da ist dann die Hölle los, das verstehe jetzt, wer will!

So, und nun habt ein schönes Wochenende. Freut Euch schon mal auf den Osterhasen und verbringt eine schöne Osterwoche bis wir uns wieder hören!

Das wünscht Dir

Dein Freund Willi

Manchmal sind unsere Spaziergänge wetterbedingt nur auf befestigten Wegen möglich, obwohl wir viel lieber einen gemütlichen Waldweg oder einen schönen Wiesenweg bevorzugen. Und so waren wir auch mal wieder auf einer schmalen Teerstraße, die aber die Bezeichnung Straße nicht gerade verdient hatte, unterwegs. Willi an seiner Langleine so ca. 10 bis 15 m vorneweg. Die Straße, die wir schon öfter gegangen sind, führt an einem kleinen Anwesen mit einem Gartenhaus, einem Teich und ein paar Tauben vorbei und endet dann als Feldweg im Grünen. Bisher sind uns auch kaum Leute und schon gar keine Gefährte dort begegnet. Gerade an der unübersichtlichsten Stelle, als die Straße eine langgezogene Rechtskurve macht, kommt uns dieses Mal ein Auto entgegen. Wir konnten es noch nicht sehen, aber hören und mein Mann befahl Willi stehen zu bleiben. Das machte er auch sofort und blieb mitten auf der Straße, wie angewurzelt stehen. Zehn Meter sind aber in einem solchen Fall eine ganz schön lange Strecke, allerdings war ich mir sicher, dass der Autofahrer, sobald er uns sehen würde, sein Tempo drosseln und langsam vorbeifahren würde. Aber falsch gedacht! Er drosselte weder sein Tempo noch versuchte er auszuweichen, sondern hielt geradewegs auf Willi zu. Es ging alles so rasend schnell, denn er hatte für die schmale Straße und die unübersichtliche Kurve viel zu viel Geschwindigkeit drauf. Mein Mann konnte im letzten Moment die hastig zusammen gezogene Leine herum reißen und Willi auf die Seite zerren. Auch ich machte einen Satz und das Auto schoss ungebremst an uns vorbei. Der Fahrer - und es war kein jugendlicher Rowdy - hätte Willi vorsätzlich überfahren. Zuerst stand Willi, wie ihm befohlen, auf der Straße, er hatte noch nie Probleme mit Autos. Als er aber merkte, dass das Auto auf ihn zuhielt, wäre er darauf los gegangen, wenn mein Mann ihn nicht rechtzeitig mit der Leine zurück gerissen hätte. Dieses Erlebnis hat sich in Willis Gehirn so eingebrannt, dass er, ab sofort, auf alle hellen Autos, die ihm entgegen kommen, losgehen würde. Wir können nur hoffen, dass wir ihm diese verständliche Angst nehmen können und er sich eines Tages wieder normal im Straßenverkehr bewegen kann.

Hallo Achim,

wenn Deine Chefin von ausgedehnten Spaziergängen berichtet, kann ich davon ausgehen, dass Du wieder fit bist. Das wurde aber auch langsam Zeit - dann willkommen im normalen Hundeleben!

Ach ja, zum Thema Hundeleben - für manche sind wir aber einfach unwürdig!

Ich war neulich auch mit meinen Leuten unterwegs, weit draußen auf einer „Feldwegstraße" an der Langleine, wie immer! Plötzlich hinter mir my masters voice: Willi halt!!!!! Und was mach´ ich, ich wohlerzogener Hund? Bleib´ selbstverständlich wir angewurzelt stehen. Immer funktioniert das natürlich nicht, aber da hatte ich grad mal nichts Wichtigeres zu tun und bin halt stehen geblieben. Da kommt doch um die Kurve so ein Gestörter in seinem Auto direkt auf mich zu gedüst. Erst dachte ich, der sieht mich doch, so klein bin ich ja auch nicht, aber dann war mir blitzartig klar, dass der mich gar nicht sehen wollte, der hielt genau auf mich zu. Da war mir dann Befehl und Gehorsam

wurscht und da hab´ ich mir gedacht, dir werd´ ich schon helfen und wollte auf ihn losgehen. Ausgerechnet in diesem Moment war aber die Leine zu Ende und ich wurde durch einen heftigen Ruck zurück gerissen. Und genau da, wo ich eben noch gestanden war, schoss doch dieser Irre an uns vorüber - ungebremst! Mein lieber Schwan, das war knapp! Und dann ging mir vielleicht die Düse, das kannst Du Dir vorstellen. Und da hab´ ich mir geschworen: Wenn ich dich erwische...........!!!
So, und nun bin ich natürlich auf der Suche nach diesem Idioten. Eins ist sicher, das war ein silberfarbenes Auto und wenn jetzt irgendwo so ein Auto auftaucht, dann bin ich nicht mehr zu halten. Allerdings musste ich in der letzten Zeit feststellen, dass es ziemlich viele von diesen Kisten gibt und ich nicht so ganz genau feststellen kann, welche es war!? Das ist ziemlich blöd und ich hab´ auch schon Ärger mit Herrchen deswegen bekommen. Aber sag´ mal, das kann man doch mit unsereins nicht machen, oder?
Das Erlebnis ist nun schon ein paar Tage her, aber ich bin noch immer ganz schön traumatisiert. Meine Regierung hofft nun, dass sich mein Zustand bald bessert. Es sei kein Vergnügen mit mir, wenn ich auf jedes helle Auto losgehe. Aber ich denke mal, das dauert noch ein bisschen, bis das alles verraucht ist, schließlich versucht dich nicht jeden Tag einer absichtlich zu überfahren.

Da bin ich dann wieder ganz froh, dass ich diese dämliche Langleine dran habe und vor allem, dass da hinten noch so ein reaktionsschnelles Herrchen dran hängt. Gar nicht auszudenken, wie zerfleddert ich sonst ausgesehen hätte!

Also mein Freund, wir beide können mal wieder von Glück reden, im wahrsten Sinne des Wortes. Und bei dieser Gelegenheit sollten wir unseren Menschen mal ein großes Lob zollen. Wenn wir die nicht hätten...........au weia!

Dann grüß´ mal Dein Frauchen ganz lieb und sag´ ihr, dass Du mehr als dankbar bist, dass sie Dich wieder so gut auf die Beine gebracht hat und ich bin hier ebenfalls voll des Lobes.

Deswegen muss ich jetzt Schluss machen, bevor ich vor lauter Lob- und Dankpreisung ganz heißer werde.

Dein Willi

Bei uns ist eine himmlische Ruhe eingekehrt. Im Grunde genommen genau das, was wir uns so lange gewünscht hatten. Willi hat sich zu einem ausgesprochen tollen Familienhund entwickelt und vor kurzem wurde mir gesagt, er sei ja gar kein richtiger Owtscharka mehr! Soll ich das nun als Kompliment auffassen? Egal - es ist uns gelungen, einen Hund in unseren Lebensraum zu integrieren, der dafür eigentlich nicht geschaffen ist. Der uns aber, trotz seiner ererbten Gene und seines ausgeprägten Charakters, trotz seiner angeschlagenen Gesundheit und den ungünstigen Prognosen die Gewissheit gibt, dass er sich hier ausgesprochen wohl fühlt und mit seinem Dasein rundum zufrieden ist. Wir haben alles getan, was uns sinnvoll erschien und machbar war und Willi hat sich, im Rahmen seiner Möglichkeiten, integriert. Wir sind für unsere Geduld und unser Durchhaltevermögen belohnt worden und dürfen uns nun ganz allmählich an die neue Situation gewöhnen - alles ein bisschen langsamer, alles ein bisschen leiser und alles ein bisschen sauberer – wenn es auch noch recht ungewohnt ist, damit habe ich aber gar kein Problem!

Mein lieber Spezi Achim,

mein bester Kumpel Bruno,

gerade habe ich wieder meinen Posten auf der Aussichtsplattform vor der Haustüre bezogen und bin ein bisschen in mich gegangen. Neben mir stehen Herrchens Schuhe, unten hat Frauchen gerade irgend ein Grünzeug eingepflanzt und die Töpfe stehen noch rum. Nachbars Lumpi macht Krach, weil wahrscheinlich gerade meine Curley durch seinen Garten schleicht. Vielleicht kommt nachher auch noch jemand und klingelt und wenn ich Glück habe, ist es der

Postbote, der mich immer mit besonderen Leckerlis besticht. Ja, und was mache ich? Die Schuhe und die Töpfe sind schon lang nicht mehr interessant, bellen kann, wer will und wenn´s klingelt wird schon einer aufmachen. Ach ja, ich merke es ganz deutlich - die wilden Jahre sind vorbei!

Ihr, meine beiden Freunde, seid ja schon in diesem gesetzten Alter. Ich spüre es aber ganz deutlich, ich bin auf dem besten Weg dahin. Nun werde ich gerade mal drei Jahre alt, also eigentlich im allerbesten Alter, aber wir sind halt alle drei ein bisschen angeschlagen und das macht sich doch schon etwas früher bemerkbar und schließlich sind wir auch noch „die Großen". Unsere Lebenserwartung ist ja von Haus aus geringer, also kann man ruhig schon ein bisschen früher in den Vorruhestand eintreten.
Und dann ist da noch etwas, das mir meinen inneren Frieden verleiht und mich beruhigt zurück lehnen lässt. Und da kann ich getrost auch in Eurem Namen sprechen, denn dieses Privileg ist auch Euch beiden gegeben.
Am Ende unserer Leinen haben wir die Besten, Treuesten, Aufopferungsbereitesten und Verrücktesten, die es gibt!
Wir haben jeder eine Hand, die uns streichelt, die uns bürstet, die uns die Pfoten reinigt und die Zecken raus puhlt. Wir haben eine Hand, die uns täglich den gut gefüllten Futternapf hinstellt und so manchen Leckerbissen bereit hält, eine Hand, die uns die Pillen, Tropfen, Salben und Spritzen verpasst, die uns tröstet und mit uns spielt, eine Hand, die uns die Leine und das Halsband anlegt, um kilometerweise mit uns durch die Landschaft zu pilgern, eine Hand, die alle Hinterlassenschaften entfernt und dafür sorgt, dass es uns an nichts fehlt und wir uns rundum wohl fühlen können. Wir

haben im Winter das warme und im Sommer das kühle Fleckchen, um unsere geschundenen Knochen auszuruhen.

Ich bin auch ganz zufrieden mit mir, denn ich glaube, ich hab´s ganz gut hingekriegt mit meinen Mitbewohnern. Sie haben sich schon recht gut mit meinen Eigenarten zurecht gefunden und strengen sich auch ganz ordentlich an.

So sitze ich nun hier und fühle mich so richtig daheim. Ich kann mir kein besseres Gefühl vorstellen und das lasse ich meine Menschen auch spüren. Wir vom Trio bello haben das große Los gezogen mit unserem Schicksal und wir denken an alle, die ein solches Schicksal nicht mit uns teilen können. Ich kann mich also jetzt getrost in ein neues Lebenskapitel verabschieden, mit der Gewissheit, dass es uns dreien einfach gut geht.

Ich verspreche Euch, dass ich Euch niemals vergessen werde und wir werden uns, wenn nicht mehr in diesem Leben, dann auf der anderen Seite der Regenbogenbrücke ganz bestimmt begegnen.

Ich grüße Dich, mein lieber Achim,

und Dich, mein bester Bruno

aus tiefstem Hundeherzen

Dein Freund

Willi

FSC
www.fsc.org
MIX
Papier aus verantwortungsvollen Quellen
Paper from responsible sources
FSC® C105338

Herstellung und Verlag:
Books on Demand GmbH, Norderstedt
ISBN 978-3-8482-1050-3